后浪出版公司

写作工具

写作者案边必备的50个写作技巧

WRITING TOOLS

50 Essential Strategies for Every Writer

Roy Peter Clark

[美] 罗伊·彼得·克拉克 著

钟潇 译

中原出版传媒集团
中原传媒股份公司

大象出版社
·郑州·

图书在版编目（CIP）数据

写作工具 : 写作者案边必备的 50 个写作技巧 /
（美）罗伊·彼得·克拉克著 ; 钟潇译 . —郑州 : 大象
出版社 , 2021.7
　　ISBN 978-7-5711-1031-4

　　Ⅰ.①写… Ⅱ.①罗… ②钟… Ⅲ.①文学写作学
Ⅳ.① I04

中国版本图书馆 CIP 数据核字 (2021) 第 084964 号

本书简体中文版权归属于银杏树下（北京）图书有限责任公司。

著作权合同备案号：豫著许可备字 –2021–A–0044

XIEZUO GONGJU

写作工具
写作者案边必备的 50 个写作技巧

［美］罗伊·彼得·克拉克　著
钟潇　译

出 版 人　汪林中
责任编辑　王　冰
责任校对　牛志远
美术编辑　杜晓燕
封面设计　墨白空间·曾艺豪
出版发行　大象出版社（郑州市郑东新区祥盛街 27 号　邮政编码 450016）
　　　　　发行科　0371-63863551　总编室　0371-65597936
网　　址　www.daxiang.cn
印　　刷　北京汇林印务有限公司
经　　销　全国新华书店
开　　本　690 mm × 960 mm　1/16
印　　张　20.75
版　　次　2021 年 7 月第 1 版　2021 年 7 月第 1 次印刷
定　　价　68.00 元

若发现印、装质量问题，影响阅读，请与承印厂联系调换。电话：010-69261461

作家之国

美国人不爱写作的原因有很多，其中最重要的一个是作家会经历挣扎和折磨。无论是在诸多作家的言谈中，还是在他们的实际写作工作中，写作似乎都是一次漫长的折磨，是毫无兴奋和浪漫可言的生产活动，它只是伴随着嘟囔和推搡的苦力劳作。纽约体育作家雷德·史密斯（Red Smith）曾说："写作是个轻松活，不过是端坐在打字机前，然后割破血管。"这是来自麦迪逊广场花园①的悲鸣。

如果你想要成为作家，那让我来告诉你一个秘密：作家的痛苦被世人放大，它是被设下的骗局，是认知上的扭曲，是自我应验的预言，是放弃写作的绝佳借口。"凭什么让我得写作障碍症？"罗杰·西蒙（Roger Simon）戏谑地问道，"我爸开了一辈子卡车，也没得开卡车障碍症啊。"

优秀的读者们或许会在艰涩的文本中挣扎，但是这种挣扎并不是阅读的目的，获得流畅的阅读体验才是：文本中的意义顺畅地流入优秀读者的脑海里。同理，写作也应该是作者脑海中思绪的流畅表达，至少作为理想状态而言。

社会告诉我们，阅读能力有助于教育、就业和公民身份上的成功。阅读是一项大众化的技能，相反，写作则被认为是一项艺术。我们的文化只

---

① 美国纽约著名球馆。——译者注，后文不再重复注明。

青睐极个别天之骄子，将写作的才能赋予我们。他们是有天赋的一群人，而你们不是。老师在课堂上朗读我们创作的故事，鼓励我们参加作文比赛，激励我们在报纸和文学杂志上发表作品。我们在认可中更进一步，但是请想一想那些被遗忘的上百万人。

如果你自认为是被遗忘的一员，本书希望你将写作更少地想象为特殊的才能，更多地把它当作实现写作者目的的技能。把写作当作木工活，把这本书当作你的工具箱，一个你可以在任何时候借出一个写作工具的箱子。我还要告诉你第二个秘密：与锤子、凿子和耙子不同，写作工具一经借出，永远无须归还。它们可以被清洗、打磨和传授。

这些实用的写作工具将助你扫除写作障碍，让写作技能成为影响你世界观的重要因素。随着你把这些工具摆放上工作台，在你眼中，这个世界将逐渐变成一个写作创意的仓库。当每个工具的使用从娴熟到精通，写作会让你成为更伶俐的学生、更出色的工作者、更亲密的朋友、更优秀的公民、更体贴的父母、更尽职的老师，以及一个更好的人。

这些工具最初收集于传媒教育机构波因特学院（Poynter Institute），在互联网的帮助下传播至世界各地，来到了教师、学生、诗人、小说家、杂志编辑、自由职业者、编剧、律师、医生、技术文档作者、博主，和各行各业的文字工作者的手中。本书的电子版已经被翻译成意大利语、西班牙语、葡萄牙语、俄语、阿拉伯语、日语和印度尼西亚语，让我吃惊的同时也提醒着我，写作策略能够，并且已经跨越了语言和文化的界限。

你将在这个工具箱中发现新的思维方式，以及许多为人熟知的写作建议。我为它们拂去旧时的尘土，为新世纪而重塑。那么，这些写作工具从何而来？

- 从《风格的要素》（*The Elements of Style*）和《写作法宝》（*On Writing Well*）等写作著作中来。这些写作技巧的集结耗费了不只是我，还有以下诸位的毕生心血：多罗西娅·布兰德（Dorothea Brande）、布伦达·尤兰（Brenda Ueland）、鲁道夫·弗莱施（Rudolf Flesch）、乔治·奥威尔（George Orwell）、威廉·斯特伦克（William Strunk）和他的学生 E. B. 怀特（E. B. White）、威廉·津瑟（William Zinsser）、约翰·加德纳（John Gardner）、戴维·洛奇（David Lodge）、纳塔莉·戈德堡（Natalie Goldberg）和安妮·拉莫特（Anne Lamott），还有所有愿意分享优秀作品锤炼之道的慷慨的作家们。

- 从 200 多位作者中来，他们的作品被选取为书中的范例以飨读者。通过精读的方法找到一段吸引我的文字时，我便戴上 X 光眼镜，透过文本来审视语言、句法、修辞和批判性思维这些无形的机器是如何创造出我的读者体验的，随后再将我的所看所想锻造成一个写作工具。

- 从我和职业作家、编辑富有成效的对话中来。我偶然间知道了只有三种行为能将文字工作者和其他人区分开来。头两种很显而易见：读书和写作。不过第三种让我惊讶：谈论阅读和写作如何能达成预期的效果。关于故事构建和意义提炼的谈话有如醍醐灌顶，催生出许多的写作工具。

- 从兢兢业业的写作教师中来。他们年复一年的辛劳，让学生明白写作的流程。他们将写作描述成一项技能、一套合理的步骤和一个装满工具、习惯和策略的箱子。

我将这些资源——关于写作的著作、作家优秀的作品、作家与编辑之间的有益谈话和教师传授的工具——放到读者的眼前并不只是为了致敬，更是为了提供如何终生收集写作工具的方法。正如乔叟在 600 多年前写下的那样："人生太短，而要学的写作技能太多。"

在我翻开《写作工具》接受你的检验之前，请允许我提几点关于本书使用方法的建议：

- **谨记，它们是工具，而非铁律。**写作工具没有对错之分，只有因使用不同的写作工具而创造出不同的文本效果的差别。所以当你看到世界上许多优秀的写作范例似乎违背了书中的建议时，无须惊讶。

- **贪多嚼不烂。**再优秀的高尔夫球手，若想把有效击球的 30 多个动作要领个个落实到一杆之中，恐怕也要打出空杆。同理，若是想让各种工具全派上用处，写作也肯定会陷入瘫痪状态。你不妨先自由地写，之后再寻找合适的写作工具加以完善。

- **熟能生巧。**你会开始留意这些写作工具在你读过的故事中的使用痕迹，也能够在修改自己作品的过程中适时地运用。随着时间的推移，这些写作工具将融入你的写作流程，像与生俱来的能力一样，在无意识的状态下为你所使用。

- **你在不知情的情况下，已经使用过很多写作工具。**这些工具让思考、表达、写作和阅读变得可能，只不过现在它们有了名字，这意味着你可以用不同的方法来谈论它们。随着关键词汇量的增加，你的写作水平也会随之提高。

你会注意到，我从不同体裁的文本中挑选出了优秀的写作范例：从小说到诗歌，从新闻写作到纪实文学，从散文到回忆录。选材的广度很重要。在不受限的情况下，文学材料能创造出顶尖的文学作品，而新闻写作的顶尖之作则诞生在时间、空间和公民权利的严苛限制下。读者的反馈让我确信，本书提供的写作工具适用于多数写作者的日常写作任务。

虽然《写作工具》假设读者对英语用法、语法、标点和句法的基本原则有一定的熟悉程度，但我已经将术语的使用频率降至最低。为了让你尽可能地从本书中受益，你需要了解英语的词性、主语、谓语和主句，并能区分主动语态和被动语态。如果你缺少这一部分的知识也无妨，开卷皆有益。因为它在提高你的写作水平的同时，也会让你更清楚自己还需要学习哪些东西。

一位好友在初次读完本书后告诉我，这些写作工具会带领写作者和读者从微观迈向理论的层面，从讨论主语和动词在句中的位置到探讨如何寻找作者的使命和目的。这番评价激发了我的灵感，由此将书中的写作工具分为四类：

1. 夯实写作基础：词、句、段落的表意策略
2. 实现特殊效果：简洁、清晰、富有创意和有说服力的写作要领
3. 分享高效模板：组织、构建故事及报告的方法
4. 养成有益习惯：高效写作生活的日常惯例

在每章内容结束之前，我为各位读者安排了附带几道问题和相关练习的"写作工作坊"，总数超过200题。秉持着服务于教师和学生的初衷，我同样鼓励本书的所有读者即便不完成练习，也可以将题目和练习浏览一遍，它们将帮助你想象成为一名作者的各种途径。

既然你已经了解了本书的内容和结构，我希望你也能够认同本书担负的使命和目标。以"写作工具"做书名着实低调，但以"作家之国"做引言标题可谓自大。"作家村庄"或者"作家群体"已经难以想象了，更何

况是"作家之国"？可是，为什么不行呢？

请审视一下我们的处境。（美国）国家写作委员会（National Commission on Writing）已经为我们描述了糟糕的写作对企业、行业、教育工作者、消费者和公民造成的灾难性影响。不堪卒读的报告、备忘录、公告和信息浪费着我们的时间和金钱。若把国家比作一个身体，它们就是身体内部的血栓，阻碍信息的流动，妨碍关键性问题的解决，葬送提高效率和改革的机会。

委员会呼吁在美国进行写作观念革新，而这一时机已经成熟。写作测试的成绩决定着学生能否成功升学或者进入心仪的大学。现如今我们还有科技加持，减轻了文本起草和修订的负担。1985 年，我靠着一台皇家标准打字机完成了首部书的创作；现在我的办公室里还摆放着一台类似的打字机，但它已成了一台只有观赏意义的老古董。时下年轻的写作者以手机为媒介、用即时消息中常见的电报式语言和缩略词来交流，文字以惊人的速度在全球传播。这批新生代的作者创建了数以百万计的网络博客和网站，将作品推向读者。

当然，比起威廉·斯特伦克和 E. B. 怀特在《风格的要素》中提出的标准，这些新的写作方式呈现出的要疏松得多：作者的口吻更随意，写作方式更具实验性，写作者的人格特质更加难以捉摸。新的声音跨过旧的边界，聚焦人们的视线，但谁会说线上作品的质量无法提高了呢？新生代写作者逐渐成熟，他们必然会寻求写作工具来完善自己的作品。

我们需要大量的写作工具来建立作家之国。书里有 50 个写作工具，一年有 52 周，每周学习一个写作工具，你还有两周来度假。

祝学习愉快！

目　录

第三部分　高效模板

第四部分 有益习惯

第一部分　写作基础

写作工具 1

用主语和动词作为句子的开头
表意为先，将句子中的成分按照表意能力的强弱从左至右排开。

　　试想你写的所有句子都被印在世界上最宽的纸上；在英语中，一个句子从左到右依次排列所有成分。请在你的脑海里想象一下，一位写作者写了个句子，这个句子以主语和谓语开头，其他从属成分跟在主谓之后，学者们口中的右枝句（right-branching sentence）便跃然纸上。

　　我在上面就写了一个"右枝句"：主句的主语和谓语相连，置于句子的开头（"一位写作者写了"），其他句子成分依次向右展开（"这个句子以主语和谓语开头"）。下面以另一个"右枝句"为例进一步分析，这个句子是莉蒂亚·博格林（Lydia Polgreen）发表在《纽约时报》（*New York Times*）上的新闻报道的导语：

Rebels seized control of Cap Haitien, Haiti's second largest city, on

Sunday, meeting little resistance as hundreds of residents cheered, burned the police station, plundered food from port warehouses and looted the airport, which was quickly closed. Police officers and armed supporters of President Jean-Bertrand Aristide fled.

（海地反政府武装遭遇小规模抵抗后，于周日占领海地第二大城市海地角，数百当地居民对反政府军的到来欢呼雀跃，纵火烧毁警察局，哄抢港口仓库中的食品，洗劫机场，迫使机场迅速关闭。警察局官员和全副武装的总统让-贝特朗·阿里斯蒂德的支持者四下而逃。）

报道的开篇第一句里有 37 个单词和大量对动作的描述。事实上，这个句子太过饱满、信息量太大，犹如随时可能爆炸的过热引擎。但是，作者通过开头的三个词 "Rebels seized control" 引导读者捕捉到了句意。你可以把主句想象成火车头，拉动着后面的车厢。

文学巨匠们可以用这样结构的句子填满一页又一页纸。一起来欣赏一下约翰·斯坦贝克（John Steinbeck）在《罐头厂街》（Cannery Row）中描写的海洋科学家道克的每日例行公事（斜体样式是我设置的）。

He didn't need a clock. *He had been working* in a tidal pattern so long that he could feel a tide change in his sleep. In the dawn *he awakened*, looked out through the windshield and saw that the water was already retreating down the bouldery flat. He *drank* some hot coffee, ate three sandwiches, and had a quart of beer.

The tide goes out imperceptibly. *The boulders show* and seem to rise up and the ocean recedes leaving little pools, leaving wet weed and moss and sponge, iridescence and brown and blue and China red. On the bottoms *lie the incredible refuse* of the sea, shells broken and chipped and bits of skeleton, claws, the whole sea bottom a fantastic cemetery on which the living scamper and scramble.

（他不需要闹钟。根据潮水涨落进行作息，时间一长，他即便在睡眠中也能感受到潮水的变化。黎明时分，他从睡梦中醒来，透过挡风玻璃向外望去，海水已经开始后退，露出了铺满漂砾的平地。热咖啡配三个三明治，再来一夸脱的啤酒，早餐就吃完了。

潮水在不知不觉中退去。巨石露出水面，似乎越升越高。退去的海水留下了小小的水洼，留下了湿漉漉的海草、苔藓和海绵，给滩涂涂上了彩虹色、棕色、蓝色和中国红。海底散布着令人惊叹的海洋"废弃物"：带着缺口或碎成几瓣的贝壳、残余的尸骨和螯。整个海底仿佛梦幻般的墓地，海洋生物在此奔忙、攀爬。）

斯坦贝克把主语和谓语放在每个句子的开头或者接近开头的地方，句句相扣，使得篇章表意清晰，充满叙述的能量；其间偶尔使用简短的介绍性短语（"In the dawn"）和变换句子的长度来避免形式的单调，这个写作方法我会在后文细说。

由于写作者通常想在谓语动词之前插入一些关于主语的信息，散文中的主语和谓语动词往往会被隔开。这种分隔即便理由充分，也有让读者感到困惑的风险。但如果你能小心处理，也能够成功：

The stories about my childhood, the ones that stuck, that got told and retold at dinner tables, to dates as I sat by red-faced, to my own children by my father later on, *are* stories of running away.

（我的童年故事，那些被定格的场景，那些在餐桌上被反复提及的情节，那些直至今日我听到都会脸红的故事，那些我的父亲将来会念叨给我的孩子听的故事，都是些关于逃跑的故事。）

安娜·昆德兰（Anna Quindlen）的回忆录《阅读如何改变我的生活》（*How Reading Changed My Life*）就这样开始了，书中第一句话中的主语和谓语动词足足相隔 31 词。而当话题更具技术性时，主语和谓语动词的间隔给读者造成的混淆会愈加明显，以下文的拙例加以说明：

A bill that would exclude tax income from the assessed value of new homes from the state education funding formula *could mean* a loss of revenue for Chesapeake County schools.

（一项不把新校舍估值的税收收入囊括在内的州教育拨款方案对于切萨皮克县的学校或意味着收入的损失。）

主语 "bill" 和弱动词 "could mean" 之间相隔了 18 个单词，如此致命的错误可以将事关民生的重要报道变得一文不值。

如果想要设置悬念，或制造紧张感，或让读者等待和好奇，或引发读者的探索精神，或让读者坚持读完，写作者可以将含有主语和谓语动词的主句放在句子末尾。正如我刚写的这个句子一样。

我曾经的学生凯利·本汉姆（Kelley Benham）被邀请为特丽·夏沃 [①]（Terry Schiavo）撰写讣告时，就使用了这个写作工具。这位女士长期患病，其死亡备受争议，让她成了全世界关于终结生命的争论的焦点：

———————

[①] 特丽·夏沃长期处于植物人状态。她的丈夫通过上诉，由联邦最高法院判决拔掉特丽的胃食管，对其进行安乐死。该案件在美国乃至全世界引发了激烈讨论。

Before the prayer warriors massed outside her window, before gavels pounded in six courts, before the Vatican issued a statement, before the president signed a midnight law and the Supreme Court turned its head, *Terry Schiavo was* just an ordinary girl, with two overweight cats, an unglamorous job and a typical American life.

（在祷告能手们聚集在她的窗外之前，在法官的木槌在六次庭审中敲响之前，在梵蒂冈发表声明之前，在总统于深夜签署法案、联邦最高法院驳回请求之前，特丽·夏沃只是养了两只胖猫、做着平淡无奇的工作、过着典型美国人生活的普通女子。）

作者将主要的主语和动词置后，加强了一件著名案件和一个普通女子之间的冲突。

上文展示的变体只有在大多数句子为右枝句时才会起作用，这是一种能够创造意义、动力和文学力量的句式。卡罗尔·希尔兹（Carol Shields）在《斯通家史》（*The Stone Diaries*）中写道：

The brilliant *room collapses*, leaving a solid block of darkness. Only her *body survives*, and the problem of what to do with it. It *has not turned* to dust. A bright, droll, clarifying *knowledge comes over* her at the thought of her limbs and organs transformed to biblical dust or even funereal ashes. Laughable.

（明亮的房间倒塌了，留下阴暗的废墟。只有她的身体幸存下来，可问题就出在该拿它怎么办。躯体还未化作尘土。想到她的躯干和脏器会像《圣经》上说的那样归为尘土，或者甚至化作葬礼上的骨灰，她就有了一种清晰、滑稽和确切的认识。可笑。）

值得钦佩。

写作工作坊

1. 阅读《纽约时报》或本地报纸，边读边用铅笔标出主语和谓语动词的位置。

2. 以你之前的习作为材料，重复上述练习。

3. 以你正在创作的文本为材料，再次重复上述练习。

4. 下次写句子遇到困难时，可以将主语和谓语动词放在句子开头来进行改写。

5. 若想要尝试变化句型，可以试着写一个主语和谓语动词位置靠近句末的句子。

写作工具 2

调整语序，实现强调

把最有力的词语放在句子的开头和结尾。

  斯特伦克和怀特在《风格的要素》中建议写作者"把想要强调的内容放在句子的结尾"（place emphatic words in a sentence at the end），这句话本身就遵循了这个原则——最想要着重强调的"结尾"就出现在句子的结尾。这个写作工具可以瞬间提升习作的质量。

  句号对任何句子来说，都是一个休止符。阅读时的短暂停顿强调了句尾的单词，而段落结尾处的单词往往后跟空白，强调的效果更加显著。在纵向排版中，读者的眼睛同样会被吸引到空白旁边的单词，那些单词仿佛在喊："看着我！"

  按照强调的原则排列语序有助于写作者解决最棘手的问题。以《费城问询报》（*The Philadelphia Inquirer*）上刊登的一则故事的开篇为例，作家拉里·金（Larry King）必须在同一个故事里小心处理三个颇为震撼的元素：

美国参议员的死亡、飞机相撞和小学里发生的惨剧。

A private plane carrying U.S. Sen. John Heinz collided with a helicopter in clear skies over Lower Merion Township yesterday, triggering a fiery, midair explosion that rained burning debris over an elementary school playground.

Seven people died: Heinz, four pilots and two first-grade girls at play outside the school. At least five people on the ground were injured, three of them children, one of whom was in critical condition with burns.

Flaming and smoking wreckage tumbled to the earth around Merion Elementary School on Bowman Avenue at 12:19 p.m., but the gray stone building and its occupants were spared. Frightened children ran from the playground as teachers herded others outside. Within minutes, anxious parents began streaming to the school in jogging suits, business clothes, house-coats. Most were rewarded with emotional reunions, amid the smell of acrid smoke.

（昨日，美国参议员约翰·海因茨乘坐的私人飞机与一架直升机在下梅里恩镇南部上空的晴空中相撞，引发剧烈的空中爆炸，残骸碎片如注般落在一所小学的操场上。

此次飞机失事共造成包括美参议员约翰·海因茨、四名飞行员和两名彼时在学校外玩耍的一年级女生在内的七人死亡，小学操场上至少五人受伤，三人为儿童，其中一名儿童重度烧伤，生命垂危。

下午12点19分，熊熊燃烧、冒着浓烟的飞机残骸坠落到梅里恩小学附近的鲍曼大街上，但用灰色石头建造的教学楼和楼内的师生幸免于难。老师们护着学生们走出了教室，受惊的孩子们从操场向外跑。

几分钟后，穿着运动服、职业装和家居服的家长焦急地涌向学校。在弥漫着刺鼻气味的烟雾中，大多数人都与家人激动地重聚。）

在绝大多数情况下，任意一个元素都足以支撑起一篇新闻报道。而同时出现在一篇文章中时，这三个元素则能织成一条冲击力极强的新闻织锦，需要记者和编辑的小心处理。哪一个元素最重要：议员之死，震撼的飞机相撞，还是儿童的丧生？

在第一段中，笔者选择在故事开头提及议员和飞机失事，而将"小学操场"留到结尾。纵观全文，主语和谓语动词出现在句首——就像老式火车的火车头和拉煤车厢；精彩的文字留在句末——就像载货列车末尾供列车员使用的车厢。

再请看作者列举焦急父母时的次序，穿着"运动服、职业装和家居服"的家长赶到了学校。顺序上的任何调整都会削弱句子，把"家居服"放在最后能够渲染出情况的紧急：家长们顾不上换衣服就从家冲到了学校。

将重要的内容放在句子的开头和结尾可以帮助作者将较不重要的内容藏在中间。在上个例子中可以看到，笔者把相较之下不重要的新闻要素——地点"梅里恩镇南部"和时间"昨日"放在了导语的中部。这个技巧在注明引言出处的时候同样管用：

"It was one horrible thing to watch," said Helen Amadio, who was walking near her Hampden Avenue home when the crash occurred. "It exploded like a bomb. Black smoke just poured."

（"场面十分惨烈，"海伦·阿马迪奥说，飞机相撞时她正在位于汉普登大街的家的附近散步，"仿佛像炸弹爆炸一般，滚滚黑烟喷涌而出。"）

用引语开头，将引言出处藏在中间，再用引语结束。

有些老师把以上内容称为"强调的 2–3–1 原则"：最想强调的词和画面在结尾，次之的放在开头，想要弱化的部分放在中间。只是这个方法对于我的笨脑袋来说实在复杂，于是我稍做简化：把你最精彩的内容放在句子的开头和结尾，把次之的部分藏在中间。

艾米·富塞尔曼（Amy Fusselman）的小说《药剂师的伴侣》（*The Pharmacist's Mate*）的第一句话就是一个例子，最能激发读者兴趣的词出现在句子的开头和结尾："不要在船上做爱，除非你想怀孕。"（Don't have *sex on a boat* unless you want to *get pregnant.*）加布里埃尔·加西亚·马尔克斯（Gabriel García Márquez）同样在《百年孤独》（*One Hundred Years of Solitude*）的开篇运用了这个策略，效果绝妙："多年以后，面对行刑队，奥雷里亚诺·布恩迪亚上校将会回想起父亲带他去见识冰块的那个遥远的下午。"（Many years later, *as he faced the firing squad*, Colonel Aureliano Buendía was to remember that distant afternoon when his father took him to *discover ice.*）

这个写作策略不仅适用于句子写作，也同样适用于段落写作。以爱丽丝·希柏德（Alice Sebold）笔下的段落为例："在我曾被强暴的隧道中，有个姑娘也曾在这里惨遭谋杀和肢解。这条隧道曾经是通往露天剧场的地下通道，演员们从观众的座椅下方涌入剧场。这些是警察告诉我的，他们说，相比之下，我比较走运。"（*In the tunnel where I was raped*, a tunnel that was once an underground entry to an amphitheater, a place where actors burst forth from underneath the seats of a crowd, a girl had been murdered and dismembered. I was told this story by the police. In comparison, they said, I was *lucky.*）这段话的最后一个词"lucky"激荡出巨大的苦痛和力量，希柏德把它选定为回忆录的书名。

　　强调是一种古老的修辞手法。在莎士比亚的著名悲剧《麦克白》接近尾声的部分，一个角色对麦克白宣告："女王，我的主人，已经死了。"（The Queen, my lord, is dead.）这个令人惊叹的例子强调了语序的力量，其后跟着所有文学作品中最悲情的段落之一。麦克白说：

> She should have died hereafter;
>
> There would have been a time for such a word.
>
> Tomorrow, and tomorrow, and tomorrow
>
> Creeps in this petty pace from day to day,
>
> To the last syllable of recorded time;
>
> And all our yesterdays have lighted fools
>
> The way to dusty death. Out, out, brief candle!
>
> Life's but a walking shadow, a poor player
>
> That struts and frets his hour upon the stage
>
> And then is heard no more. It is a tale
>
> Told by an idiot, full of sound and fury,
>
> Signifying nothing.
>
> （她反正是要死的，
>
> 迟早会有听到这个消息的一天。
>
> 明天，明天，再一个明天，
>
> 一天接着一天地蹑步前进，
>
> 直到最后一秒钟的时间；
>
> 我们所有的昨天，不过替傻子们照亮了
>
> 去到死亡的土壤中的路。熄灭了吧，熄灭了吧，短促的烛光！
>
> 人生不过是一个行走的影子，一个

　　　　　在舞台上指手画脚的拙劣的伶人，

　　　　　登场片刻，就在无声无息中悄然退下；它是一个

　　　　　愚人所讲的故事，充满着喧哗和骚动，

　　　　　却找不到一点意义。①）

　　相较于散文的写作者，诗人知道每行诗句在哪里结尾，从而强调每一行、每一句和每一段的诗歌的最后一个词，这是诗人的巨大优势。而我们这些写散文的，只能凑合着用句子和段落折腾出些意义。

写作工作坊

　　1. 阅读林肯的《葛底斯堡演说》和马丁·路德·金博士的《我有一个梦想》的演讲稿，学习作者是如何运用语序排列中的强调原则的。

　　2. 读一篇你欣赏的文章，在阅读的同时用铅笔圈出每个段落中第一个和最后一个单词。

　　3. 用同样的方式阅读并修改你最近的几篇习作，把那些有力、有趣，但是可能被隐藏在句子中间的词语，调至句子的开头和结尾。

　　4. 询问朋友，收集他们的爱犬的名字，并把它们按字母顺序排列。假设这些名字出现在一个故事中，试想一下，哪些名字先出现？哪些名字后出现？为什么呢？

---

① 译文转自朱生豪译本，有改动。

写作工具 3

激活动词

形象的动词创造动作、精简用词并塑造人物。

约翰·F.肯尼迪（John F. Kennedy）总统曾证实，伊恩·弗莱明（Ian Fleming）在 1957 年出版、描绘特工詹姆斯·邦德历险故事的《007 之俄罗斯之恋》（*From Russia with Love*）是他最喜爱的书籍之一。这样的读书偏好，让我们能够更进一步地了解肯尼迪总统，也让对 007 的狂热崇拜延续至今。

形象的动词赋予弗莱明笔下的文字以力量。不论是英国最受欢迎的 007 特工詹姆斯·邦德、美艳的邦德女郎，还是穷凶极恶的敌人，都在小说的每个句子、每页文字中，将动词描写出的举动演绎得淋漓尽致。（斜体是我加上去的）：

Bond *climbed* the few stairs and *unlocked* his door and *locked* and *bolted* it behind him. Moonlight *filtered* through the curtains. He *walked* across and *turned* on the pink-shaded lights on the dressing-table. He *stripped* off his clothes and *went* into the bathroom and *stood* for a few minutes under the shower. ... He *cleaned* his teeth and *gargled* with a sharp mouthwash to get rid of the taste of the day and *turned* off the bathroom light and *went* back into the bedroom. ...

Bond *gave* a shuddering yawn. He *let* the curtains drop back into place. He *bent* to switch off the lights on the dressing-table. Suddenly he *stiffened* and his heart *missed* a beat.

There had been a nervous giggle from the shadows at the back of the room. A girl's voice *said*, "Poor Mister Bond. You must be tired. Come to bed."

（邦德登上数节台阶，开门，关门，插好门闩。月光透过窗帘照进房间。他踱着步穿过房间，打开梳妆台上泛着粉红光晕的灯。他脱下衣服，走进浴室，在莲蓬头下站了好几分钟。……他刷好牙，又用味道刺鼻的漱口水漱了口，连同一天的疲惫一起吐掉。关掉浴室的灯，他走进了卧室。……

邦德一个哈欠接着一个寒战，他把窗帘垂下，俯身去关梳妆台上的灯。刹那间，他整个人僵在那里，心跳停了一拍。

房间深处的阴影里传来几声咯咯的笑声，令人胆寒。一个女孩的声音响起："可怜的邦德先生，你一定累坏了，快上床来。"）

在这个语篇中，弗莱明遵循了他的英国同胞乔治·奥威尔的建议。关于动词的使用，奥威尔曾说过："能使用主动语态的动词的地方，就不要使用被动语态的动词。"

早在五年级，我就学会了主动语态和被动语态的区别。谢谢你，凯瑟琳·威廉修女。不过很久以后，我才知道这种区别的重要性。请让我先纠正一个常见的误解。动词的语态（主动或被动）与动词的时态无关。作家有时会问："用被动时态写作是否合适？"时态定义动作的时间——动作何时发生——是现在、过去还是将来。语态定义主语和动词之间的关系——谁做了什么。

如果主语是动词所描述的动作的发出者，我们称这个动词为"主动语态"。

如果主语是动词所描述的动作的接受者，我们称之为"被动语态"。

一个既不是主动语态也不是被动语态的动词是连系动词，比如 to be。

任何动词，不论时态，都能被归类到上述三个类别中的其中一个。

新闻记者常常使用简单的主动语态动词。以这篇《纽约时报》的导语为例，其作者是卡洛塔·高尔（Carlotta Gall），描述了处在绝望境地、有自杀倾向的阿富汗妇女：

Waiflike, draped in a pale blue veil, Madina, 20, *sits* on her hospital bed, bandages covering the terrible, raw burns on her neck and chest. Her hands *tremble*. She *picks* nervously at the soles of her feet and confesses that three months earlier she *set* herself on fire with kerosene.

（干瘪瘦小的身体耷拉在淡蓝色的纱巾之下，20 岁的麦迪娜坐在病床上，脖子和胸前的层层纱布下是严重烧伤的皮肤。她的双手在颤抖。她紧张地抠着脚底，承认自己在三个月前用煤油自焚。）

弗莱明和高尔虽然都使用了主动语态的动词来为自己的作品增加力度，但是其中还是有明显差异的：前者选择用过去时来讲述 007 特工的冒险经历，而后者选择了现在时。高尔的策略能够带给读者即时的体验，仿佛我们当时正坐在——此刻就坐在——这个悲痛的可怜女人的身旁。

两位作者都避免了诸如 sort of / seemed to / tend to / could have / kind of / used to / must have / begin to 等动词修饰语的使用。这些短语就跟吸附在船体的藤壶一样，只会拉低一篇优秀文章的水准。在润色时请记得把这些修饰语删去，让你的文章之船以更快的速度和更优雅的姿态朝着"传递意义"的目的地驶去。

满怀热情的写作者可能会过度使用某个写作工具。如果你给动词注入大量"激素"，有可能会创造出美国桂冠诗人唐纳德·霍尔（Donald Hall）口中"虚假色彩"的文本效果，这是冒险杂志和浪漫小说中常见的把戏。请用适度和节制来控制过度写作的冲动。

在小说《喜福会》（*The Joy Luck Club*）中，作家谭恩美（Amy Tan）运用具体、形象的动词来描述情绪的真实色彩，施展了绝妙的掌控力。

And in my memory I can still *feel* the hope that *beat* in me that night. I *clung* to this hope, day after day, night after night, year after year. I would *watch* my mother lying in her bed, babbling to herself as she *sat* on the sofa. And yet I *knew* that this, the worst possible thing, would one day *stop*. I still *saw* bad things in my mind, but now I *found* ways to change them. I still *heard* Mrs. Sorci and Teresa having terrible fights, but I *saw* something else. ... I *saw* a girl complaining that the pain of not being seen was unbearable.

（在我的记忆中，我依然能够感受到那晚在我身体中跳动的那份希冀。日复一日，夜复一夜，年复一年，我只能眼巴巴地指望着这份希冀。我常看着母亲躺在床上，就像坐在沙发上那样含糊不清地自言自语。而我也心知肚明，这样的日子，即便是所有可能情况下最悲惨的日子，也终有走到头的那一天。脑袋里的坏念头依然在眼前飘过，不过现在我找出了让自己往好处想的法子。我依然能听到索尔奇太太和特雷莎正在力竭地争吵，但我也看到了其他画面。……我看到一个小女孩正在抱怨被忽视的苦痛，这种苦痛令她难以承受。）

伊恩·弗莱明使用的动词刻画出了人物外在的行为和冒险经历，而谭恩美笔下的动词则捕捉了人物的内心活动和情绪。但行为也可以是智力化的，存在于观点的力度和能量中，就像阿尔贝·加缪（Albert Camus）在《反抗者》（*The Rebel*）中所展示的那样：

The metaphysical rebel *protests* against the condition in which he *finds* himself as a man. The rebel slave *affirms* that there is something in him that will not *tolerate* the manner in which his master *treats* him; the metaphysical rebel *declares* that he is frustrated by the universe.

（当意识到自己是一个人时，形而上的反抗者开始了他的反抗。反叛的奴隶承认他的身体里有某种东西，让他无法容忍奴隶主对待他的方式；形而上的反叛者宣称，他因为宇宙而感到沮丧。）

请注意，即便这个段落中的所有动词都是主动语态，加缪在必要时依然使用了动词的被动语态（he is frustrated），这一点将在下一个写作技巧的讲解中为大家分析。

写作工作坊

1. 动词可分为三类：主动语态、被动语态和连系动词。读一篇你的作品，圈出文中的动词，并在页边空白处对每个动词进行分类。

2. 将被动语态动词和连系动词变为主动语态，例如，"It was her observation that"可以变成"She observed"。

3. 在你自己的习作和报纸文章里寻找动词修饰词，删去这些修饰词，看看会产生什么样的效果。

4. 用语态和时态进行写作试验。找一篇你使用主动语态和过去时态写的文章，把动词的时态改为一般现在时，看看效果如何，文章的实时性会不会增强？

5. 我描述了主动语态的三种用法：创造外在行动，表达内心活动或情感行为，以及激发观点。在你的阅读材料中寻找这三类用法的例子，并找机会在写作中加以运用。

写作工具 4

敢于使用被动语态

用被动语态来展现行为的"受害者"。

　　使用主动语态的动词是写作建议中的黄金准则。这条标准在无数的写作工作坊中被反反复复地提及，许多人坚定地将它奉为信条。但真的是这样吗？

　　在上一个段落中，我在第一个句子中使用了连系动词，即 is。在第二个句子中，我使用了被动语态 have been uttered。在最后一个句子里，我又使用了另一个连系动词，即 are。我认为，主动语态动词的偶尔缺位也能帮你写出合格的文章。

　　那么，为什么语态如此重要？语态的重要性在于主动语态、被动语态和连系动词会对阅读者和听话人产生不同的效果。下面我将继续引用约翰·斯坦贝克的作品来描述在美国北达科他州的一次真实的邂逅：

　　　　Presently I *saw* a man leaning on a two-strand barbed-wire fence, the wires fixed not to posts but to crooked tree limbs stuck in the ground. The man *wore* a dark hat, and jeans and long jacket washed palest blue with lighter places at knees and elbows. His pale eyes *were frosted* with sun glare and his lips scaly as snakeskin. A.22 rifle *leaned* against the fence beside him and on the ground *lay* a little heap of fur and feathers — rabbits and small birds. I *pulled* up to speak to him, *saw* his eyes *wash over* Rocinante, *sweep up* the details, and then *retire* into their sockets. And I *found* I *had* nothing to say to him ... so we simply *brooded* at each other. (from *Travels with Charley*)

〔彼时，我看见一个男人靠在两条带钩的铁丝做成的围栏上，铁丝没有固定在桩上，而是绑在插在地上的歪歪扭扭的树枝上。这位男士头戴黑色毡帽，身穿牛仔裤和长外套，衣服洗得发白，膝盖和肘部的位置也磨损得厉害。淡色的双眼被强烈的阳光衬托得黯然无光，嘴唇干涩起皮，像蛇皮的鳞片。一把斜靠在围栏上的 0.22 英寸口径的步枪放在身旁，地上躺着一小堆皮毛和羽毛——来自几只野兔和小鸟。我停下来跟他搭讪，发觉他的眼珠先上上下下把我的座驾"驽骍难得"扫视一遍，又仔仔细细端详完细节，方才退回眼窝里。我其实没什么想跟他说的……因此我们只是彼此陷入沉思。（摘自《横越美国》）〕

我在这个段落中找到了 13 个动词，其中 12 个是主动语态动词，1 个是被动语态动词——这是乔治·奥威尔心仪的比例。一连串的主动语态动词给情景预热，虽然并没有大场面发生。主动语态动词告诉读者：谁在做什么。作者看到一个男人，这个男人戴着帽子。作者停下车跟他搭讪。两人面对着陷入沉思。甚至无生命体也有动作：步枪靠在栅栏上，被射死的动物躺在地上。

一个绝妙的被动语态动词被嵌入一系列主动语态的动词中（"His pale eyes *were frosted* with sun glare"）。这实现了下列效果：在现实生活中，眼睛吸收了太阳放出的光芒，所以主语接收了动词描述的动作。

这就是本章想要给大家介绍的写作工具：使用被动语态，突出动作的承受者。当专栏作家杰夫·埃尔德（Jeff Elder）在《夏洛特观察者报》（*Charlotte Observer*）上描写北美旅鸽的灭绝时，他使用了被动语态将鸟儿们塑造成受害者："Enormous roosts *were gassed* from trees. ... They *were shipped* to market in rail car after rail car. ... In one human generation, America's most populous native bird *was wiped out.*"（树上成千上万的旅鸽被毒气杀死。……尸体在一辆又一辆的有轨列车中被运往市场。……只不过一代人的时间，北美数量最多的原生鸟类就被赶尽杀绝。）鸟儿没做错什么，却被惨祸加身。

最优秀的作者能够在主动语态动词和被动语态动词之间做出最佳的选择。斯坦贝克在上文引用的作品中这样写道："那一夜被各种征兆填满。"（The night was loaded with omens.）斯坦贝克本可以这样写："各种征兆填满了那一夜。"（Omens loaded the night.）但在这种情况下，使用主动语态对动作的接受者"夜晚"和动作的发出者"预兆"都不合适，也不利于表达句子的意义和乐感。

在《受压迫者教育学》（*Pedagogy of the Oppressed*）中，巴西教育家保罗·弗莱雷（Paulo Freire）利用主动语态和被动语态的区别，向把老师的权力凌驾于学生的需求之上的教育系统发出了挑战。他认为，一个压迫性的教育系统是：

- the teacher teaches and the students are taught;

- the teacher thinks and the students are thought about;

· the teacher disciplines and the students are disciplined.

（·老师教学，学生被动学习；

·教师思考，学生被动思考；

·教师管理，学生接受管理。）

换句话说，一个压迫性的教育系统，就是教师占据主动地位而学生处在被动位置。

一个准确、形象的主动语态动词让系动词的某些用法拨开云雾见天日。斯特伦克和怀特提供了一个漂亮的例子：他们把"There were leaves all over the ground"（地面上有很多树叶）改成了"Leaves covered the ground"（树叶布满地面）——比起 7 个词的句子，4 个词的句子的效果要更好。

唐·弗莱（Don Fry）在我做研究生时，曾向我展示我的文章是如何在被动语态和系动词的重压下黯然失色的。文章一句又一句、一段又一段地以"It is interesting to note that"（有趣的是）或者"There are those occasions when"（有这样的情况）作为开头——对写作高阶水平的追求，催生出了这种浮夸而迂回的表达方式。

不过系动词也有用得恰到好处的时候，比如黛安娜·阿克曼（Diane Ackerman）在定义男女某个差别时展示出来的这样：

The purpose of ritual for men *is* to learn the rules of power and competition. ... The purpose of ritual for women ... *is* to learn how to make human connections. They *are* often more intimate and vulnerable with one another than they *are* with their men, and taking care of other women teaches them to take care of themselves. In these formal ways, men and women domesticate their emotional lives. But their strategies *are* different, their biological itineraries *are* different. His sperm needs to travel, her egg needs to settle down. *It's* astonishing that they survive happily at all. (from *A Natural History of Love*)

〔对男人来说，仪式的目的是学习权力和竞争的规则。……而对于女人而言……则是学习如何建立人际关系。比起和自己的男人在一起的时候，女人与女人之间更为亲密和敏感，而照顾其他女人让她们懂得要照顾好自己。男人和女人就是通过这样正式的方法来驯化情感生活，不过他们的策略不同，生理规律不同。他的精子热爱游动，她的卵子渴望安定。但令人惊讶的是，他们竟然如此快乐地活着。（摘自《爱情的自然历史》）〕

domesticate 就是一个很形象生动的主动语态动词，关于精子和卵子的那句话中的 needs 同样也是。不过，作者笔下的动词 be——也称为系动词——主要是用来缔造头脑中大胆的联想。

下面为各位奉上写作中的经验法则：

- 主动语态的动词推动行为，呈现行为发出者；
- 被动语态动词强调动作接收者和受害者；
- 系动词连接词语与画面。

写作者之所以要在主动语态、被动语态和系动词中做出选择，不仅出于审美角度的考虑，同样也涉及道德和政治层面的考量。在《政治与英语语言》（"Politics and the English Language"）一文中，乔治·奥威尔形容了语言滥用与政治滥权的联系：腐败的领导使用被动语态来混淆丑恶的现实，推脱对行为本应负起的责任。他们会说"有一点必须承认，既然报告被修订了，那错误也被犯下了"（It must be admitted, now that the report has been reviewed, that mistakes were made.），而非"我读了报告，我承认我犯了错误"（I read the report, and I admit I made a mistake.），此处也教给大家一个生活技能：在道歉的时候，永远要用主动语态。

写作工作坊

1. 阅读乔治·奥威尔的《政治与英语语言》并讨论他的观点，即被动语态的使用能为强词夺理的观点进行辩护。当你收听政治演说时，请注意政治家和其他领导人使用被动语态来逃避对问题或错误承担责任的情况。

2. 在报纸文章和虚构类作品中寻找使用被动语态的妙例。假如你要和乔治·奥威尔进行一场辩论，你该如何为被动语态辩护？

3. 将句子中的被动语态和系动词转换成主动语态，看一看句子强调的点有没有发生变化。注意句子与句子之间的联系或连贯的变化，如果发生改变，这个句子还需要什么样的修改来维持句间的连贯。

4. 诗人唐纳德·霍尔认为，主动语态的动词有时会太过"主动"，可能会催生出大男子气概的文章（"He crunched his fist into the Nazi's jaw" / 他把拳头砸进了纳粹的下巴）和多愁善感的浪漫主义（"The horizon embraced the setting sun" / 地平线拥抱着落日）。在你平时的阅读过程中，留心这类有些过火的表达，并思考该如何改进。

写作工具 5

注意那些副词

使用副词来改变动词的意义。

经典的男童阅读书目汤姆·斯威夫特历险系列的作者喜欢使用感叹号和副词,以《汤姆·斯威夫特和他的巨型探照灯》(*Tom Swift and His Great Searchlight*)中的一个短段落为例:

"Look!" suddenly exclaimed Ned. "There's the agent now! ... I'm going to speak to him!" impulsively declared Ned.

("快看!"内德突然喊起来。"特工现在就在那儿!⋯⋯我要去跟他说话!"内德兴奋地宣布。)

Look 后面跟着的感叹号足以让年轻的读者热血沸腾,但是作者依然加入了 suddenly 和 exclaimed 这两个词。一直以来,创作者使用副词不是为了改变读者对动词的理解，而是为了对动词进行强调。这种愚蠢的文风造就了汤姆·斯威夫特式双关语：用副词抖包袱。

> "I'm an artist," he said easily.
>
> "I need some pizza now," he said crustily.
>
> "I'm the Venus de Milo," she said disarmingly.
>
> "I dropped my toothpaste," he said, crestfallen.
>
> （"我是个艺术家，"他脱口而出。
>
> "我现在就要吃比萨饼，"他态度无礼地说。
>
> "我就是米洛的维纳斯，"她友善地说。
>
> "我把牙膏弄掉了，"他说，一副丧气的样子。）

从最好的方面看，副词可以为动词和形容词增色。但从最坏的方面看，副词与其修饰的动词或形容词表意重复。

> The blast *completely* destroyed the church office.
>
> The cheerleader gyrated *wildly* before the screaming fans.
>
> The accident *totally* severed the boy's arm.
>
> The spy peered *furtively* through the bushes.
>
> （爆炸**彻底地**摧毁了教堂的办公室。
>
> 啦啦队队员在尖叫的球迷面前**疯狂地**旋转。
>
> 事故**完全地**切断了男孩的手臂。
>
> 密探**偷偷摸摸地**透过灌木丛看。）

我们试着把这些副词删去：

The blast destroyed the church office.

The cheerleader gyrated before the screaming fans.

The accident severed the boy's arm.

The spy peered through the bushes.

删去副词后，句子长度变短了，重点更加突出，给动词创造了更多的空间。当然，各位读者可以保留不同意见。

在去世半个世纪后，迈耶·伯格（Meyer Berger）仍然是《纽约时报》历史上最伟大的文体家之一。他的最后一篇专栏文章描述了一位盲人小提琴家在天主教医院受到的关爱：

The staff talked with Sister Mary Fintan, who has charge of the hospital. With her consent they brought the old violin to Room 203. It had not been played for years, but Laurence Stroetz groped for it. His long white fingers stroked it. He tuned it, with some effort, and tightened the old bow. He lifted it to his chin and the lion's mane came down.

（工作人员通过交谈，征得了医院负责人玛丽·芬坦修女的同意。他们将一把闲置多年的旧小提琴带进了 203 病房。这把琴已多年未被演奏过了，劳伦斯·斯特罗茨摸索着，直到修长白皙的手指触碰到琴身。他花了些功夫将琴音调准，绷紧老旧的弓弦，下巴夹住提琴，琴声优美得足以让凶猛的狮子变得温顺。）

生动的动词和零副词是伯格文章的突出特点。当这位老人拉起《圣母颂》（"Ave Maria"）时：

Black-clad and white-clad nuns moved lips in silent prayer. They choked up. The long years on the Bowery had not stolen Laurence Stroetz's touch. Blindness made his fingers stumble down to the violin bridge, but they recovered. The music died and the audience pattered applause. The old violinist bowed and his sunken cheeks creased in a smile.

（身着黑袍和白袍的修女们嘴唇翕动，默默祷告，强忍激动的心情。在鲍厄里大街度过的漫长岁月并没有偷走劳伦斯·斯特罗茨的触觉。因为失明，他的手指磕绊地按上了琴桥，但很快他就恢复到往日的水平。一曲终了，噼啪的掌声响起。老琴手鞠了一躬，微笑中凹陷的双颊折出皱纹。）

"the audience pattered applause" 比 "applauded politely"（观众有礼貌地鼓掌）妙太多了。

副词可以反映出一个作家还不够成熟，但大师们偶尔也阴沟里翻船。1963 年，约翰·厄普代克（John Updike）写了一篇题为《啤酒罐》（"Beer Can"）的文章，文章共一段，描述了易拉罐发明之前，啤酒罐这个神圣容器的美丽。他在文中回忆到啤酒有一次 "foamed eagerly in the exultation of release（在被释放的狂喜中急切地涌出一层白沫）"。我在过去几年中反复地读到这句话，越读越对副词 eagerly（急切地）的使用感到不满意。它堵在动词 foamed（起泡沫）和名词 exultation（狂喜）之间，而这两个词用得精彩，在把啤酒拟人化的同时，也向读者传达出了急切感。

我用下面两个例句来帮助大家区分使用得好的副词和使用得不那么理想的副词："She smiled happily（她开心地笑了）"和"She smiled sadly（她悲伤地笑了）"中，哪一个副词效果更好？答案是第二个。"笑"本身包含了"高兴"的意思，用 happily 略显画蛇添足；就另一方面而言，sadly

则改变了句子的意思。

作者库尔特·冯内古特（Kurt Vonnegut）使用副词的频率和哈雷彗星出现的频率一样低。为了在《棕榈树星期天》(*Palm Sunday*) 这本书中找到一个副词，我得翻上好几页。在受邀做礼拜日的布道时，他在结尾说："I thank you for your sweetly faked attention.（感谢大家贴心地佯装出认真聆听的样子。）"这里的 sweetly（贴心地）同样改变了 faked（佯装的）的意思。这个副词用得好。

还记得《轻曲销魂》（"Killing Me Softly"）这首歌吗？Softly 用得好。那将它改成 fiercely（凶狠地）呢？立刻黯然失色。

写作者可以用更形象生动的动词来替代较弱的"动词-副词"组合。"She went quickly down the stairs（她快步走下楼梯）"可以改成"She dashed down the stairs（她冲下了楼）"。"He listened surreptitiously（他偷偷摸摸地听）"可以变成"He eavesdropped（他偷听）"。记得给自己多一个选择。

我要以一条免责声明来结束本小节的内容。世界上最富有的作家是"哈利·波特"系列的作者 J. K. 罗琳，她非常喜欢使用副词，特别是用来形容说话的方式。在系列小说的第一部《哈利·波特与魔法石》的其中两页，我找到了这些副词：

"said Hermione timidly."

"said Hermione faintly."

"he said simply."

"said Hagrid grumpily."

"said Hagrid irritably."

（"赫敏胆怯地说。"

"赫敏怯生生地说。"

"他简要地说。"

"海格没好气地说。"

"海格暴躁地说。")

如果你想要收入超过 J. K. 罗琳，或许你应该更多地使用副词。但是如果你和我一样，没有那样的追求，不妨有节制地使用副词吧。

写作工作坊

1. 在一份报纸中找到所有以 –ly 结尾的词。如果这个词是副词，划掉这个词后高声朗读新的句子。比较一下，哪个版本的效果更好？

2. 在你最近的三篇习作中使用同样的方法。圈出副词，删掉它们，看看新的句子是变得更好还是更差。

3. 将习作中使用的副词再读一遍，标出只是修饰动词而并没有强化动词的表意的副词。

4. 寻找"动词–副词"的组合。"He spoke softly（他柔声说道）"可以改成"He whispered（他低语道）"或者"He mumbled（他含糊地说）"。如果你发现了一个较弱的搭配，不妨用更生动形象的动词替代这个搭配，看看句子的效果会不会更好。

写作工具 6

谨慎使用现在进行时

不妨多用一般现在时或者一般过去时。

《新闻日报》（*Newsday*）的一位编辑曾和我分享，他是如何设法帮助一位记者修改新闻故事的开头的。正如经常发生的那样，这位编辑知道开头的段落可以被改得更好，但困于一时无策。他手里攥着稿件，走过过道，一抬头看见了身型魁梧的吉米·布雷斯林（Jimmy Breslin）。吉米同意帮忙看看问题出在了哪里。

"-ing 出现得太多了，"这位传奇的专栏作家说。

"什么太多了？"

"-ing 太多了。"

一个作家可以过度使用以 -ing 结尾的词吗？为什么 -ing 的过度使用会成为一个问题呢？

换言之，为什么"Wish and hope and think and pray（希望、期待、思

考和祈祷）"比"Wishin' and hopin' and thinkin' and prayin'（希望着、期待着、思考着和祈祷着）"好呢？此处对达斯蒂·斯普林菲尔德（Dusty Springfield）并无冒犯之意。答案就藏在英语作为一门屈折语的历史中。屈折语词缀是我们加在一个词语上以改变词语意义的元素，比如：我们在名词上加 -s 或者 -es 来表明复数，在动词上加 -s 或者 -ed 来区分现在时和过去时。

加上 -ing 后，动词能够呈现出一种发展中的感觉——一桩正在发生的事。就像理查德·赖特（Richard Wright）在 1935 年的文章中描述乔·路易斯（Joe Louis）取得拳赛胜利后的疯狂庆祝那样（我将动词的进行时变成了斜体）："Then they began *stopping* street cars. Like a cyclone *sweeping* through a forest, they went through them, *shouting, stamping*.（然后他们将街头的汽车纷纷拦下，就像一场横扫森林的飓风，他们穿过车海，叫喊着，跺着脚）"。段落中留有一个较弱的动词词组 went through（穿过），通过明喻和动词的现在进行时也创造出一种自发行动的感觉。

以悬疑小说《长眠不醒》（*The Big Sleep*）的开篇为例：

It was about eleven o'clock in the morning, mid October, with the sun not *shining* and a look of hard wet rain in the clearness of the foothills. I was *wearing* my powder-blue suit, with dark blue shirt, tie and display handkerchief, black brogues, black wool socks with dark blue clocks on them. I was neat, clean, shaved and sober, and I didn't care who knew it. I was everything the well-dressed private detective ought to be. I was *calling* on four million dollars.

（那是十月中旬的上午十一点左右，天阴沉沉的，光秃秃的山麓上像要下一场大雨。我穿着淡蓝色的外套，内搭深蓝色的衬衫，戴着领带，上衣口袋里插着方巾，黑色的布洛克皮鞋里是印着深蓝色钟表图案的黑色羊毛袜。我干净整洁，剃须刮面，清醒冷静。我不在乎谁知道，一个穿着得体的私家侦探就是我这副模样。我现在要价 400 万美元。）

虽然雷蒙德·钱德勒（Raymond Chandler）在这个段落中使用了五次 was，他依然创造了一种当下的气氛——此时此地——通过使用 -ing 这个屈折语元素。

所以，如果只是偶然且有策略性地使用 -ing，不需要担心。只有当一般现在时和一般过去时足以满足表达需求时，动词 -ing 形式的使用才略显多余。有时，一个简单的 -ing 就能够创造出让人满意的效果。从美国议员鲍勃·多尔（Bob Dole）自传中的一个段落，我们可以了解到他在战场上身负重伤后受到的照顾：

Bob held on, and made it through the operation. The fever disappeared and the other kidney worked, and by fall, they'd chipped away the whole cast. Now they *were trying* to get him out of bed. They hung his legs over the edge of the mattress, but it made him weak with fatigue. It took days to get him on his legs, and then he shook so, with the pain and the strangeness, they had to set him back in bed.

（鲍勃坚持住了，挺过了手术。高烧退了，另一个肾脏也开始工作，到了秋天他们就能拆掉整个石膏。他们曾一直尝试着让鲍勃下地活动。他们之前把他的腿悬在床垫边缘的上方，这样的姿势让他既虚弱又疲惫。他用了好几天的时间才站起来，摇摇晃晃，又痛苦不堪，姿势不熟练，他们只好又让他躺回病床。）

理查德·本·克拉默（Richard Ben Cramer）利用一般过去时创造出一种生动、清晰和戏剧化的效果。当然段落的中间部分也有例外，作者使用 they were trying 来描述当下持续性的努力。

让我试着写一个过度使用 -ing 的段落：

Suffering under the strain of months of *withering* attacks, reservists stationed in Iraq are *complaining* to family members about the length of their tours of duty, and *lobbying* their congressional representatives about *bringing* more troops home soon.

（在经历了数月的猛烈攻击后，驻扎在伊拉克的预备役军人向他们的家庭成员抱怨服役时间过长，并游说他们的国会代表尽快遣返更多的部队。）

这个句子无所谓对错，只是动词的 -ing 形式用得太多，足足有五个，构成了不同的句法形式。

- Suffering 是现在分词，用来修饰 reservists。
- Withering 是一个形容词，修饰 attacks。
- Complaining 和 lobbying 是动词的进行时。
- Bringing 是动名词，由动词变化而来的名词。

在修改上述段落前，我先跟大家说一说 -ing 会弱化动词的两个原因：

1.当我加上 -ing 后，等于给该词额外增加了一个音节。而在绝大多数情况下，加 -s 或者 -ed 后，这样的情况并不会发生。下面我们在动词 trick 上做个尝试。我先加上 -s 和 -ed，变成 tricks 和 tricked，都不会改变动词的词根效应。而加上 -ing 之后变成 tricking，多了一个音节，听起来像不同的词了。

2. 带有 -ing 的词开始变得相似。Walking、running、cycling 和 swimming 都是很好的锻炼方式，但是我更愿意说："My friend Kelly likes to walk, run, cycle and swim.（我的朋友凯莉喜欢走路、跑步、骑行和游泳。）"

润色后的段落会变成什么样？

请参考：

> Reservists stationed in Iraq have suffered months of withering attacks. They have complained to family members about the lengths of their tours of duty and lobbied Congress to bring more troops home soon.
>
> （驻扎在伊拉克的预备役军人已经遭受了数月的猛烈攻击。他们向家庭成员抱怨他们的服役时间过长，并游说国会尽快让更多的部队回家。）

我不能说改动后的版本比之前的版本有显著的进步，这个版本或许只是更干净、更直接一些。但现在我知道，这个写作工具给了一些我以前没有意识到的选择。就像我之前在副词上做的尝试一样，现在我也可以在含有 -ing 的词汇上做更多的尝试。

在学习这个写作工具后，我发觉我非常欣赏 -ing 使用频率低的段落。一起欣赏凯瑟琳·诺里斯（Kathleen Norris）在《达科他州》（*Dakota*）中的文笔：

> Like many who have written about Dakota, I'm invigorated by the harsh beauty of the land and feel a need to tell the stories that come from its soil.

Writing is a solitary act, and ideally, the Dakotas might seem to provide a writer with ample solitude and quiet. But the frantic social activity in small towns conspires to silence a person. There are far fewer people than jobs to fill. Someone must be found to lead the church choir or youth group, to bowl with the league, to coach a softball team or little league, to run a Chamber of Commerce or club committee. Many jobs are vital: the volunteer fire department and ambulance service, the domestic violence hotline, the food pantry. All too often a kind of Tom Sawyerism takes over, and makes of adult life a perpetual club. Imagine *spending* the rest of your life at summer camp.

（就像许多描写过达科他州的人一样，我被这片土地的残酷之美鼓舞，感到有必要讲述来自这片土地的故事。写作是一种孤独的行为，在理想的情况下，达科他州人似乎可以给一个作家提供足够的独处和安静。但小城镇里疯狂的社会活动却让人沉默。在就业人数远远少于就业岗位的情况下，就必须得有人引领合唱团或青年团体，在橄榄球赛上投球，给垒球队或少年棒球联盟会做教练，运营商会或俱乐部委员会。许多工作都很重要，比如自愿提供消防和救护服务，接听家庭暴力热线，在食品分发处发放救济。通常，一种汤姆·索亚主义开始弥漫，把成年生活变成一个终身俱乐部。想象一下在夏令营度过余生的场景。）

在 151 个词的段落中，诺里斯只用了两次 -ing。不算太多。

写作工作坊

1. 阅读一下你最近的习作，圈出任何以 -ing 结尾的词。有什么发现吗？你是否使用了太多的以 -ing 结尾的词？

2. 如果是这样，请修改几个段落。试着用一般现在时或者一般过去时来替代以 -ing 结尾的词。

3. 数一数在你崇拜的大作中，以 -ing 结尾的词的数量。

4. 如果你遇到一篇难读或难写的段落，想一想是不是 -ing 结尾的词的问题。

写作工具 7

长难句？别怕！
引领你的读者走上一段语言和意义的旅程。

没有谁不害怕长句子。编辑害怕，读者害怕，绝大多数作者害怕，甚至我也害怕。看，这是一个短句，再短一些，再短，只剩某些句子成分，再缩减，只留字母。去你的。那我能不用单词写句子吗？只用标点符号？……#:!?

害怕长句，那就偏要写长句。一个无法熟练运用长句的作家，根本不足以被称为作家。句子长度或许能让一个本来就差劲的句子更糟糕，但它也能够让出彩的句子更上一层楼。

汤姆·沃尔夫（Tom Wolfe）写过的文章中，我最喜欢的一篇是在新新闻运动早期发表的《周日般的爱情》（"A Sunday Kind of Love"），取名于当时的一首爱情民谣。文中描述的事件发生在周四的纽约地铁站，并非周日。沃尔夫注意并捕捉到城市地铁中年轻人的热恋瞬间，重新定义了都市的浪漫爱情。

Love! Attar of libido in the air! It is 8:45 A.M. Thursday morning in the IRT subway station at 50th Street and Broadway and already two kids are hung up in a kind of herringbone weave of arms and legs, which proves, one has to admit, that love is not *confined* to Sunday in New York.

（爱！空气中充满着爱欲！周四上午8点45分，在跨区捷运公司位于百老汇和第五十大道交会处的地铁站上，一对小情侣已经四肢交缠，亲热爱抚，这就说明，也让人不得不承认，爱恋不只在周日的纽约上演。）

文章开篇不错，结合情色片段和感叹符号。肢体形态中体现出来的爱情被 herringbone weave（原意为"人字形编织"）概括其中。语篇开头的两个短句子后接一个长句，仿佛作者和读者从抽象阶梯的顶端——爱和情欲——一跃而下，落到一对小情侣的亲热场面中，再回归到地铁中各式各样的爱的表现形式。

在交通高峰时段，地铁上的旅客能够真切地体会"长度"的含义：站台的长度，等待的时长，地铁的长度，扶手电梯和楼梯井口到地面的长度，行色匆匆、嘟囔抱怨、耗尽耐心的乘客排队的长度。请注意沃尔夫是如何运用句子的长度来反映现实情况的：

Still the odds! All the faces come popping in clots out of the Seventh Avenue local, past the King Size Ice Cream machine, and the turnstiles start whacking away as if the world were breaking up on the reefs. Four steps past the turnstiles everybody is already backed up haunch to paunch for the climb up the ramp and the stairs to the surface, a great funnel of flesh, wool, felt, leather, rubber and steaming alumicron, with the blood squeezing through everybody's old sclerotic arteries in hopped-up spurts from too much coffee and the effort of surfacing from the subway at the rush hour. Yet there on the landing are a boy and a girl, both about eighteen, in one of those utter, My Sin, backbreaking embraces.

（还是有机会的！各色的面孔接二连三地出现在第七大道上，人们走过制作超大冰激凌的机器，旋转门开始呼呼地转动起来，好像世界在暗礁上四分五裂。四步穿过旋转门，大家已经把楼梯堵得水泄不通，挪着步爬着斜梯和楼梯走上路面。一群人挤了出来，穿着毛料衣物、毡制品、皮革、橡胶鞋，带着冒着热气的瓷杯，在摄取了过量的咖啡因和从高峰期的地铁奋力地走上地面后，血液加速流入并勉强通过衰老、硬化的动脉。然而，就在出站口站着一对约莫十八岁的小情侣，使出了全身的气力紧紧相拥，只能让人惊叹"我的罪"。）

这就是典型的沃尔夫的文字，在这个世界里 sclerotic（硬化的）是 *erotic*（情色的）的反义词，感叹号如同野花般生长，经验和地位被商标定义。My Sin（我的罪）是那日的香气。不过稍等！还有更多！当一对爱侣交颈爱抚时，一群通勤的上班族路过他们身旁：

All round them, ten, scores, it seems like hundreds, of faces and bodies are perspiring, trooping and bellying up the stairs with arterio-sclerotic grimaces past a showcase full of such novel items as Joy Buzzers, Squirting Nickels, Finger Rats, Scary Tarantulas and spoons with realistic dead flies on them, past Fred's barbershop, which is just off the landing and has glossy photographs of young men with the kind of baroque haircuts one can get in there, and up onto 50th Street into a madhouse of traffic and shops with weird lingerie and gray hair-dyeing displays in the windows, signs for free teacup readings and a pool-playing match between the Playboy Bunnies and

Downey's Showgirls, and then everybody pounds on toward the Time-Life Building, the Brill Building or NBC.

（在他们周围，有十个、二十个，又似乎有几百张脸和几百个身躯在流汗，慢吞吞地沿楼梯向上爬，脸色仿佛得了动脉硬化般难看，他们路过摆满各式新潮玩意儿的展示柜：恶作剧用的蜂鸣器、喷水的镍币、老鼠指套玩具、恐怖的狼蛛模型和粘着逼真的苍蝇尸体的汤匙。他们路过弗莱德的理发店，就是楼梯平台的那家，店内张贴着光亮的照片，照片里的年轻男人们展示着这家店可以做的花哨发型。上到第五十大街，融入人流、车流和商店构成的熙熙攘攘中，店内的橱窗展示着怪异的内衣和灰色染发成品，贴着"免费茶叶占卜"的招牌，宣传着花花公子的兔女郎和唐尼的艳舞女郎间的泳池较量。接着所有人拖着沉沉的步子，向着时代生活大厦、布里尔大厦和美国全国广播公司大楼走去。）

有哪位读者读到过更精妙的长句，对地下纽约百态更生动的重现，从首字母到句号更让人惊艳的 128 个单词吗？如果你还能找到一句，在下愿意一品。

细细品读沃尔夫的作品后，我们可以觅得精通长句写作的几点策略：

- 建议主句的主语和动词放在句子的开头。
- 用长句描述复杂的内容。让功能决定形式。
- 建议按时间顺序组织长句。
- 在长句中间穿插较短和中等长度的句子。
- 把长句当作产品、名字和图像的列表或目录来使用。
- 长句比短句需要更费心的编辑，确保词尽其用。哪怕这个句子非常长。

长句写作意味着特立独行、格格不入。但这不就是最优秀的作家的行事风格吗？在小说《土星之环》（*The Rings of Saturn*）中，W. G. 塞巴尔德（W. G. Sebald）使用长句来说明——和反映——英国散文家托马斯·布朗爵士（Sir Thomas Browne）的古典散文风格：

In common with other English writers of the seventeenth century, Browne wrote out of the fullness of his erudition, deploying a vast repertoire of quotations and the names of authorities who had gone before, creating complex metaphors and analogies, and constructing labyrinthine sentences that sometimes extend over one or two pages, sentences that resemble processions or a funeral cortege in their sheer ceremonial lavishness. It is true that, because of the immense weight of the impediments he is carrying, Browne's writing can be held back by the force of gravitation, but when he does succeed in rising higher and higher through the circles of his spiralling prose, borne aloft like a glider on warm currents of air, even today the reader is overcome by a sense of levitation.

（和 17 世纪许多英国作家一样，布朗毫无保留地将自己的学识见解倾注笔端，写文章旁征博引，创造出大量复杂的暗喻和类比，构造出如同迷宫般复杂、足足一页甚至两页纸才能写完的句子，如同拘泥于纯粹仪式的队列祷告或送葬队伍。的确，因为句子过长成为一种累赘，布朗的写作或被这股重力所拖累，但当他借助句式复杂的文章成功地越飞越高，就像在空中被暖流托起的一架滑翔机时，即便是今天的读者也被这种飘浮在半空中的感觉所征服。）

鲁道夫·弗莱施在 20 世纪 40 年代描述了造成句子"简单易读"或

"复杂难懂"的因素。他引用了 1893 年的一项研究，研究结果显示英语句子长度逐步缩短："伊丽莎白女王一世时期的句子大概有 45 个词，维多利亚时期缩短到 29 个词，如今的句子长度是 20 个词，甚至更少。"弗莱施在易读性研究中把句子长度和音节数作为影响因素，E. B. 怀特在《计算器》（"Calculating Machine"）一文中也曾描述过这样的计算方法。"写作是出于信念的行为，"怀特写道，"而不是语法的把戏。"

优秀的作者必须相信，一个出彩的句子，不论长短，都不会让读者感到迷惑。即使弗莱施一直在宣扬句子长度不超过 18 个词的好处，他也同样称赞约瑟夫·康拉德（Joseph Conrad）等文豪写出的长句。所以即便对老鲁道夫而言，一个精雕细琢后的长句也并不是违背弗莱施原则的罪过。

写作工作坊

1. 留心那些精心设计过的长句，看看它们在语境中是否达到了上文提及的标准。

2. 在修改文章时，绝大多数记者会为了表意清晰而拆掉较长的句子。但作者也知道将句子进行合并以达到更好效果。在你最近的习作中看看有没有类似的例子。合并短句子，以创造长短不同的句子和更丰富的句式结构。

3. 下面的段落来自让·让-多明尼克·鲍比（Jean-Dominique Bauby）的作品《潜水钟与蝴蝶》（*The Diving Bell and the Butterfly*）：

I am fading away. Slowly but surely. Like the sailor who watches the home shore gradually disappear, I watch my past recede. My old life still burns within me, but more and more of it is reduced to the ashes of memory.

（我在逐渐消失。速度很慢，但确定无疑。就像看着故乡的海岸渐渐消失的水手，我也看着我的过去慢慢褪去。过去的点滴依旧在我的体内燃烧，但越来越多的过去被烧毁，成了记忆的烟灰。）

将这个选段中的句子合并成为一句话。

4. 最好的长句子从充分的调研和汇报中来。再读一遍上文中沃尔夫作品里的句子，注意那些从直接观察和笔记中得来的细节。下次你做实地汇报时，寻找那些能转换成长句中的场景和环境描写。

5. 句子按照结构可以分为四类：简单句（一个主句）、复合句（主句加从句）、并列句（多于一个主句）、并列复合句。但是一个长句不一定是一个并列句或是复合句，也可以是一个简单句：

A tornado ripped through St. Petersburg Friday, tearing roofs off dozens of houses, shattering glass windows of downtown businesses, uprooting palm trees near bayside parks, and leaving Clyde Howard cowering in his claw-footed bathtub.

（周五，一场龙卷风在圣彼得斯堡肆虐，掀翻了数十座房屋的屋顶，震碎了市中心商业楼的玻璃窗户，连根拔起了湾区公园附近的棕榈树，让克莱德·霍华德蜷在爪形浴缸里瑟瑟发抖。）

这个句子虽然有 34 个单词，但结构上是只有一个主谓结构的简单句（"A tornado ripped"）。在这个语境下，动词的现在进行时 -ing 起到了积极的作用。翻一翻你手袋里、钱包里或者最喜欢的杂物抽屉里的物品，然后用一个较长的简单句来描述里面的物品。

写作工具 8

先确立模式，再尝试变化

使用平行结构，但也要学会打破它。

写作者通过在单词、短语和句子层面使用平行结构，让文章的形式更加整齐美观。"如果两个或两个以上的概念是类似的，"黛安娜·哈克（Diana Hacker）在《作家写作手册》（*A Writer's Reference*）中写道，"它们在平行结构中进行表达时，读者更容易把握它们的含义。单个词语和单个词语平行，短语与短语平行，句子与句子平行。"

平行结构所产生的效果在伟大的演说家们的讲稿中最能体现，比如马丁·路德·金的演说（斜体样式是我添加的）：

So let freedom ring from the *prodigious hilltops* of New Hampshire. Let freedom ring from the *mighty mountains* of New York. Let freedom ring from the *heightening Alleghenies* of Pennsylvania! Let freedom ring from the *snowcapped Rockies* of Colorado.

（让自由之声响彻新罕布什尔州的巍峨高峰。让自由之声响彻纽约的崇山峻岭。让自由之声响彻宾夕法尼亚州高耸的阿勒格尼山脉！让自由之声响彻科罗拉多州白雪皑皑的落基山脉。）

请注意金通过重复词语和语法结构让语势逐渐加强。在这个语段中，他用了一系列介词短语，包括指明高山名称的名词和描述其巍峨雄壮的形容词。

"能使用的地方都用上平行结构，"谢里登·贝克（Sheridan Baker）在《写作实用文体》（*The Practical Stylist*）一书中写道，"相同的思想需要用平行结构来表达。"就在拜读完贝克的著作后，我偶然间读到了一篇我最喜爱的英国作家 G. K. 切斯特顿（G. K. Chesterton）的文章。切斯特顿活跃于 20 世纪初的文坛，长于侦探推理故事、宗教体裁和文学随笔。他的文风略为矫饰，句子中善用平行结构作为亮点："With *my* stick and *my* knife, *my* chalks and *my* brown paper, I went out on to the great downs.（拿着我的棍子和我的刀，带着我的粉笔和我的牛皮纸，我走向那片辽阔的高地。）"这个句子借助这两个平行结构的大长腿，成功地从前一页跨到后一页：my 重复了四次，平行结构间用 and 连接。

已故的尼尔·波兹曼（Neil Postman）曾论证社会问题不能仅仅依靠信息来解决。他通过一系列假设命题的并列，来整合自己的观点：

If there are people starving in the world—and there are—it is not caused by insufficient information. If crime is rampant in the streets, it is not caused by insufficient information. If children are abused and wives are battered, that has nothing to do with insufficient information. If our schools are not working and democratic principles are losing their force, that too has nothing to do with insufficient information. If we are plagued by such problems, it is because something else is missing.

（如果世界上有人在忍饥挨饿——事实的确如此——那不是信息不足导致的。如果街头犯罪猖獗，那不是信息不足造成的。如果妻孩被虐待，这与信息不足无关。如果我们的学校被关停，民主原则失去影响力，这也与信息不足无关。如果我们饱受这些问题的困扰，那是因为我们忽略了其他的因素。）

通过不断地重复带 if 的条件状语从句，并用 insufficient information（信息不足）作为四个并列句的结尾，波兹曼用语句敲响了语言的鼓点，让论点更具说服力。

我突然发现平行结构遍地都是。下面的段落出自菲利普·罗斯（Philip Roth）的《反美密谋》（*The Plot Against America*）。在他标志性的长句中，罗斯描述了 20 世纪 40 年代工人阶级中犹太裔美国人的生活：

The men worked fifty, sixty, even seventy or more hours a week; the women worked all the time, with little assistance from laborsaving devices, washing laundry, ironing shirts, mending socks, turning collars, sewing on buttons, mothproofing woolens, polishing furniture, sweeping and washing floors, washing windows, cleaning sinks, tubs, toilets, and stoves, vacuuming rugs, nursing the sick, shopping for food, cooking meals, feeding relatives, tidying closets and drawers, overseeing paint jobs and household repairs, arranging for religious observances, paying bills and keeping the family's books while simultaneously attending to their children's health, clothing, cleanliness, schooling, nutrition, conduct, birthdays, discipline, and morale.

（男人们一周工作五十、六十，甚至七十小时，或者更多；而女人们终日劳作，几乎没有节省劳力的机器的帮助，她们洗衣服，熨烫衬衫，缝补袜子，翻折衣领，缝扣子，给呢绒衣物做防蛀，给家具抛光，扫洗地板，清洗窗户，清理洗手池、浴缸、厕所和炉灶，给地毯吸尘，照顾病弱，购买食材，烹饪餐食，喂养亲人，清理橱柜和抽屉，监督油漆工的进度和家中的整修，准备宗教仪式，付账单和保管家庭藏书，与此同时还要顾及孩子的健康、穿着、卫生、学业、营养、行为举止、生日、纪律和道德准则。）

在这份令人眼花缭乱的工作清单中，我数出了 19 个平行的短语，沿用 washing laundry 这种现在分词搭配名词的结构。（看看所有这些以 -ing 结尾的词。）但是其中也藏着罗斯的秘诀：让这段文字脱颖而出的秘密就在于模式的偶尔变化，比如其中的一个短语 cleaning sinks, tubs, toilets, and stoves 用一个动词搭配四个名词。罗斯本可以这样写："The men worked fifty, sixty, seventy hours a week"，利用一串形容词构成完美的平行结构。但是他选择在后面加上 even seventy or more。通过打破规律，他着重强调了句子的最后部分。

一个纯粹的平行结构是"砰，砰，砰"，而稍做变化后的平行结构是"砰，砰，咚"。带有变化的平行结构创造出了以下这些大家熟知的短语和标题：

Hither, thither, and yon

Wynken, Blynken, and Nod

Father, Son, and Holy Ghost

Peter, Paul, and Mary

Sex, drugs, and rock 'n' roll

（歌曲名《忽东忽西》

童谣名《云肯、布林肯与诺德》

神的三位一体：圣父、圣子和圣灵

三重唱组合名：彼得、保罗和玛丽

歌曲名《性、毒品和摇滚乐》）

我们都知道，超人不代表真理、正义和爱国主义，而是"真理、正义和美国方式（truth, justice, and the American way）"，两个并列的名词，后跟一个变化。

有意地打破平行结构给金的演讲结尾增添了力量：

Let freedom ring from the *curvaceous peaks* of California! [That follows the pattern.] But not only that; let freedom ring from *Stone Mountain* of Georgia!

Let freedom ring from *Lookout Mountain* of Tennessee! Let freedom ring from *every hill and molehill* of Mississippi. From every mountainside, let freedom ring.

（让自由之声响彻加利福尼亚州蜿蜒的群峰！[这句话延续了上文的结构] 不仅如此，还要让自由之声响彻佐治亚州的石山！

让自由之声从田纳西州的卢考特山响起来！让自由之声响彻密西西比州的每一座山峰和土丘！让自由之声响彻每一片山坡。）

当金将自由的罗盘指向隔离主义盛行的美国南部时，他把句子的模式进行了调整。泛指的美国地形被确切的地点所替代，而这些地名与种族歧视联系在一起：石山和卢考特山。最后一句话的变化让其所指不仅仅包括巍峨的高山，密西西比州的每一个小土包都被囊括在内。

　　几乎所有的作者都会偶尔忽略平行结构。对于读者而言，这样的结果无异于在高速公路上开过一个坑洞。如果门徒保罗教导我们三个最伟大的美德是信仰、希望和致力于慈善工作会怎样呢？如果亚伯拉罕·林肯（Abraham Lincoln）写下的文字是"政府为人民所有，由人民选举，为全国服务，不分共和党和民主党"又如何呢？对于平行结构的违背应该让我们更加牢记原始版本里精妙的平衡。

写作工作坊

　　1.从平行结构的视角来审视你最近的作品，找到你在文中使用平行结构的例子。你能找到那些降低读者阅读体验的"路面坑洞"，即不平行的词组和句子吗？

　　2.注意小说、创意非虚构类作品和新闻报道里的平行结构。在阅读时，请用铅笔画出文章中的平行结构，并讨论平行结构对读者产生的影响。

　　3.娱乐一下，将使用了平行结构的宣传语和名言的最后一个成分进行改写。比如 John, Paul, George, and that drummer who wears the rings（约翰、保罗、乔治和那个戴戒指的鼓手）。

　　4.在微调平行结构时，你或许会发现偶尔打乱平行结构——在结尾处做一些变化——可以让句子带上一种有趣的不平衡感。尝试一下。

写作工具 9

用标点符号控制节奏和空间

学习规则，但不盲从：你拥有的选择比你认为的要多。

有些人用使用规则上的差别来教授标点符号，比如限制性从句和非限制性从句的区别。这本书不是。我偏爱工具，而非规则。我的偏好并非不尊重标点符号的使用规则。只要每个人都记得这些规则具有随意性，由共识、惯例和文化决定，那么它们就能帮助作者和读者。

如果你细看最后一个句子的结尾，你会注意到我在 and 之前用了逗号，以结束列举（by consensus, convention, and culture）。在过去的 25 年中，波因特学院中的学者就这个逗号的用法争执不休。斯特伦克和怀特的粉丝们（我是其中一个！）要把它加进去，"节俭"的记者们要把它拿出来。作为一个美国人，我拼写"颜色"时写 color 而非 colour，我把逗号放进引号中；而我那位厚脸皮的英国朋友把颜色拼成 colour，还让那个可怜的小逗号离开引号温暖的怀抱。

　　绝大多数标点都是必须要使用的，但部分却可以选择性使用，这给写作者留下了更多的选择。我的小目标是突出这些"非强制的"选择，将正式的标点符号使用规则转换成有用的工具。

　　标点符号 punctuation 一词衍生于拉丁语词根 punctus，意为"点"。这些有趣的圆点、线条和曲线帮助作家"点"出一条路。为了帮助读者阅读，写作者主要出于如下两个原因使用标点：

1. 设定阅读节奏。
2. 将词、短语和概念划分成方便阅读的意群。

　　当你在写作的过程中开始考虑节奏和空间的问题时，标点符号的使用将变得有力且有目的性。

　　试想一个精心写成的长句子，除了句号没有其余的标点符号。这样的句子就像一条笔直的道路，尽头立着一个禁行标志。句末的句号就是禁行标志。再试想一条路边立着许多禁行标志的蜿蜒道路。这个类比说的是有许多句号的段落，这些句号起到缓和故事节奏的作用。写作者想要这样的节奏，都是出于策略上的考量：让文章更加清晰、传递情感，或是制造悬疑。

　　如果句号是禁行标志，那么其他符号创造出来的"交通流量"又是怎么样的呢？逗号是减速带；分号是驾校教练口中的"滑行停车"；括号是绕行道路；冒号是闪烁的黄灯，宣告重要的内容就在前头；破折号是横在路中间的树枝。

　　一位作家曾告诉我，当他进入下面的阶段时，就是时候提交作品了："我想要把所有的逗号都删除。然后我又把它们都加回来。"逗号大概是最万能、和作者的声音最紧密相连的标点符号。用得好的逗号都放在写作者在大声朗读时自然停顿的地方。"He may have been a genius, as mutations sometimes are.（他可能是一个天才，突变有时就这样。）"这句话出自库尔特·冯内古特。我曾听过他说话，这句话中间的逗号，就是他会自然停顿的地方。

分号比逗号更有力，在切割和组织大块信息时最实用。在《提灯人》（"The Lantern-Bearers"）一文中，罗伯特·路易斯·史蒂文森（Robert Louis Stevenson）描写了一场冒险游戏，男孩子们在外套下面系着被称作"靶心"的廉价锡制灯笼：

> We wore them buckled to the waist upon a cricket belt, and over them, such was the rigour of the game, a buttoned top-coat. They smelled noisomely of blistered tin; they never burned aright, though they would always burn our fingers; their use was naught; the pleasure of them merely fanciful; and yet a boy with a bull's-eye under his top-coat asked for nothing more.
>
> （我们把灯笼系在腰间的皮带上，外面罩上一件——这就是游戏严苛之处——紧扣的轻便大衣。高温下的锡皮散发着恶臭；除了总是烧到我们的手指，它们就没正常工作过；它们的作用几乎为零；乐趣也仅存于幻想之中；不过一个外套下面系着"靶心"的男孩子已经别无所求了。）

圆括号引入戏中戏。就像道路中间的绕行标志，圆括号需要司机小心绕行后再重返原路。而括号中的插入语最好是精悍（为我们祈祷吧，以弗仑的圣诺拉）且诙谐的。

我的好朋友唐·弗莱曾做过一项不切实际的探索，试图消灭道路上的那根树枝——破折号。"消除破折号",他坚持着自己的主张,就像威廉·斯特伦克恳求他的学生"删去累赘的词语"一样。唐的改革受他的观察启发——这一点我同意——对于那些从未精通正式使用规则的作家来说,破折号已经成为他们的默认标志。不过破折号有两种绝妙的用法:一对破折号可以为句子增加新的想法,而在结尾处使用的破折号可以引出一条妙语。

爱德华·伯尼斯(Edward Bernays)在《舆论》(*Propaganda*)一书中用这两种方式来描述政治游说的目的:

Propaganda does exist on all sides of us, and it does change our mental pictures of the world. Even if this be unduly pessimistic — and that remains to be proved — the opinion reflects a tendency that is undoubtedly real.

We are proud of our diminishing infant death rate — and that too is the work of propaganda.

(舆论的确存在于我们生活中的各个方面,也着实改变了我们对于世界的认知。即便这过于悲观——这一点需要论证——这个观点反映出毋庸置疑的真实倾向。

我们为不断下降的新生儿死亡率而骄傲——这同样是舆论的贡献。)

最后来说一说冒号,以下是冒号的功能:就像莎剧中华丽的小号乐段一奏响,就预示着皇家队列的到来,冒号宣告着一个词、短语或句子的出现。从冯内古特的文字中可以找到更多的例子:

I am often asked to give advice to young writers who wish to be famous and fabulously well-to-do. This is the best I have to offer: While looking as much like a bloodhound as possible, announce that you are working twelve hours a day on a masterpiece. Warning: All is lost if you crack a smile. (from *Palm Sunday*)

〔我时常受邀给那些渴望盛名和财富的年轻作家提供点建议。这是我能想到的最好的建议了：除尽量让自己看起来毫不懈怠、孜孜不倦以外，也要对外宣称自己每天花 12 个小时在巨著的创作上。警告：不要笑，否则前功尽弃。（摘自《棕榈树星期天》）〕

省略号、括号、感叹号和大写字母都是作家箭筒中一支支标点利箭。当然，它们有正常的使用规则，不过在充满创意的作家手中，它们可以表达爆破音、音高和语调。比如下面这个例子，詹姆斯·麦克布莱德（James McBride）在《水的颜色》（*The Color of Water*）中描述了一位布道师的力量：

"We ... [silence] ... know ... today ... arrhh ... um ... I said WEEEE ... know ... THAT [silence] ahhh ... JESUS [church: "Amen!"] ... ahhh, CAME DOWN ... ["Yes! Amen!"] I said CAME DOWWWWNNNN! ["Go on!"] He CAME-ON-DOWN-AND-LED-THE — PEOPLE-OF — JERU-SALEM-AMEN!"

〔"我们……（沉默）……知道……今天……啊呵……嗯……我说过我们……知道……那个（沉默）啊……上帝（教众："阿门！"）……啊，降于人世……（"是的，阿门！"）我说降于人世！（"继续！"）他降于人世——领导着——耶路撒冷的——民众——阿门！"〕

说到标点符号，所有作家都有各自的使用习惯，凸显其个人风格。我的使用习惯包括大量使用逗号，使用句号的频率也高于平均的频率。我厌恶不雅观的瑕疵，所以我避免使用分号和括号。我过度使用冒号。我给感叹句注入足够的力量，以免跟在末尾的感叹号显得软弱无力。我喜欢用逗号，而不喜欢用破折号，但偶尔一用——哪怕只是为了反对唐·弗莱。

写作工作坊

1. 确保手边有一本扎实的基础参考书来教你标点符号的使用规则。我推荐黛安娜·哈克的《作家写作手册》。你也可以读一读琳内·特拉斯（Lynne Truss）的《熊猫吃射走》（*Eats, Shoots & Leaves*）来轻松一下，作者对标点的错误使用，尤其是在公文中的错误使用，加以幽默但不失尖锐的批判。

2. 找到一篇旧习作，重新加上标点。可以加入一些可有可无的逗号，或者将某些逗号删除。读一读两个版本，能听出差别吗？

3. 有意识地决定读者阅读作品时的速度。或许你想让读者们扫读，或许是一字不落地读完一段技术性的解释。根据你的目的来标注标点。

4. 重读这个章节，分析我对标点符号的使用。你可以质疑我的用法，并尝试重新标注标点。

5. 当你越来越得心应手的时候，就可以享受其中的乐趣，尝试着使用上文介绍过的标点符号，还有省略号、括号和大写字母。你可以从詹姆斯·麦克布莱德写的文章中得到些启发。

写作工具 10

先删除明显的累赘，再删除细节处的拖沓

修剪掉过大的枝干，再抖落干枯的树叶。

当作者爱上自己的文字时，他们或许自我感觉良好，但文字的效果未必尽如人意。当我们爱上文中的引言、角色、趣闻轶事和暗喻时，我们舍不得"杀死"它们其中任何一个。但是，"杀死"它们是必须完成的任务。英国作家阿瑟·奎勒-库奇（Arthur Quiller-Couch）曾直言不讳："杀死你亲爱的人。"

这样无情的删减运用到写作过程的最后一步最为恰当，用理智的判断节制创意。删减时遵循铁律：词尽其用。

"有活力的作品一定简洁明了。"威廉·斯特伦克在《风格的要素》第一版中写道。

A sentence should contain no unnecessary words, a paragraph no unnecessary sentences, for the same reason that a drawing should have no unnecessary lines and a machine no unnecessary parts. This requires not that the writer make all his sentences short, or that he avoid all detail and treat his subjects only in outline, but that he make every word tell.

（句子里不应该有多余的词语，段落里不应该有多余的句子，就像一幅画作中不应该有多余的线条和机器里不应该有多余的零部件。这并不是要求写作者只写短句子、拒绝所有细节、只能笼统地谈论主题，而是不浪费任何一个词。）

那应该如何做到呢？

首先，先把冗长的句子删去。唐纳德·默里（Donald Murray）曾教导我，简洁从斟酌用词中来，而非克制用词中来，要把那些冗余的词汇从作品中删除。麦克斯威尔·珀金斯（Maxwell Perkins）在编辑托马斯·沃尔夫（Thomas Wolfe）的作品时，面对着足以用手推车运送的数磅重的手稿。这位知名的编辑曾建议这位同样知名的作家："在我看来，这本书不存在过度写作的问题。不管书中传递什么内容，都应该是以信息块为单位，而不是以句子为单位来传递。"珀金斯将描述沃尔夫的叔叔的四页文字凝练成 6 个单词："Henry, the oldest, was now thirty.（亨利是家中长子，今年 30 岁。）"

如果你的目标是达到文字的精准与简洁，你可以从修剪过大的枝干开始，然后再抖落枯萎的树叶。

- 删掉任何会模糊文章焦点的段落。
- 删掉说服力弱的引语、轶事和场景，凸显说服力最强的论据。

- 删掉你写来讨好严苛的老师或编辑而非普通读者的段落。

- 删减工作不要请他人代劳，你自己最了解你的作品。拿不准的地方先做好标记，之后再决定是否要将它们删除。

一定要留出修改的时间，如果时间紧迫，也要争取改上一两遍。这就意味着匆匆忙忙地删掉短语、单词甚至音节。威廉·津瑟的书稿就是这种文字编辑的范例。在《写作法宝》的第二章中，他向读者展示如何在自己的书籍终稿里进行删减。"尽管它们看起来像是初稿，但它们已经重写和重输入了……四五次。每一次重写，我都努力让我的文字更紧凑、有力和精准，把那些无用的元素统统删除。"

在他的手稿中，津瑟描述了一位挣扎的读者："My sympathies are entirely with him. He's not so dumb. If the reader is lost, it is generally because the writer of the article has not been careful enough to keep him on the proper path.（我完完全全同情他。他并不是那么愚蠢。如果读者在阅读中迷失了，通常是因为文章的作者不够细心，无法让读者保持在正确的轨道上。）"看着作者给这个足够精练的段落瘦身，颇具教育意义。挨刀子的是entirely，然后是"He's not so dumb."，接着是of the article和proper。（我承认出于押头韵的效果，我会保留proper path。但是path一词中包含了proper的意思。）

修改过后的段落如下："My sympathies are with him. If the reader is lost, it is generally because the writer has not been careful enough to keep him on the path.（我同情他。如果读者在阅读中迷失，通常是因为作者不够细心，无法让读者不走偏。）"这27个词的表达效果胜于原版36个词的。

删减时瞄准的目标包括：

- 起强化而不是修饰作用的副词：just、certainly、entirely、extremely、completely、exactly。

- 重复显而易见的内容的介词短语：in the story、in the article、in the movie、in the city。

- 修饰动词的短语：seems to、tends to、should have to、tries to。

- 从生动的动词转换成的抽象名词：应将 consideration 变为 considers，judgment 变为 judges，observation 变为 observes。

- 表意重复：a sultry（闷热潮湿的）、humid（潮湿的）afternoon。

这篇文章的前一稿有 850 个单词（原修改稿图片如下）。这个版本有 678 个词，删减了约 20%。

写作工作坊

1. 对比我修改前和修改后的版本。哪些修改之处提升了文章的质量？我有没有删去一些你愿意保留的部分？你想要保留的原因是什么？

2. 找到一本《写作法宝》。仔细研究津瑟在第 10 页和第 11 页中做的删减，尝试找出规律。提示一下：注意他处理副词的方式。

3. 播放电影的 DVD，关注"电影彩蛋"。和朋友讨论一下导演的决定，为什么某个特定的场景被剪辑掉了，不出现在正片中呢？

4. 现在再看看你自己的作品。毫不留情地进行删减。先删除明显的累赘，再删除细节处的拖沓。数一数你节省了多少词，再算算比例。你删除了原字数的 15% 吗？

5. 随意翻开书到任意一页，看看原文中有没有冗余的表达。删掉那些没有作用的词汇。

When writers fall in love with their words, it is a good ~~and power-ful~~ feeling that can lead to a bad ~~and dangerous~~ effect. ~~Jacqui Banaszynski reaches a point where she feels so immersed in her work that every reflection, conversation, observation seems connected to her writing passion. She calls this "being in full story."~~ When we fall in love with all our quotes, ~~all our~~ characters, ~~all our~~ anecdotes, ~~all our~~ *and* metaphors, ~~it seems impossible for us~~ we can not bear to kill any of them. But kill we must. In 1914 British author Arthur Quiller-Couch ~~put it more~~ wrote it bluntly: "Murder your darlings."

Such ruthlessness is best applied at the end of the process, where ~~the free flow of~~ creativity can be ~~replaced~~ moderated by cold-hearted judgment. ~~To become a card-carrying member of Chip Scanlan's Word-Cutting Club,~~ A fierce discipline ~~and clear-eyed evaluation~~ must make every word count.

"Vigorous writing is concise," wrote William Strunk ~~when~~ *in the first edition of The Elements of Style.* ~~E.B. White was still his student.~~

A sentence should contain no unnecessary words, a paragraph no unnecessary sentences, for the same reason that a drawing should have no unnecessary lines and a machine no unnecessary parts. This requires not that the writer make all his sentences short, or that he avoid all detail and treat his subjects only in outline, but that he make every word tell.

But how to do that?

Begin by cutting the big stuff. ~~It is hard to learn~~ *Donald Murray taught me* that "brevity comes from selection, not compression," a lesson that requires lifting ~~whole parts~~ blocks from the work. When Maxwell Perkins edited ~~the work of~~ Thomas Wolfe, he ~~often~~ confronted manuscripts that could be ~~measured~~ *weighed* by the pound and delivered in a wheelbarrow. The famous editor once advised the famous author: "It does not seem to me that the book is over-written. Whatever comes out of it must come out block by block and not sentence by sentence." [Perkins reduced] One four-page passage about Wolfe's uncle ~~was reduced~~ to six words: "Henry, the oldest, was now thirty."

If your goal is to achieve ~~concision and precision~~ precision and concision, begin by pruning the big limbs. You can shake out the dead leaves later.

- Cut ~~out~~ any passage that does not support ~~the focus or central theme of the story~~ your focus.
- ~~If you have a number of~~ Cut the weakest quotations, anecdotes, ~~or~~ [and] scenes ~~that sharpen the point of the story, cut the weakest of these, which will~~ to give greater power to the strongest.
- Cut ~~out~~ any passage you have written ~~to avoid prosecutorial editing or to satisfy what you think will be a teacher's requirements~~ [to] satisfy a tough teacher or editor, rather than the common reader.
- Don't invite others to cut ~~based on their judgment~~ You know the work better. Mark "optional trims." ~~Now ask yourself~~ [Then decide] ~~whether these options.~~ [whether] Should they become actual cuts?

~~Even if you don't have time for much revision~~ Always leave time for revision, but if you are pressed, shoot for a "draft and a half." That means cutting phrases, words, even syllables in a hurry. The ~~greatest model for this kind of revision~~ paradigm for such word editing is the work of William Zinsser. ~~Take a look at~~ In the second chapter of *On Writing Well*, he demonstrates how he cut the clutter ~~out of manuscript pages~~ from final drafts of his own book. "Although they look like a first draft, they had already been rewritten and retyped . . . four or five times. With each rewrite I try to make what I have written tighter, stronger and more precise, eliminating every element that is not doing useful work."

In his draft, Zinsser writes of the struggling reader: "My sympathies are entirely with him. He's not so dumb. If the reader is lost, it is generally because the writer of the article has not been careful enough to keep him on the proper path." That passage seems lean enough ~~to me~~, so it's instructive to watch the author ~~zero in on the weakest words slice~~ ^{cut} the fat. In his revision "entirely" gets the knife. So does "He's not so dumb." So does "of the article." And so does "proper." (I confess that I would keep "proper path," just for the alliteration. ~~Keeping you on the~~ But "path" contains the meaning of "proper.")

The revised passage: "My sympathies are with him. If the reader is lost, it is generally because the writer has not been careful enough to keep him on the path." Twenty-seven words outwork the original 66, ~~a savings of 25 percent~~.

~~Here are some targets for cuts. Look for:~~ Targets for cuts include:

- ~~Look for~~ Adverbs that intensify rather than modify ~~the meaning~~: just, certainly, entirely, extremely, completely, exactly.
- ~~Look for~~ Prepositional phrases that repeat the obvious: in the story, in the article, in the movie, in the city.
- ~~Look for~~ Phrases that grow on verbs: seems to, tends to, should have to, tries to.
- ~~Look for~~ Abstract nouns that hide active verbs: consideration becomes considers; judgment becomes judges; observation becomes observes.
- Restatements: a sultry, humid afternoon.

第二部分　写作中的特殊效果

写作工具 11

以简易繁
用更短的词、句和段落表达复杂的内容。

  这个写作工具推崇简洁，但是一个聪明的作家可以使简单变得复杂——并呈现好的效果，这就需要被称为"陌生化（defamiliarization）"的文学技巧。这个词描述了作者把熟悉的人、事、物变得陌生的过程，电影导演通过超大特写镜头和极端或扭曲的拍摄角度来实现这种效果。这种效果在文字中实现的难度更大，一旦成功则会让读者赞叹不已，比如E. B. 怀特对佛罗里达州潮湿的一天的描写：

  On many days, the dampness of the air pervades all life, all living. Matches refuse to strike. The towel, hung to dry, grows wetter by the hour. The newspaper, with its headlines about integration, wilts in your hand and falls limply into the coffee and the egg. Envelopes seal themselves. Postage stamps mate with one another as shamelessly as grasshoppers. (from "The Ring of Time")

〔在许多日子中，空气里的潮气钻进一切物体里。火柴拒绝被点燃。通过悬挂来晾干的毛巾却随着时间的推移越来越湿。印着关于取消种族隔离的头条新闻的报纸，软塌塌地被握在手里，松松垮垮地搭在咖啡和鸡蛋中间。信封不用糨糊也能封口。邮票就像蚱蜢一样厚颜无耻地贴在一起交配。（摘自《时间之环》）〕

还有什么能比老师脸上的小胡子让人更加熟悉的呢？但是这个胡子却不是罗尔德·达尔（Roald Dahl）在他的回忆录《男孩》（*Boy*）里描述的那样：

A truly terrifying sight, a thick orange hedge that sprouted and flourished between his nose and his upper lip and ran clear across his face from the middle of one cheek to the middle of the other. ... [It] was curled most splendidly upwards all the way along as though it had had a permanent wave put into it or possibly curling tongs heated in the mornings over a tiny flame. ... The only other way he could have achieved this curling effect, we boys decided, was by prolonged upward brushing with a hard toothbrush in front of the looking-glass every morning.

（这是令人惊恐的画面，浓密的橙红色胡须犹如树篱茂盛地生长在鼻子和上嘴唇之间，清晰地从一面脸颊的中间横跨到另一面脸颊的中间。……胡子惊人地向上翘起，仿佛里面夹杂着烫发，又或许是每天清晨用小火加热卷发钳定型而成。……我们这些男孩子以为，胡子要达到这个弯曲度，唯一的方法就是每天清晨站在梳妆镜前用硬毛牙刷刷胡须，让它向上延伸。）

怀特和达尔分别描绘了常见的事物——潮湿的一天和胡子，通过文章风格的滤镜，作者使我们用新的方式看待它们。

但更多的时候，作者必须找到简化文章的方法以服务读者。为了达到平衡，写作者会采用归化的策略，即陌生的、晦涩的或复杂的事物通过阐释变得可以理解，甚至让人感到熟悉。

很多时候，作家用艰涩的文字表达晦涩的观点，写出来的句子就像下面这篇关于州政府的社论那样：

> To avert the all too common enactment of requirements without regard for their local cost and tax impact, however, the commission recommends that statewide interest should be clearly identified on any proposed mandates, and that the state should partially reimburse local government for some state imposed mandates and fully for those involving employee compensation, working conditions and pensions.

（但是，为了避免未考虑对于地方政府支出和财政的影响而制定命令这类太过常见的问题，委员会建议在任何拟定的政令中必须明确全州的利益，且州政府必须就地方政府强制执行的州政府指令对当地政府进行部分补偿，就牵涉雇员赔偿、工作条件和退休金的州政府指令进行全额补偿。）

这个段落信息密度之大或许有以下两种解释：这个作者并不是在为大众读者写作，而是为特定的人群写作，比如已经熟知这些事件的法律专家；再或者，这个作者认为功能决定形式，即复杂的观点需要用复杂的语言进行表述。

　　这位作者需要写作教练唐纳德·默里的建议，他认为在陈述复杂观点的时候，读者更容易从更精练的词、短语和更简单的句子中受益。如果读者读到的是下面这篇"翻译"成大白话版本的社论又会怎么样呢？

　　　　The state of New York often passes laws telling local governments what to do. These laws have a name. They are called "state mandates". On many occasions, these laws improve life for everyone in the state. But they come with a cost. Too often, the state doesn't consider the cost to local government, or how much money taxpayers will have to shell out. So we have an idea. The state should pay back local governments for some of these so-called mandates.

　　　　（纽约州常常通过法律来指挥地方政府的工作。这些法律有一个共同的名字：州级政令。在很多情况下，这些法律能够普惠本州内所有的百姓，但是这不是没有代价的。州政府时常忽略地方政府的成本，以及纳税人要支出的金额。所以我们萌发了一个想法。州政府必须就一些州级政令对当地政府做出补偿。）

　　这两个版本之间的差异值得考量。第一版本占据了五行半的篇幅，修改后的版本需要额外的半行。但是请想想看：原作者在五行半中写入了58个单词，而我在不到七行中写了81个单词，其中包括59个单音节词。他的五行半里只有一个句子，我则把八句话放进不到七行中。我的词汇和句子更简练，段落表意更清晰。我用该策略来完成了一项任务：让政府复杂的运作方式对普通民众而言变得简单透明，让陌生的事物变得熟悉。

　　乔治·奥威尔提醒我们，在短词能够"胜任"的情况下，避免使用过长的单词，这一偏好把较短的撒克逊词源词汇的地位置于较长的希腊及拉丁词源词汇之上，后者于 1066 年诺曼征服时进入英语。根据这个标准，在表达"容器"时，box 比 container 好；在表达"咀嚼"时，chew 胜于 masticate；而在说"敞篷汽车"时，ragtop 优于 convertible。

我时常惊叹于某些作者利用单音节词语制造出来的力量，比如谭恩美笔下的这个段落：

> The mother accepted this and closed her eyes. The sword came down and sliced back and forth, up and down, whish! whish! whish! And the mother screamed and shouted, cried out in terror and pain. But when she opened her eyes, she saw no blood, no shredded flesh.
>
> The girl said, "Do you see now?" (from *The Joy Luck Club*)
>
> 〔母亲接受了现实，闭上了眼睛。那把剑落下来，左砍右劈，上挥下舞，发出呼呼呼的声音。母亲尖声大叫，高声的叫喊中透露着惊恐和苦痛。但是当她睁开双眼，她既没有看到血渍，也没有看到被切碎的皮肉。
>
> 女孩问她："你现在看到了吗？"（摘自《喜福会》）〕

这个选段一共 55 个单词，其中 48 个是单音节词语，只有一个词（accepted）是三音节词。甚至连书的标题也遵循这个规律。

简单的语言可以让复杂的事实变得通俗易懂。比如戴瓦·梭贝尔（Dava Sobel）的《经度》（*Longitude*）一书的开篇首段：

> Once on a Wednesday excursion when I was a little girl, my father bought me a beaded wire ball that I loved. At a touch, I could collapse the

toy into a flat coil between my palms, or pop it open to make a hollow sphere. Rounded out, it resembled a tiny Earth, because its hinged wires traced the same pattern of intersecting circles that I had seen on the globe in my schoolroom—the thin black lines of latitude and longitude. The few colored beads slid along the wire paths haphazardly, like ships on the high seas.

（在我还是一个小姑娘的时候，某次周三的短途旅行中，父亲给我买了一个串珠线球，让我爱不释手。我一按它，就能把它挤压成我手掌间的一个扁平的线圈，或者打开做成一个中空的球体。这个圆滚滚的小玩意就像一个微型地球，线条交织在一起，和我在教室里看到的地球仪一样，环线相交后形成图案——表示纬度和经度的细长黑线。几颗彩色的珠子就像公海上的船只一样，沿着线条的轨道随意地滑动着。）

简洁并不是写作者与生俱来的能力，它是想象力和精心打磨的产物，是被刻意创造出来的文本效果。

请记住：清晰的文章不仅是适中的句子长度和遣词造句的产物。它首先来源于"目的感"——一种传递信息的决心。接下来才是汇报、调研和进行批判性思维等辛苦工作。写作者只有在脑袋里把复杂的问题想明白了，才能写出深入浅出的文字。然后，只有在那个时候，她才能把手伸进写作者的工具箱，准备好和读者们解释："这就是它的原理。"

写作工作坊

1. 回顾你认为不清晰、信息量大的文本。或许是一张税务表格，也可能是一份法律合同。研究一下文本中单词、句子和段落的长度。你发现了什么？

2. 在你的文章中重复上述步骤。特别注意那些你现在认为过于复杂的篇章，并用本节提到的写作工具来修改其中一篇。

3. 收集作者化繁为简的写作样本。你可以从浏览一本优质的学术百科全书着手。

4. 寻找使用 "Here's how it works（这就是它的原理）" 这句话的机会。

写作工具 12

给关键词留出空间
除非意在创造特定效果，否则不要重复某个特别的词汇。

我曾经创造了一个新短语 word territory（单词领地），用来描述我在自身的写作过程中注意到的某种倾向。当阅读数月或数年前创作的故事时，我讶异于自己在考虑不周的情况下，如此频繁地重复单词。写作者出于强调或韵律的考量而重复单词或短语：亚伯拉罕·林肯表达 "government of the people, by the people, for the people, shall not perish from the earth（民有、民治、民享的政府永不会从地球上消失）" 这一愿望时，用词精练而不累赘。只有调皮的或音痴的编辑才会删掉重复使用的 people。

为了保护单词领地，你必须识别 "有意的重复" 和 "无意的重复" 之间的差别。比如，我曾经用下面这个句子来描述一个写作工具："Long sentences create a flow that carries the reader down a stream of understanding, creating an effect that Don Fry calls 'steady advance'.（长句子创造出的语流

推动读者在'理解'的水流中畅行，这就是唐·弗莱口中的'稳步前行'的效果。)"过了好几年，看了几百本书后，我才意识到我在同一个句子中使用了 create 和 creating。改进的方法很简单，只要把 creating 删掉，给 create 这个更生动的单词创造自己的空间。这就是"单词领地"的意义。

1978 年，我在老家佛罗里达州圣彼得斯堡，给"垮掉一代的作家"杰克·凯鲁亚克（Jack Kerouac）的生平和去世的故事安上了这样一个结尾：

How fitting then that this child of *bliss* should come in the end to St. Petersburg. Our city of golden sunshine, balmy serenity and careless *bliss*, a paradise for those who have known hard times. And, at once, the city of wretched loneliness, the city of rootless survival and of restless wanderers, the city where so many come to die.

（这个承蒙上天恩宠的孩子最后来到圣彼得斯堡，病逝于此，没有比这更恰当的选择了。我们的城市有金色的阳光，治愈人心的宁静和无忧无虑的快乐，对于尝过生活艰辛滋味的人而言，这里是天堂。而这座城市同时也充斥着无望的孤独，遍布没有归宿的幸存者和不安的漂泊者，许许多多人选择来这座城市死去。）

多年之后，我依然认为这个结尾写得不错，除了 bliss 在无意间重复了两次。更糟糕的是，就在两段之前我已经用过了这个单词。除了想在凯鲁亚克作品的氛围中体会欣喜若狂的感觉（feeling blissed out），我不想找其他的借口了。

我听过一个故事，虽然真实性无从考证：欧内斯特·海明威（Ernest Hemingway）曾试图写一本没有任何关键词被重复的书。这本书如果写成，将标志着它是对"单词领地"原则的最忠诚的遵守。但事实上，这并不是对海明威真实的写作方式的写照。他经常在同一页上重复关键词——桌子、岩石、鱼、河流、海洋——因为如果用同义词替换，会给作者的眼睛和读者的耳朵带去压力。

一起来欣赏摘自《流动的盛宴》（*A Moveable Feast*）的一个段落（我将部分单词做斜体处理）：

"All you have to do is write *one true sentence*. Write the *truest sentence* that you know." So finally I would write *one true sentence*, and then go on from there. It was easy then because there was always *one true sentence* that I knew or had seen or had heard someone say. If I started to write elaborately, or like someone introducing or presenting something, I found that I could cut that scrollwork or ornament out and throw it away and start with the first *true simple declarative sentence* I had written.

（"你所要做的就是写一个真实的句子。写出你所知道的最真实的句子。"所以最后我会写一个真实的句子，然后从那里开始继续写下去。这很容易，因为我总能找到一个我知道的、以前看到过的或者是听到别人说过的真实的句子。如果我从落笔就开始刻意地雕琢，或是像某些人介绍或展示某物那样极尽渲染，我发现最后都可以把这些雕饰和点缀删掉，丢弃不用，然后从我写的第一个真实的、简单的陈述句开始写起。）

作为读者，我很欣赏海明威在段落中的重复。产生的效果就像低音鼓的鼓点，将作者的信息振入皮肤的毛孔中。其中的一些词语——比如 true 和 sentence——和积木的功能一样，不断重复就能获得好的效果。而比较特别的词——例如 scrollwork 和 ornament——则需要自己的空间。

观察"单词领地"可以消除语言重复的问题，但是想要达到最好的效果，你就要费尽心思在写作时使用特别的词语，以实现写作的目的。比如约翰·肯尼迪·图尔（John Kennedy Toole）在《笨蛋联盟》（*A Confederacy of Dunces*）中为主角伊格内修斯·J. 赖利写下的一顿痛骂。他质疑的城市是新奥尔良，嘲讽的对象是一名叫他离开的警察：

"This city is famous for its gamblers, prostitutes, exhibitionists, anti-Christs, alcoholics, sodomites, drug addicts, fetishists, onanists, pornographers, frauds, jades, litterbugs ... all of whom are only too well protected by graft. If you have a moment, I shall endeavor to discuss the crime problem with you, but don't make the mistake of bothering me."

（"赌徒、妓女、暴露狂、反基督者、酗酒者、鸡奸者、吸毒者、恋物狂、手淫狂、色情作家、骗子、荡妇和垃圾虫，这座城市不就因为这些人出名嘛……他们又统统躲在贪腐的保护伞下。如果你有时间，我会试着给你探讨犯罪问题，但你现在别犯傻来烦我！"）

全段一共 53 个单词，只有两个重复的单词（you 和 the），余下的部分犹如趣味语言的喷泉，把被卡特里娜飓风摧毁大部分城区之前的新奥尔良的阴暗面，用一连串异常的想法加以定义。

最后一条建议：只用 said 就可以了。不要被变化这个灵感所迷惑，允许你笔下的人物"认为（opine）""详细地阐述（elaborate）""劝诱（cajole）"或"哈哈大笑（chortle）"。

写作工作坊

1. 读一篇至少是你一年前写的作品，注意文章中你重复使用的词。把它们分成三类：A. 功能词汇（said、that）；B. 基础词汇（house、river）；C. 特色词汇（silhouette、jingle）。

2. 用上述的方法修改最新的一篇手稿。你的目标是在文章发表前，发现无意间的词汇重复。

3. 阅读小说和非虚构作品中含有对话的选段。研究它们的特点，尤其要关注作者在什么情况下使用 says 或 said，在什么情况下使用了更具描述性的替代词汇。

4. 想象一下，在你已经完成的作品中，有一页内容重复了下列词语：沙发、嘴巴、房子、想法、地震和朋友。想一想，其中的哪些词是你愿意用近义词替代来避免重复的呢？

写作工具 13

玩文字游戏，即便是在严肃的故事中

选择平庸的写作者避免使用、但大众读者能够理解的词汇。

正如雕刻家用黏土创作，作家用文字塑造世界。事实上，最早的英国诗人被称为"塑造者"，这些艺术家们用一种叫作语言的物质创作出故事，仿佛最伟大的塑造者——上帝——创造了天与地一样。

优秀的作家会玩文字游戏，即便谈论的话题是死亡。"不要温和地走进那个良夜，"威尔士诗人迪伦·托马斯（Dylan Thomas）对他病危的父亲写道，"怒斥，怒斥光明的消逝。"

游戏和死亡看似矛盾，但是作者却找到了将二者联系起来的方法。为了表达他的悲伤，这位诗人将语言稍做调整，用 gentle 替代 gently，选用 night 与 light 押韵，将 rage 数次重复。在下面的诗行 "grave men, near death, who see with blinding sight" 中使用双关语，grave men（"严肃的人"或作"行将就木的人"理解）的双重含义与 blinding sight（炫目的视觉）

形成矛盾修辞法。即便在死亡的阴影下，文字游戏依旧存在。

　　写头条的记者是记者群体中的诗人，他们能将大含义塞进小空间里。比如下面这条反映出伊拉克战争中惊心动魄的一天的标题：

Jubilant mob mauls 4 dead Americans
（四位美国官员惨死，伊拉克暴徒欢呼）

　　当时的场景惨不忍睹：伊拉克平民袭击美国安全官员，将他们烧死在车内，然后鞭打、肢解烧焦的尸体，拖着尸体游街示众后，把剩余部分悬挂在桥上——那时，旁观者欢呼雀跃。即便是在报道如此惨案的时候，头条新闻的作者也不忘文字游戏。记者重复 b 和 m 这两个辅音以示强调，用 jubilant（喜气洋洋，兴高采烈的）和 dead（死亡的）形成对比，制造令人震惊的效果。Jubilant 用词考究，引人注目，源自拉丁语动词 jubilare，意为"发出快乐的呼喊"。

　　像 mob（暴民）、dead（死）和 Americans（美国人）这样的词经常出现在新闻报道中，而 mauls（袭击）这个动词可能会在狗袭击小孩的故事中出现。但 jubilant（欢呼雀跃的，兴高采烈的）却很特别，是一个大多数读者可以理解，但在新闻的语境中却很少见的词语。

　　很多时候，被错误思想误导的写作者试图为了大众读者降低语言的难度。作者需要在文本中解释晦涩的词语，或借用语境让其明晰化。但是，普通市民的阅读词汇量实则比一位典型作者的写作词汇量更大。结果是，一位从词汇"深井"中精心打捞词汇的新闻记者反而能对读者产生特别的吸引力，赢得"作家"的名声。

　　展示丰富的写作词汇量并不需要作者使用空洞或花哨的词汇。美国最伟大的散文家之一的 M. F. K. 费雪（M. F. K. Fisher）女士，以描写食物的文字出名，总是在她所有的作品中加入幽默语言的味道。下面这段生动的童年记忆描述了车库旁边辟出的一间小屋，这是心爱的工匠的小天地：

The room had been meant for tools, I assume. It was big enough for a cot, which was always tidy, and an old Morris chair, and a decrepit office desk. The walls were part of the garage, with newspaper darkening on them to keep out the drafts. There was a small round kerosene stove, the kind we sometimes used in our Laguna summer place, with a murky glow through its window and a good warm smell. There was soft light from an overhead bulb. There was a shelf of books, but what they were I never knew. From the roof beams hung slowly twirling bundles of half-cured tobacco leaves, which Charles got through some strange dealings from Kentucky. He dried them, and every night ground their most brittle leaves into a pipe mixture in the palm of his hand. He would reach up, snap off a leaf, and then sit back in his old chair and talk to us, my sister Anne and the new one Norah and me, until it was time to puff out more delicious fumes. (from *Among Friends*)

〔这个房间本是打算用来存放工具的，我想。它作为一间小屋子足够宽敞，永远那么干净，摆着一把旧安乐椅，一张破办公桌。小屋借用了车库的一面墙壁，上面糊着报纸来挡风。屋里放着一个圆圆的小煤油炉，就是我们有时在拉古娜避暑时使用的那种。炉子的玻璃上映出暗暗的光，散发出温暖的气味。头顶上的灯泡投射出柔和的光线。那里还有一书架的书，不过我从来不知道它们是什么书。房梁上悠悠地垂下捻成捆的烤得半干的烟叶，这是查尔斯在肯塔基州做了一些奇怪的交易后得到的。他把烟叶晾干，每天晚上都把最脆的叶子磨碎，揉进手掌里的烟斗丝里。他伸出手，摘下一片叶子，陷进他的旧

椅子，和我的姐姐安妮、新来的诺拉还有我谈天，然后悠悠地从口中吐出一缕好闻的青烟。（摘自《朋友之间》）〕

　　费雪在这里既没有使用精心设计的暗喻，也没有用信手拈来的双关语。她的文字游戏由精准的用词和图像交织而成，把我们从当下所处的时空中带回到很久很久以前的那间小屋子里。

　　费雪的内敛与安东尼奥·洛博·安图内斯（António Lobo Antunes）的《被诅咒的行为》（Act of the Damned）中眼花缭乱的文字游戏形成鲜明的对比：

At eight a.m. on the second Wednesday of September, 1975, the alarm clock yanked me up out of my sleep like a derrick on the wharf hauling up a seaweed-smeared car that didn't know how to swim. I surfaced from the sheets, the night dripping from my pajamas and my feet as the iron claws deposited my arthritic cadaver on to the carpet, next to the shoes full of yesterday's smell. I rubbed my fists into my battered eyes and felt flakes of rust fall from the corners. Ana was wrapped, like a corpse in the morgue, in a blanket on the far side of the bed, with only her broomhead of hair poking out. A pathetic shred of leather from a dead heel tumbled off the mattress. I went to the bathroom to brush my teeth and the heartless mirror showed me the damage the years had wrought, as on an abandoned chapel.

　　（1975 年 9 月的第二个星期三，早上 8 点，闹钟把我从睡梦中拽了出来，就像在码头上的起重机拖着一辆不知道怎么游泳、挂满海草的小汽车。我从被单中爬出来，夜晚顺着睡衣和双脚滴下来，仿佛铁爪子把一具患有关节炎的尸体放在地毯上，旁边则是散发着昨日气味的鞋子。把手握成拳头揉着我受伤的眼睛，感觉眼角落下片片铁锈。安娜蜷在床的远侧，裹在毯子里的身体只有像扫帚一样的头发探出来，仿佛太平间的一具尸体。干裂的后脚跟上褪下的可悲的死皮，从床垫上滚落下来。我走到浴室去刷牙，无情的镜子映出岁月在我脸上留下的伤痕，就像废弃的教堂一样。）

即便是那些更青睐质朴语言风格的读者，也需要偶尔在超现实主义的语言海洋中畅游一番——哪怕只是为了将"自满"一词清除出我们体内。

我们都拥有湖泊般大小的阅读词汇量，但是一开始写作却只动用小水池般的词汇量。令人欣慰的是通过不断的搜集，可使用的词汇的数量总是在扩大的。写作者观察、听闻和记录，所见成所写。

"写作者必须能够切身体会词语，一次一个，"诗人唐纳德·霍尔在《写作利器》（*Writing Well*）中写道，"他必须做到能够在脑海中将自己抽离，后退一步来审视流畅的句子。但是，他要从单独的词开始。"霍尔喜欢的作家"有独到之处，就像某个新玩意第一次曝光，但他们却能用让其他人都能理解的语言来进行描述。作家需要具备的第一品质是想象力，第二品质是技巧……没有技巧的想象力是充满活力的混乱；而缺乏想象力的技巧，则是死寂般的有序"。

写作工作坊

1.读一读今天报纸上的几个故事，圈出任何令你惊讶的词语，尤其是那些不常在新闻中出现的词语。

2.以释放写作词汇量为目的写一篇文章。请朋友试读后，考一考并问一问他们的理解程度和他们对你的词汇选择的想法。把你的发现分享给别人。

3. 读你崇拜的作家的作品，尤其注意他 / 她的遣词造句。圈出作品中任何一个体现"语言趣味性"的标志，尤其是那些讲述沉重话题的作品。

4. 找到一位作家，或一位诗人，他 / 她的作品是你写作的灵感来源。圈出任何让你感兴趣的文字。即使你知道它们的意思，也在例如《牛津英语词典》（*Oxford English Dictionary*）等采用历史比较法编写的词典中查出它们的词源。试着在书面文字中找到它们已知的第一次使用。

写作工具 14

拿到那只狗的名字

深挖具体、详细的细节，为读者提供感官享受。

小说家约瑟夫·康拉德曾经这样形容他的写作任务："通过文字的力量，让你听到，让你感觉到——但在此之前，首先要让你能看到。"当美国著名报纸编辑吉恩·罗伯茨（Gene Roberts）还是北卡罗来纳州那个青涩的见习记者时，他曾把创作的故事大声读给一位盲人编辑听，却因为没有让盲人编辑"看见"而被责骂。

当人物和环境描写的细节能够触发感官享受时，它们所创造出的阅读体验，能够帮助读者更好地理解。当我们说"I see（我看到了）"的时候，最常表达的意思其实是"I understand（我理解了）"。经验匮乏的作家或许会选择显而易见的细节：吞云吐雾的吸烟男子，吮吸指甲上的食物残渣的年轻女子。这些细节缺乏打动读者的力量——除非这个男人因肺癌快走到生命的尽头，或者这个女子患上了厌食症。

　　在《圣彼得斯堡时报》（*St. Petersburg Times*）的办公室，编辑和写作教练警告记者们，在拿到"那只狗的名字"之前不用回办公室了。这项报道任务虽不要求记者在故事中使用细节，但是它提醒写作者们睁开眼睛、竖起耳朵。凯利·本汉姆着笔凶猛的公鸡袭击蹒跚学步的幼童的故事时，她不仅拿到了公鸡的名字"高歌雄鸡二世（Rockadoodle Two）"，还有它父母的名字"高歌雄鸡（Rockadoodle）"和"瘸腿的小母鸡潘妮（one-legged Henny Penny）"。（我无法解释为什么要冒犯公鸡的妈妈，点明她只有一条腿，虽然事实的确如此。）

　　在一位连环杀手被处决前，记者克里斯托弗·斯坎伦（Christopher Scanlan）飞去犹他州，去一位受害者的家中探访。11 年前，一位年轻女子离开家后就再也没有回来过。斯坎伦发现了一个细节，这个细节讲述了这个从此陷入悲伤的家庭的故事。他注意到正门旁边电灯开关上贴着的一块胶布：

BOUNTIFUL, Utah—Belva Kent always left the front porch light on when her children went out at night. Whoever came home last turned it off, until one day in 1974 when Mrs. Kent told her family: "I'm going to leave that light on until Deb comes home and she can turn it off."

The Kents' porch light still burns today, night and day. Just inside the front door, a strip of tape covers the switch.

Deb never came home.

　　（邦蒂富尔，犹他——当孩子们夜里出门时，贝尔瓦·肯特总是亮着门廊里的灯。最晚回家的那个人负责关灯，直到 1974 年的一天，肯特太太告诉家人："直到德布回家，我会一直亮着那盏灯，让她来关灯。"

肯特家门廊里的灯至今还亮着，昼夜不熄。而在门内，一块胶布封住了门外灯的开关。

德布至今未归。）

这是写作的关键：斯坎伦看见了被胶布封上的开关，并询问了背后的故事。他的好奇心，而非想象力，帮他捕捉到这个伟大的细节。

对于诸如此类的细节的追求已经持续了好几个世纪，在任何一本历史新闻报道选集中都能找到。英国学者约翰·凯里（John Carey）在《历史目击记大观》（*Eyewitness to History*）中描述了这些例子：

This book is ... full of unusual or indecorous or incidental images that imprint themselves scaldingly on the mind's eye: the ambassador peering down the front of Queen Elizabeth I's dress and noting the wrinkles; ... the Tamil looter at the fall of Kuala Lumpur upending a carton of snowy Slazenger tennis balls. ... Pliny watching people with cushions on their heads against the ash from the volcano; Mary, Queen of Scots, suddenly aged in death, with her pet dog cowering among her skirts and her head held on by one recalcitrant piece of gristle; the starving Irish with their mouths green from their diet of grass.

（这本书里……满是或不同寻常、或不雅、或偶然拍到的照片，这些影像深深地烙印在读者的脑海里：大使正盯着英国女王伊丽莎白一世的连衣裙并注意到皱褶；……以吉隆坡的瀑布为背景，打劫归来的泰米尔人将雪白的史莱辛格牌网球倾箱倒出。……普林尼看着人们头顶垫子来遮挡火山灰；死去的苏格兰王后玛丽瞬间被苍老吞噬，宠物狗畏缩在裙间，只剩一块不屈服的软骨还支着头颅；在饿死边缘的爱尔兰人食草充饥，嘴巴被染成绿色。）

（我在现存的记载中找不到玛丽王后的狗的名字，但知道这是一只斯凯犬，以忠诚和英勇而闻名的苏格兰品种。后来，一位好心的读者安妮特·泰勒从新西兰给我发来信息，告诉我这条小狗狗的名字是迦顿。这是她辅导女儿写学期论文时记下的一个细节。）

优秀的作者善用生动的细节，细节不仅可以用来传达信息，还能用来说服读者。1963 年，吉恩·帕特森（Gene Patterson）在他撰写的专栏文章中，悼念亚拉巴马州伯明翰市教堂爆炸案中被谋杀的 4 名女孩：

A Negro mother wept in the street Sunday morning in front of a Baptist Church in Birmingham. In her hand she held a shoe, one shoe, from the foot of her dead child. We hold that shoe with her. (from the *Atlanta Constitution*)

〔周日清晨一位黑人母亲在伯明翰市的浸信会教堂门口的街道上哭泣。她的手中捧着一只鞋，孤零零的一只鞋，这是她死去的孩子脚上的遗物。我们和她一起，捧着那只鞋。（摘自《亚特兰大宪法报》）〕

帕特森不允许美国南部的白人们逃脱谋杀那些孩子的罪责。他瞄准了他们的眼睛和耳朵，强迫他们听见悲痛的母亲的哭号，看见那只小鞋子。作者成功地让我们同情、哀悼和理解。他让我们身临其境。

能够给读者留下印象的细节是那些能够触发感官感受的细节。下面让我们一起感受一下科马克·麦卡锡（Cormac McCarthy）的小说《天下骏马》（*All the Pretty Horses*）的开篇：

The candleflame and the image of the candleflame caught in the pierglass twisted and righted when he entered the hall and again when he shut the door. He took off his hat and came slowly forward. The floorboards creaked under his boots. In his black suit he stood in the dark glass where the lilies leaned so palely from their waisted cutglass vase. Along the cold hallway behind him hung the portraits of forebears only dimly known to him all framed in glass and dimly lit above the narrow wainscoting. He looked down at the guttered candlestub. He pressed his thumbprint in the warm wax pooled on the oak veneer. Lastly he looked at the face so caved and drawn among the folds of funeral cloth, the yellowed moustache, the eyelids paper thin. That was not sleeping. That was not sleeping.

〔烛焰和它映在穿衣镜上的影子在他走进大厅的时候跳动了一下，又恢复了平静，在他关上门的时候亦然。他脱下帽子，慢慢向前走。地板在他的靴子底下嘎吱作响。他穿着黑色的衣服站在深色的穿衣镜前，那里摆着的百合花从细腰的雕花花瓶里无精打采地探出身来。在他身后冰冷的走廊上，挂着先人的肖像。关于这些先人，他只有模糊的印象。所有的画像都镶在玻璃框里，在窄窄的木质镶板上反射出幽幽的光。他向下看了看淌着蜡的残烛，伸出拇指按在汇积在橡木饰板上的热蜡里。最后，他看着埋在寿衣褶皱里塌陷、憔悴的脸，已经变黄的胡子，干如薄纸的眼皮。这不是沉睡。沉睡不是这样的。（摘自《天下骏马》）〕

以一系列引人注目的合成名词〔candleflame（烛焰）、pierglass（穿衣镜）、cutglass（雕花花瓶）、candlestub（残烛）、thumbprint（拇指印）〕开头，这样的文章需要读者们拿出对待诗歌的十二分仔细来品味。麦卡锡对读者感官感受的触发更有手段。他用黑和黄两种色彩刺激读者的视觉感官，同时也为其他感官带去享受：燃烧的蜡烛的气味，咯吱作响的地板的声音，蜡油和橡木板的触感。

写作工作坊

1. 阅读今天的报纸，寻找能够触发感官感受的片段。在小说中也重复这个方法。

2. 我的狗叫雷克斯——它是国王。让同事或学生分享关于他们宠物的名字的故事。哪些名字最能说明主人的性格？

3. 和一些朋友一起研究一位出色的摄影记者的作品集。假设你正在写一个关于照片中的场景的故事，你可能会选择哪些细节，又会以什么顺序呈现它们？

4. 大多数写作者都能做到触发视觉感受，在你下一个作品中，找机会加入嗅觉、听觉、味觉和触觉的细节。

写作工具 15

名字很重要
有趣的名字会吸引写作者——以及读者。

从严格意义上来讲，喜欢在作品中使用有意思的名字不是写作工具，而是一种状态，一种甜蜜的写作嗜好。我曾经写过关于 Z. Zyzor 这个名字的故事，这是圣彼得斯堡电话号码簿中的最后一个名字。我后来才知道，这其实是个假名字，很久以前邮递员们为了让家庭成员能够在紧急状况下，通过直接找到电话簿里最后一个名字联系上他们而编造了它。吸引我注意力的是这个姓名中的"名"，我在想其中的 Z 代表什么呢：Zelda Zyzor？ Zorro Zyzor？在名字列表的最后一行度过一生又是什么感觉？

小说作家们需要给笔下的角色取名字，其中不少名字家喻户晓，早已成为我们文化想象的一部分：《瑞普·凡·温克尔》中的瑞普·凡·温克尔（Rip Van Winkle）、《睡谷的传说》中的伊卡博德·克雷恩（Ichabod Crane）、《红字》的女主海丝特·白兰（Hester Prynne）、《白鲸》里的亚哈船长（Captain Ahab）和以实玛利（Ishmael）、《哈克贝利·费恩历险记》中的哈克贝利·费恩（Huckleberry Finn）、《小妇人》中的乔·马奇（Jo March）、《飘》中的斯佳丽·奥哈拉（Scarlett O'Hara）、《麦田里的守望者》中的霍顿·考尔菲尔德（Holden Caulfield）和《阿甘正传》里的福雷斯特·冈普（Forrest Gump）。

体育圈和娱乐圈中也不乏有意思的名字：洋基队棒球运动员贝比·鲁斯（Babe Ruth）、道奇队棒球运动员杰基·罗宾森（Jackie Robinson）、洋基队棒球运动员米奇·曼托（Mickey Mantle）、橄榄球运动员约翰尼·尤尼塔斯（Johnny Unitas）、中长跑运动员佐拉·巴德（Zola Budd）、NBA"大鲨鱼"沙奎尔·奥尼尔（Shaquille O'Neal）、网球双生花中的"大威"维纳斯·威廉姆斯（Venus Williams）、著名歌手蒂娜·特纳（Tina Turner）、电影制作人斯派克·李（Spike Lee）、好莱坞影星玛丽莲·梦露（Marilyn Monroe）、脱口秀主持人奥普拉·温弗瑞（Oprah Winfrey）和摇滚明星"猫王"埃维斯·普里斯利（Elvis Presley）。

作家们也被有趣的地名所吸引，将其设定为故事发生地：读音似Kiss me（吻我）的佛罗里达州基西米（Kissimmee, Florida）、透露着"富裕、慷慨"的犹他州的邦蒂富尔（Bountiful, Utah）、暗示着"交配"的宾夕法尼亚州的因特可斯（Intercourse, Pennsylvania）、字面意思是"麋鹿下颌"的加拿大萨斯喀彻温省的穆斯乔（Moose Jaw, Saskatchewan）、让人联想到汽车品牌道奇的艾奥瓦州道奇堡（Fort Dodge, Iowa）和谐音为oops（表示轻度沮丧、懊恼和惊讶的"哎哟！"）的亚拉巴马州的奥普（Opp, Alabama）。

然而不可思议的是，最有趣的名字似乎都来自能搞出点新闻的真实人物，而最优秀的记者能够识别和利用名字与事件之间的巧合。《巴尔的摩太阳报》曾报道过一位妻子对丈夫的愚忠导致两个年幼的女儿丧生的故事。这位母亲名叫西拉·斯旺（Sierra Swann，sierra 有"呈锯齿状起伏的山脉"的意思，Swann 音同 swan，有"天鹅"之意），除了有能让人联想到自然之美的浪漫名字，她还来自于"从被木板封住的窗户中呆滞地看着下方堆在路边的海洛因和可卡因"这样的严峻环境。记者没有将她的堕落归咎于毒品，而是"陪伴纳撒尼尔·布罗德威（Nathaniel Broadway，Broadway 意为百老汇，暗指戏剧性）的执念"。写小说的人可编不出比 Sierra Swann 和 Nathaniel Broadway 更合适、更有意思的名字。

我随意翻开电话簿，发现在连续的两页上有这些名字：丹尼尔·摩尔（Danielle Mall）、查理·马利特（Charlie Mallette）、霍利斯·马利克特（Hollis Mallicoat）、伊利尔·马尔卡兹（Ilir Mallkazi）、伊娃·马洛（Eva Malo）、玛丽·马卢夫（Mary Maloof）、约翰·马马格纳（John Mamagona）、拉克米卡·玛纳瓦杜（Lakmika Manawadu）、凯·芒（Khai Mang）、路德维格·曼戈尔德（Ludwig Mangold）。名字可以提供故事背景，暗示着历史、种族渊源、世代和性格。〔聪明有趣的美国神学研究者马丁·马蒂（Martin Marty）称自己为"马蒂·马蒂"（Marty Marty）〕

作家们不仅对人名和地名感兴趣，对于物品的名字也颇为热衷。因《查理和巧克力工厂》（*Charlie and the Chocolate Factory*）而出名的罗尔德·达尔（Roald Dahl），记得小时候的自己站在糖果店里对着美味流口水："球形薄荷硬糖、传统的条纹薄荷硬糖、草莓夹心糖、透明的冰川薄荷糖、酸味糖果、梨子糖和柠檬糖……我个人最喜欢的是果汁棒棒糖和细长条状的甘草味糖果。"更不必说"大块的圆硬糖"和"棕色的润喉糖"。

而抓住诗人唐纳德·霍尔的想象力的不是糖果，而是另一种美味，一起来看看他的搞怪颂诗《噢，奶酪》（"O Cheese"）：

In the pantry the dear dense cheeses, Cheddars and harsh

Lancashires; Gorgonzola with its magnanimous manner;

the clipped speech of Roquefort; and a head of Stilton

that speaks in a sensuous riddling tongue like Druids.

（食品储藏室里放着心爱的浓郁奶酪，

切达奶酪与刻薄的兰开夏奶酪为伴；

古冈佐拉奶酪宽容大度；

洛克福奶酪的话语清晰快速；

斯蒂尔顿奶酪性感、暧昧的说话腔调，

就像德鲁伊特人。）

　　要想出一个比弗拉基米尔·纳博科夫（Vladimir Nabokov）对名字更感兴趣的作家难度可不低。或许是因为他能用英俄双语进行写作的缘故——同时对蝴蝶抱有科学研究的兴趣——纳博科夫解剖文字和图像，追寻更深层次的意义。他笔下最成功的反传统男主角亨伯特·亨伯特（Humbert Humbert）用经典的段落开始了小说《洛丽塔》（*Lolita*）的叙述：

Lolita, light of my life, fire of my loins. My sin, my soul. Lo-lee-ta: the tip of the tongue taking a trip of three steps down the palate to tap, at three, on the teeth. Lo. Lee. Ta.

She was Lo, plain Lo, in the morning, standing four feet ten in one sock. She was Lola in slacks. She was Dolly at school. She was Dolores on the dotted line. But in my arms she was always Lolita.

（洛丽塔，我生命的光，我欲望的火。我的原罪，我的灵魂。洛-丽-塔：舌尖完成三步之旅，从上颚向下移动，第三步时轻敲牙齿。洛。丽。塔。

　　清晨，她是洛，普普通通的洛，身高四英尺又十英寸，穿着一只袜子。她是穿着宽松长裤的洛拉。她是学校里的多莉。她是正式签名中的多洛蕾丝。但在我怀中，她永远是洛丽塔。）

　　在这本伟大但饱受道德争议的小说中，纳博科夫把洛丽塔同学的名字按照字母顺序进行了排列，从格蕾丝·安吉尔（Grace Angel）开始，到路易丝·温穆勒（Louise Windmuller）结束。小说事实上也是一本美国地名索引，从汽车旅馆的名字："那些落日汽车旅馆、微笑旅社、山顶庭院、观松楼、山景院、天际庭院、公园广场旅馆、绿野旅店和马克旅社"到路边厕所的幽默名称："哥们儿姐们儿（Guys-Gals）、爷们和姑娘（John-Jane①）、少年和姑娘（Jack and Jill），甚至是公鹿和母鹿（Buck's-Doe's）。"

　　名字能透露什么呢？对于细心的作者和热切的读者来说，答案可以是趣味性、洞察力、魅力、气场、个性、身份、精神失常、成就感、继承权、恪守礼仪、言行失检和资产财富。在某些文化中，如果我知道你的名字并能将其说出来，我就拥有你的灵魂。

写作工作坊

　　1. 在犹太教与基督教共有的《创世记》故事中，上帝赋予人类一种其他物种都不具有的特殊权力："主耶和华用尘土造出田野的走兽和空中的飞鸟，把它们领到那人跟前，看他怎样称呼它们，因为他叫那些动物什么，它们的名字就是什么。"讨论一下命名中更深层次的宗教与文化含意，包括出生、洗礼、皈依和婚姻等命名仪式。不要忘记昵称、街道名称、艺

---

① John 可指"男人"和"男公共厕所"，Jane 指"女人"和"女卫生间"。

名和笔名。命名对于作家的实际意义是什么？

2."哈利·波特"系列的作者、深受读者喜爱的作家 J. K. 罗琳在给人物取名字上颇有天赋。比如她笔下的英雄们：阿不思·邓布利多、小天狼星·布莱克和赫敏·格兰杰，以及反面人物：德拉科·马尔福和他的追随者克拉布和高尔。请阅读该系列作品中的任意一本小说，特别关注文中的各种人名。

3.在日记里记录下你在社区里发现的有趣的人名和地名。

4.下次研究一篇文章的时候，不妨采访一位专家，他可以说出你原先不知道的事物的名字：花园里的花、引擎的各部分、家谱的分支或猫的品种。想象一下在你的故事中使用这些名字的方法。

写作工具 16

寻找新颖的表达
拒绝陈词滥调，告别浅层创意。

市长希望重建破败的市中心，但绝不透露计划的细节。你写道："He's playing his cards close to his vest.（他绝不透露任何信息。）"你就这么用上了一个俗套的表达，一个过时的比喻，当然，这个比喻出自扑克圈。对手们为了偷看市长手里的牌，想破了脑袋。首创这个比喻的人的确写出了新鲜的内容，但是随着被过度使用，它变得普通——甚至陈腐。

乔治·奥威尔在《政治与英语语言》中告诫写作者："出版物中反复出现的暗喻、明喻或者其他修辞手法，绝对不要再用。"他认为，陈词滥调取代了写作者的思考，是自动化写作的模式："文章中，因为'意义'而被选用的单词越来越少，而越来越多的短语凑在一起，就像一间间预制的鸡舍。"最后的短语"预制的鸡舍"就是一个新鲜的画面，是创新的典范。

写作对象使用的语言处处挑战着优秀作家的功力，体育圈就是最好的
例子。从事任何运动项目的任何运动员的赛后采访，几乎都是陈词滥调拼
凑在一起的产物：

"We fought hard."

"We stepped up."

"We just tried to have some fun."

"We'll play it one game at a time."

（"我们拼尽了全力。"

"我们火力全开。"

"我们只是努力享受比赛。"

"我们会专注当下，一场一场拼。"）

如此看来，顶尖的体育记者能写出新颖的报道，堪称奇迹。比如雷
德·史密斯（Red Smith）对某著名棒球投手的描写：

This was Easter Sunday, 1937, in Vicksburg, Miss. A thick-muscled
kid, rather jowly, with a deep dimple in his chin, slouched out to warm up for
the Indians in an exhibition game with the Giants. He had heavy shoulders
and big bones and a plowboy's lumbering gait. His name was Bob Feller and
everybody had heard about him.

（这是密西西比州维克斯堡 1937 年复活节的星期天。一个肌肉发
达、下颌宽厚、下巴长着深深的酒窝的男孩子，懒散地拖着身子为克
里夫兰印第安人队与旧金山巨人队的表演赛做热身。他肩膀宽大，体
格健硕，步态如农家子弟般笨重。他叫鲍勃·费勒，这个名字家喻户

晓。）

那么，有独创性的作家该怎么做？在抵挡不住诸如"洁白如雪"等滥用短语的诱惑时，就暂停写作。用自然分娩法实践者口中的"净化呼吸法"深吸一口气，把这个落入俗套的短语草草记在一张纸上，接着开始潦草地写下变体：

white as snow	洁白如雪
white as Snow White	洁白如白雪公主
snowy white	雪一样白
gray as city snow	如城市积雪般灰暗
gray as the London sky	如伦敦天空般灰暗
white as the Queen of England	如英国女王般白皙

以个性的文风而闻名的记者索尔·佩特（Saul Pett）曾向我吐露，在通过头脑风暴找到对的那一个之前，他曾构想但又放弃了数十种表达。如此的职业道德感本应该成为我们的动力，但是所付出的巨大努力带来的压力让人沮丧。压力之下，不妨写得直白一些："The mayor is keeping his plans secret.（市长没有透露计划的内容。）"如果你又回到了陈词滥调的老路上，务必确保使用的频率不要太高。

比陈腐的语言更为致命的是唐纳德·默里口中的"陈腐的视角"，即作家们透过一个狭窄的框架来观察世界。在《不到死线不停笔》（*Writing to Deadline*）中，默里列举了常见的偏见：无辜的受害者，懒政的官僚，贪腐的政客，无敌是寂寞的，郊区是无聊的。

我把"陈腐的视角"形容成浅层创意（first-level creativity）。举例来说，在一周的美国新闻报道中想要不遇到"but the dream became a nightmare"（然而美梦变成了噩梦）是不可能的。这个框架几乎无处不在，适用于任何一个故事：前九洞打出 33 杆而后九洞只打出 44 杆的高尔夫球手；因诈骗而入狱的公司老总；活在整容手术失败阴影中的女人。到达创意浅层的写作者自以为聪明，而实际上，他们只是满足于平庸，满足于任何作家几乎不费气力就能到达的戏剧性或幽默的层面。

我记得一个发生在佛罗里达州的真实故事：有位男士在回家吃午饭的途中，不幸掉入被鳄鱼霸占的沟渠里，挨了鳄鱼一口的他被消防员捞了上来。在某次写作工作坊的活动中，我发给参与者们一份情况简介，要求他们按照上面的内容，在五分钟内给这则故事撰写五条导语。有些导语直截了当、体现新闻价值，有些则俏皮活泼、与众不同，不过几乎所有人，包括我在内，都写了一句相似的导语："周四，当罗伯特·哈德森回家吃午饭的时候，他根本想不到自己会成为他人口中的午餐。"我们都意识到，如果在场的 30 个人都能想到相同的幽默语言，那么显而易见，这就是"浅层创意"。我们在另一则导语中挖掘出更深一层的内容，"对于一条十英尺长的鳄鱼而言，罗伯特·哈德森和鸡肉一样美味。"此外，比起脑海里想到的第一个双关语，我们都觉得直截了当的文字更好。在公鸡叛逃的故事中，依然使用 foul play[1]，甚至是更糟糕的 fowl play[2] 的话，这个故事又有什么价值呢？

清新的语言是拂过读者的一阵清风。举例来说，想一想你曾读到过的讲祈祷本质的宗教俗套表达，然后把它们和这段摘自安妮·拉莫特（Anne Lamott）的《人生旅途中的恩赐》（*Traveling Mercies*）的文字进行比较：

---

① 意为"犯规行为，卑劣行为"，为固定短语。
② 直译为"家禽游戏"，foul 与 fowl 同音，此处为双关用法。

Here are the two best prayers I know: "Help me, help me, help me," and "Thank you, thank you, thank you." A woman I know says, for her morning prayer, "Whatever," and then for the evening, "Oh, well," but has conceded that these prayers are more palatable for people without children.

（这是我知道的最好的两句祷告词："帮帮我，帮帮我，帮帮我"和"谢谢，谢谢，谢谢"。相识的一位女性告诉我，她晨祷时说"怎么着都行"，晚祷时说"哦，好吧"，但她也承认这些祷告词对没有子女的人来说更容易接受。）

这个段落教会我们，语言的新颖并不会成为写作者的负担。语境的简单转换就能让最普通甚至过度使用的表达（"Whatever"或者"Oh, well"）摇身一变，成为最犀利的咒语。

写作工作坊

1. 读今天的报纸，用铅笔圈出印刷刊物中常见的短语。

2. 将上述方法用在你自己的作品中。圈出陈词滥调和被过度使用的短语。将它们改成更为直截了当的表达或者更新颖的画面。

3. 头脑风暴，想出下列常见比喻的替代表达：红如玫瑰（red as a rose）、洁白如雪（white as snow）、蓝如天空（blue as the sky）、冷如冰（cold as ice）、燥热如地狱（hot as hell）和饿狼一般（hungry as a wolf）。

4. 重读你最爱的作家的几篇文章，能找到陈词滥调吗？圈出最新颖和最生动的表达。

写作工具 17

借别人的妙语来即兴发挥

列词汇表，做自由联想，感受语言带来的惊喜。

　　2004 年副总统辩论结束后的一天，我读到了一句妙语，点出了两位候选人容貌和风格的差异。它出自美国著名电台主持人冬·艾默斯（Don Imus）之口，将两者形容成一个像毁灭博士[①]，一个像布雷克女郎[②]。显而易见，阴沉的迪克·切尼（Dick Cheney）是毁灭博士，而约翰·爱德华兹（John Edwards）因为漂亮的头发而被比作洗发水广告中的美丽女郎。

　　此语一出，一时间便引来众多评论家争相效仿。（riff on this phrase，即兴发挥。riff 一词来自爵士乐，指的是乐手借用他人的乐段加以发挥，进行即兴演奏的形式。）艾默斯的原句变成了"怪物史莱克 VS 香波布雷克"，也就是怪物和发模的对比。

---

① 毁灭博士是美国漫威漫画旗下超级反派。
② Breck 是美国某洗发水品牌，因 "Breck 女郎" 的广告推广而闻名。

下面是我和幽默诙谐的同事斯考特·利宾（Scott Libin）的一段对话，他当时在写关于政治辩论语言的分析性文章。我们俩也跟风把当下最火的两位候选人的对比做了一番即兴演绎。"切尼常被形容为'如叔辈般慈爱'（avuncular）。"斯考特说。avuncular 意为"像叔辈似的"。"他昨晚看起来更像'长着酒刺的'（carbuncular）而非'像叔辈似的'（avuncular）。"我说，像一个随时会爆开的愤怒疖子。

斯考特和我就像乐手一样，在即兴创作的前提下，创造出了更多的变体。没过多久，切尼对战爱德华兹就变成了：

Dr. No versus Mister Glow

Cold Stare versus Good Hair

Pissed Off versus Well Coiffed

（"007 之诺博士"对战"发光先生"

"冷眼凝视"对战"一头秀发"

"被气炸"对战"头发被梳得一丝不苟"）

我最初建议用 Gravitas versus Levitas（拉丁语，中文意思为"庄重对战轻浮"，翻译成英语是 gravity versus levity），但是爱德华兹并不幽默，只是长相讨喜，所以我最后大胆地用了 Gravitas versus Dental Floss（庄重对战牙线）。

写作者常会收集惊艳的短语和有趣的比喻，有时用于对话，有时为了改写后用在自己的文章里。当然，将其他作者的妙笔生花占为己有，会有剽窃之嫌。毕竟没人想成为作家中的米尔顿·伯利[1]，偷来别人的佳作为

———————————

[1] 米尔顿·伯利（Milton Berle，1908—2002）美国电影喜剧演员，因五岁时在一次模仿卓别林的竞赛中获胜而开始演员生涯。

自己铺路。

比较和谐的方法是即兴再创造。几乎所有的发明都是从联想式想象中来的，这是一种将已知的事物活用而创造新事物的能力。托马斯·爱迪生把对古罗马水道桥下水流的思考用来解决电流中遇到的问题。我们身边也有很多改写自旧术语来描述新媒体工具的词汇：比如 "file（新建文件夹）" "browse（浏览网页）" "surf（上网冲浪）" "link（联网）" 和 "scroll（页面滚动）" 等。

"旧智慧诱发新知"的概念应该将写作者从强夺他人成果的重重顾虑中解放出来，那么妙语也不会勾起偷窃"伊甸园苹果"的欲望，而是成为达到新的写作创意高度的工具。

戴维·布朗（David Brown）对熟悉的政治口号和广告行话进行了再创造，沉重抨击了美国，尤其是危急时刻的缩头缩脑、低效无能：

> The sad truth is that despite its success as a sportswear slogan, "Just do it" isn't a terribly popular idea in real American life. We've become a society of rule-followers and permission-seekers. Despite our can-do self image, what we really want is to be told what to do. When the going gets tough, the tough get consent forms.
>
> 〔令人心痛的事实是，和作为运动品牌广告语取得的成功相比，"Just do it"（放手去搏）在真实的美国生活中绝不是流行的概念。我们已经成为遵守规则和寻求许可的社会。虽然塑造了"我能做到"的自我形象，但是真实的内心却在期待他人的指令。当世态艰难，只有勇者才能拿到批准书。[1] 〕

---

[1] 原文最后一句是"When the going gets tough, the tough get going"的变体，"艰难之路，唯勇者行"的意思。

写作者将熟悉的表达转换成了煽动性的、与大众观点截然相反的概念，即美国是一个"无能"的社会。

给大家举个我工作中的例子。1974 年，我从纽约搬到亚拉巴马州，就被当地广播记者标准的发音惊讶到了，他们丝毫没有南方口音。事实上，为了让听众听得更加明白，记者们通过训练来摆脱地方口音。这件事在我眼里不只是怪异而已，它似乎更像是对南方口音的歧视，是一种病态，是自我厌恶。

随着我对这个题目的深究，来到了一个我称之为"语言综合征"的阶段。我记得我坐在金属椅子上，旁边的桌子是我用旧木门搭的。用什么做标题呢？用什么做标题呢？我嘴里念念有词，好似祈祷。我想到 disease（疾病）这个词，然后又记起大学老师尤加利提斯博士（Dr. Jurgalitis）的绰号，因为 -itis 多为疾病名词的后缀，所以人送外号"疾病先生"（The Disease）。我开始了即兴创作：尤加利提斯（Jurgalitis）、阑尾炎（Appendicitis）、支气管炎（Bronchitis）。我几乎要从椅子上摔下来：冒牌口音症①！

这篇如今名为《具有传染性的冒牌口音症》（"Infectious Cronkitis"）的文章发表在当年的《纽约时报》的专栏版面上。之后，我收到了沃尔特·克朗凯特（Walter Cronkite）、丹·拉瑟（Dan Rather）和其他定居南方的知名广播记者的来信，还有幸登上《今日秀》（The Today Show）接受道格拉斯·凯克（Douglas Kiker）的专访。数年之后，我偶遇了《纽约时报》录用文章原稿的编辑，他说他觉得文章不错，但是让他下定决心收录这篇文章的却是 Cronkitis 这个词：

---

① Cronkitis，该词为作者的新造词，cronk 是澳洲俚语，表示"生病的，虚弱的"；-itis 为疾病后缀，联系上文中广播行业中的现象，故在此译为"冒牌口音症"。

"把两种语言写进同一个双关，妙哉。"

"两种语言？"我疑惑不解。

"是啊，krankheit 在德语中意为'疾病'。而在杂耍表演中，胡闹的医生被称作 Dr. Krankheit（疾病医生）。"

语言的再创作会带来你意想不到的效果，这让我想到另一个策略：哪怕是无心插柳得来的佳作，赞美的话也统统收下，反正同样是无意间写出来的拙作，也会让你受到大量的批评。

写作工作坊

1. 在你的阅读材料中找到一个合适的短语，比如将剽窃说成是"非原创的罪"。和朋友一起，就这些短语做即兴的演绎，然后对比一下各自的作品，选出你最喜欢的。

2. 当你遇到一个最出挑、最具创意的短语时，利用搜索引擎，看看你是否能找到它的出处和影响。

3. 浏览几本你最爱的书籍，挑选其中你认为最具独创性的文章。读过几遍之后，在你的笔记本中进行自由写作的练习。对你读过的内容进行诙谐仿写，夸大文体中的独特元素。

写作工具 18

用句子长度控制速度

变化句式，影响读者的阅读速度。

我之前总是以为像"韵律"和"节奏"这类的词太过主观，太过强调音乐性，对写作者的用处不大。直到我学会了如何变化句子长度以达到不同的目的，理解才增进了几分。长句子——我称它们为旅程句子（journey sentences）——创造出语流，推动读者在"理解"的水流中畅行，这就是唐·弗莱所说的"稳步前行"的效果。而短句子则像猛踩刹车。

写作者并不需要将长句子变得有弹性或将短句子变得粗短，来设定读者阅读的节奏。一起来赏析一下劳拉·希伦布兰德（Laura Hillenbrand）的《奔腾年代》（*Seabiscuit*）中关于一匹传奇赛马的描写：

As the train lurched into motion, Seabiscuit was suddenly agitated. He began circling around and around the car in distress. Unable to stop him,

Smith dug up a copy of *Captain Billy's Whiz Bang* magazine and began reading aloud. Seabiscuit listened. The circling stopped. As Smith read on, the horse sank down into the bedding and slept. Smith drew up a stool and sat by him.

（火车突然间移动，海洋饼干马上变得烦躁不安起来。它在车厢里焦躁地转着圈。史密斯用尽方法也没法安抚它，便翻出一本《比利上尉的高速炮弹》杂志，大声读起来。海洋饼干听着。它不再转圈。史密斯继续读着，马儿蜷在草垫上，沉沉睡去。史密斯挪过一把椅子，坐在它边上。）

让我试着做一做文字里的数学题。上面的段落里有 7 句话，平均每句话有 9.4 个单词，每句话的单词数分别为：10，10，19，2，3，13，9。当我们把句子长度和内容匹配在一起后，节奏变得更加有趣。一般来说，动作持续时间越长，描写该动作的句子也越长，这就是为什么 "Seabiscuit listened.（海洋饼干听着。）" 和 "The circling stopped.（它不再转圈。）" 只需要这么几个词就够了。

写作者控制着读者的节奏，不管是快、慢或适中；他们也用长短不一的句子创造音乐感，即故事的节奏。这些声音和节奏的比喻对雄心勃勃的写作者而言，看似含糊不清，却切切实实地存在于实际的问题中。一个句子有多长？在哪里写句号或逗号？一个段落中出现多少个句号？

写作者列举了三条策略性的理由，来解释为什么要放慢故事的速度：

1. 化繁为简
2. 创造悬念
3. 专注于感情的真实

《圣彼得斯堡时报》的记者在一个关于市政府预算的故事中，努力地将这个不寻常的故事讲得通俗易懂：

Do you live in St. Petersburg? Want to help spend $548 million?

It's money you paid in taxes and fees to the government. You elected the City Council to office, and as your representatives, they're ready to listen to your ideas on how to spend it.

Mayor Rick Baker and his staff have figured out how *they'd* like to spend the money. At 7 p.m. Thursday, Baker will ask the City Council to agree with him. And council members will talk about their ideas.

You have the right to speak at the meeting, too. Each resident gets three minutes to tell the mayor and council members what he or she thinks.

But why would you stand up?

Because how the city spends its money affects lots of things you care about.

（你住在圣彼得斯堡吗？想不想帮忙花掉 5.48 亿美元？

这就是你给政府交的税和费。你选出了市议员，而作为你们的代表，他们做好了准备，倾听你们对于如何开支的想法。

里克·贝克市长和幕僚已经做好了他们的预算方案。周四晚上 7 点，贝克会要求市议会通过他的方案，而议会成员将阐述他们的看法。

你也有在议会上发表见解的权利。每位市民有三分钟的时间向市长和议员们陈述自己的想法。

但为什么你愿意站起来发言？

因为这笔钱的开支，将影响到你在意的诸多事情。）

　　不是每个记者都欣赏用这种方法来写政府体裁的文章。但上文的作者布莱恩·吉尔默（Bryan Gilmer）因为做到了我所说的"彻底的清晰"而获得赞誉。吉尔默用一系列简短的句子和段落领着读者慢慢地进入故事。所有的停止点都给了读者理解的时间和空间，但也有足够的变化来模仿正常对话的模式。

　　清晰并不是写短句子的唯一原因。写作者也会使用短句来营造悬疑气氛或传递情绪的力量，即"耶稣落泪"的效果。为了表现耶稣在听闻朋友拉撒路的死讯后的悲痛，福音书的作者使用了一个或许是书中最短的句子，只有两个词，一个主语，一个动词："Jesus wept.（耶稣落泪。）"

　　我曾在诺曼·梅勒（Norman Mailer）的著名文章《本尼·帕雷特之死》（"The Death Of Benny Paret"）中领教了句长变化带来的震撼。梅勒常以拳击为主题，在该文章中他描述了帕雷特因质疑格里菲思的男子气概而被后者打死在拳台的那个晚上。梅勒的文字引人入胜，读者仿佛置身拳台边，目睹悲剧的全过程：

　　　　Paret got trapped in a corner. Trying to duck away, his left arm and his head became tangled on the wrong side of the top rope. Griffith was in like a cat ready to rip the life out of a huge boxed rat. He hit him eighteen right hands in a row, an act which took perhaps three or four seconds, Griffith making a pent-up whimpering sound all the while he attacked, the right hand whipping like a piston rod which has broken through the crankcase, or like a baseball bat demolishing a pumpkin.

　　　　（帕雷特被困在死角。试图脱身的他，左臂和脑袋却被困在第一根绳外，施展不出拳脚。格里菲思犹如恶猫，誓要将眼前这只困在盒子里的大鼠撕个粉碎，取了它的性命。连击右拳十八次，耗时仅仅三四秒钟，整套进攻伴随着低低的呜咽声，右拳如同从曲轴箱中破出的活塞杆，又像暴击南瓜的棒球杆。）

请注意，通过三个短句接着一个由描写动作和暴力场面的比喻组成的长句，梅勒创造出了句子的节奏感。当帕雷特的命运走向愈发清晰时，梅勒的句子也越变越短：

The house doctor jumped into the ring. He knelt. He pried Paret's eyelid open. He looked at the eyeball staring out. He let the lid snap shut.... But they saved Paret long enough to take him to a hospital where he lingered for days. He was in a coma. He never came out of it. If he lived, he would have been a vegetable. His brain was smashed.

（场内医生蹿进拳击台，跪在地上，翻开帕雷特的眼皮，看了看呆滞无神的眼球，松手让眼皮啪地合上……但他们还是将他送进医院，花了不少时间实施抢救，他的命也多拖了几天。他处在昏迷状态中，再也没醒过来。如果他还活着，也就活成个植物人。他的脑袋已被重拳打碎。）

看看这戏剧性。看看这自然流露的情感力量。看看这些短句子。

加里·普罗沃斯特（Gary Provost）在《提升写作的100招》（*100 Ways to Improve Your Writing*）中，通过下面这篇心血之作来展示，如果写作者用不同的句子长度做试验的话会产生什么样的效果：

This sentence has five words. Here are five more words. Five-word sentences are fine. But several together become monotonous. Listen to what is happening. The writing is getting boring. The sound of it drones. It's like a stuck record. The ear demands some variety. Now listen. I vary the sentence length, and I create music. Music. The writing sings. It has a pleasant rhythm, a lilt, a harmony. I use short sentences. And I use sentences of medium length. And sometimes, when I am certain the reader is rested, I will engage him with a sentence of considerable length, a sentence that burns with energy and builds with all the impetus of a crescendo, the roll of the drums, the crash of the cymbals—sounds that say listen to this, it is important.

So write with a combination of short, medium, and long sentences. Create a sound that pleases the reader's ear. Don't just write words.Write music.

（本句有 5 词，现又多 5 词，五字句无妨，相连则单调。用耳"听"文章，文字渐无趣，单调无休止，好似卡碟声，迫切需变化。请听，我改变了句子长度，我创造出了音乐。音乐。文字在唱歌。它有愉快的节奏，有起伏，有和声。我用了短句。也用了中等长度的句子。有的时候，当我确信读者的状态良好，我会用相当长的句子来吸引他，这个句子燃烧着能量，里面有渐强乐段的气势、鼓声的隆隆和打镲的击鸣——都传递着让读者倾听的信号，正说着的这点很重要。

写作要打组合拳：短、中、长的句子混搭在一起。创造出取悦读者耳朵的声音。不要只写字，要把字谱成曲。）

写作工作坊

1. 回顾你最近的作品，检查句子的长度。通过合并或者缩减的方法，建立更加适合文章风格和主题的节奏。

2. 在阅读你最喜欢的作家的作品时，更加关注句子的长度，并标记出你认为出彩的短句和长句。

3. 很多作家认为短句会加快读者的阅读速度，但是我认为短句会降低读者的阅读速度，因为句号等同于停止符。和你的朋友们讨论一下，看看你们能否达成共识。

4. 读一些童书，尤其是给幼龄儿童阅读的童书，看看你是否能判断句子长度变化对读者的影响。

写作工具 19

变化段落的长度

长段落，短段落——或者转个弯——和写作意图匹配上的就是好段落。

评论家大卫·利普斯基（David Lipsky）在《纽约时报》上写了一篇评论文章，狠批某位作家 207 页的书中竟然有"400 多个只有一句话的段落——不论在读者还是在学期论文评分老师的眼里，这的的确确是个令人崩溃的信号"。但为何崩溃？答案大多暧昧不明。故事的主题内容应该有机地结合在一起，而细节处同样需要"黏合剂"。实现了前者，我们称这种美好的感觉为"连贯"（coherence）；做到了后者，我们称之为"衔接"（cohesion）。

英国语法学家 H. W. 福勒（H. W. Fowler）在《现代英语用法》（*Modern English Usage*）中对"段落"有如下定义："段落从本质上来说是思想的单位，而非长度的单位"。这本词典是福勒在 1926 年编撰的，其地位无可动摇。如此的定义暗示出：一个段落中的所有句子必须围绕同一个主题，并按照一定顺序排列；这也意味着，写作者可以将过长的段落拆分。但是，将过短且毫无关联的段落愣是拼在一起是绝对不可取的。

段落有所谓的理想长度吗？在琼·狄迪恩（Joan Didion）的小说《民主》（*Democracy*）中，作者用这一连串段落突破了我们关于长度的设想：

See it this way.

See the sun rise that Wednesday morning in 1975 the way Jack Lovett saw it.

From the operations room at the Honolulu airport.

The warm rain down on the runways.

The smell of jet fuel.

（用这个视角看。

用杰克·洛维特的视角看 1975 年某个周三清晨的日出。

透过檀香山机场的操作室。

跑道上温热的雨。

喷气燃料的味道。）

连续五个段落这么短没问题吗？其中三个还并不是完整的句子？词组也可以单独成段吗？

我又在《现代英语用法》中找到了答案。福勒在基本常识的基础上，告诉我们段落的用途。"分段的目的是要让读者能够喘口气。写作者对着他说：'你理解了吗？如果是的话，我要继续讲下一个点咯。'"不过读者需要休息多长时间呢？时间的长短取决于主题吗？或是体裁和媒介？还是作者的声音？"关于合适的段落长度没有普遍的规则，"福勒写道，"连续的短段落和连续的长段落一样，都让人厌倦和疲惫。"

长段落给作者的立论和叙事提供了引用大量例证的空间。安妮·法迪曼（Anne Fadiman）所著的《书趣》（*Ex Libris*）中，长度在 100 个词左右的段落最为普遍，而有些段落一页都写不下。如此长度足够让法迪曼阐述自己有趣、古怪的想法：

> When I read about food, sometimes a single word is enough to detonate a chain reaction of associative memories. I am like the shoe fetishist who, in order to become aroused, no longer needs to see the object of his desire; merely glimpsing the phrase "spectator pump, size 6½" is sufficient. Whenever I encounter the French word *plein*, which means "full", I am instantly transported back to age fifteen, when, after eating a very large portion of *poulet à l'estragon*, I told my Parisian hosts that I was "*pleine*", an adjective that I later learned is reserved for pregnant women and cows in need of milking. The word *ptarmigan* catapults me back ten years to an expedition I accompanied to the Canadian Arctic, during which a polar-bear biologist, tired of canned beans, shot a half dozen ptarmigans. We plucked them, fried them, and gnawed the bones with such ravening carnivorism that I knew on the spot I could never, ever become a vegetarian. Sometimes just the contiguous letters *pt* are enough to call up in me a nostalgic rush of guilt and greed. I may thus be the only person in the world who salivates when she reads the words "ptomaine poisoning."

　　〔当我读美食相关的文章时，有时候单单一个词就足以引爆联想记忆的反应链。我就像一个恋鞋癖者，无须看到实物，光是瞥见"6.5 号中高跟鞋"的字眼就足以欲火焚身。无论何时遇到法语词 plein（饱的），我都会立刻被带回到 15 岁那年，吃掉一大份龙蒿烹鸡肉后的我，告诉招待我的巴黎人说"I was *pleine*"。我过后才知道

pleine 这个形容词专用于孕妇和产奶的奶牛。ptarmigan（松鸡）让我忆起十年前，我陪同一众人到加拿大北极区探险。其间一位研究北极熊的生物学家因为吃厌了罐装豆子，便猎杀了 6 只松鸡。拔了毛，下油炸，一群人啃得骨头上一丁点儿肉都不剩下，食肉属性暴露无遗。从那一刻我便知道自己这辈子也做不成素食主义者。有时候，单是 pt 两个字母连续出现，就可以让我心里升腾起一阵勾起回忆的愧疚和贪婪的感情。我或许因此成为世界上唯一一个读到 ptomaine poisoning（食物中毒）就会流口水的人。〕

写作者可以用短段落，尤其是在长段落之后，给读者呈现一个突然的、戏剧性的结尾。比如吉姆·德怀尔（Jim Dwyer）在《纽约时报》上的这篇文章，讲述了被困在世贸中心大楼失速的电梯里的一行人，仅利用玻璃窗清洗器上的橡胶清洁器成功逃出的故事：

They did not know their lives would depend on a simple tool.

After 10 minutes, a live voice delivered a blunt message over the intercom. There had been an explosion. Then the intercom went silent. Smoke seeped into the elevator cabin. One man cursed skyscrapers. Mr. Phoenix, the tallest, a Port Authority engineer, poked for a ceiling hatch. Others pried apart the car doors, propping them open with the long wooden handle of Mr. Demczur's squeegee.

There was no exit.

（他们不知道自己的命竟悬在一个小工具上。

10 分钟后，对讲机里的人声直截了当地告知他们，大楼发生了爆炸，之后就陷入了沉默。烟雾渗进了电梯舱内。其中一人咒骂着摩天大楼。个子最高、供职于港口管理局的工程师菲尼克斯先生戳了戳顶棚的一道裂口。其他人撬开了电梯门，用丹姆楚尔先生的橡胶清洁器的长木柄撑着门。

　　没有出口。）

这个技巧——64 个单词的段落后面跟着 4 个单词的段落——或因为过度使用而变成烂招，但是用来制造意外却强劲有力。

扎实、统一的段落如同一个迷你故事，一则过程中自带转折的轶事：

As soon as I had tightened my bow there was a burst of applause, but I was still nervous. However, as I ran my swollen fingers over the strings, Mozart's phrases came flooding back to me like so many faithful friends. The peasants' faces, so grim a moment before, softened under the influence of Mozart's limpid music like parched earth under a shadow, and then, in the dancing light of the oil lamp, they blurred into one. (from *Balzac and the Little Chinese Seamstress*)

〔我刚紧了紧琴弓，就爆发出一阵掌声，这却没打消我的紧张感。当我肿胀的手指在琴弦上游走，莫扎特的乐句就像许多忠实的朋友一般向我涌来。农民朋友的脸色一扫之前的阴沉，仿佛焦土受到了阴影的庇护般，在莫扎特清澈的乐曲中变得柔和，在油灯忽暗忽明的光线里，他们模糊成一片。（摘自《巴尔扎克与中国小裁缝》）〕

小说家戴思杰用因果关系的逻辑贯穿段落前后，转折发生在甜美的乐曲让中国农民的脸色变得柔和的时刻。

另一个令人印象深刻、自带转折的段落来自富兰克林·福尔（Franklin

Foer）的《足球解释世界》（ *How Soccer Explains the World* ）：

From the newspaper accounts of the period, it's not at all clear that the Jewish team possessed superior talent. But the clippings do make mention of the enthusiastic Jewish supporters and the grit of the players. The grittiest performance of them all came at the greatest moment in Hakoah history. In the third to last game of the 1924-25 season, an opposing player barreled into Hakoah's Hungarian-born goalkeeper Alexander Fabian as he handled the ball. [Here comes the turn.] Fabian toppled onto his arm, injuring it so badly that he could no longer plausibly continue in goal. This was not an easily remediable problem. The rules of the day precluded substitutions in any circumstance. So Fabian returned to the game with his arm in a sling and swapped positions with a teammate, moving up into attack on the outside right. Seven minutes after the calamitous injury, Hakoah blitzed forward on a counterattack. A player called Erno Schwarz landed the ball at Fabian's feet. With nine minutes remaining in the game, Fabian scored the goal that won the game and clinched Hakoah's championship.

〔彼时的新闻报道并不足以说明这支犹太队伍拥有超级天才球员，但是这些简报也确实提及狂热的犹太支持者和球员的毅力。全体球员表现最顽强的一场球成就了哈科亚队历史上最伟大的一刻。1924—1925 年赛季的倒数第三场比赛里，对方球员撞向了持球的哈科亚队匈牙利籍的守门员亚历山大·法比安。（此处为转折）法比安被撞倒，手臂着地，伤情严峻以至于无法继续守门。这可不是一个能轻易解决的问题。当天的比赛规则禁止两队在任何情况下替换队员上场。所以法比安手臂打着绷带回到赛场，和其中一个队友交换了位置，在右边锋位置发动进攻。守门员不幸受伤的 7 分钟后，哈科亚队火速发动反击。名叫埃诺·施瓦茨的球员传球至法比安脚下。离比赛结束还有 9 分钟，法比安一记射门锁定胜局，确保球队夺冠。〕

这个精彩的段落帮助作者讲述了一个故事中的故事，有背景导入、事件的发展与冲突、解决的方法和最后的结局。

然而，有太多这样长度的段落使纸上没能留出空白处。空白是写作者的朋友——也是读者的朋友。"分段会影响到读者的视觉感受，"福勒写道，"如果读者从一开始就看见段落间的空白处，知道自己时不时有喘息的空间，而非觉得眼前的文本艰难如马拉松，就能够更加轻松地应对自己的阅读任务。"

写作工作坊

1. 将上文中安妮·法迪曼笔下 203 个字的段落再读一遍。如果有必要的话，你能否把它分成 2 至 3 个段落？和你的朋友讨论一下。

2. 在你自己最近的作品中寻找一些长段落或一些短段落的例子。你能把其中一些长段落拆成更短的段落吗？而那些单句成段的段落是否足够相关，可以前后相连呢？

3. 在阅读新闻报道和文学作品时，注意段落的长度。找一找过长或者过短的段落，想一想作者使用两者的意图是什么。

4. 在阅读过程中，注意空白的"换气作用"，尤其是段落结尾处的空白。作者是否用此处以示强调？段落末尾处的词语是否在高喊"看看我！"？

5. 重读本部分的内容，找找那些中间出现转折的段落，平时在阅读中也多留心这样的例子。

写作工具 20

带着目的选择写作元素
一、二、三或者四：每一项都向读者传达着秘密信息。

　　一位具有写作意识的作家除在句子或段落中选择特定数量的例子或元素外别无选择。作者选择数量和顺序（当数量大于 1 时）。（如果你认为排列的顺序无足轻重，那就试着按照如下顺序背诵四名福音书作者的名字：路加、马可、约翰和马太。）

"一"语言
　　让我们戴起 X 光阅读眼镜来审视如下文本，一探文字表面含义下运转中的语法体系。

　　That girl is smart.（那个姑娘很聪明。）

写作者在这个简单的句子中，点明了这个姑娘唯一的突出特点：她的聪慧。当然，说服读者还需要更多的证据。不过就目前而言，读者必须聚焦该特质。由此创造出一致性、专一度和无替代性的效果，这就是"一"语言的特点。

Jesus wept.（耶稣流泪。）

Call me.（召唤我。）

Call me Ishmael.（唤我以实玛利。）

Go to hell.（下地狱吧。）

Here's Johnny.（这是约翰尼。）

I do.（我愿意。）

God is love.（上帝就是爱。）

Elvis.（艾尔维斯。）

Elvis has left the building.（艾尔维斯离开了大楼。）

Word.（单词。）

True.（真实的。）

I have a dream.（我有一个梦想。）

I have a headache.（我头疼。）

Not now.（不是现在。）

Read my lips.（看我的口型。）

汤姆·沃尔夫曾告诉小威廉·F. 巴克利（William F. Buckley Jr.），如果作家想让读者把某事当成绝对真理，那么他应该尽可能地用最短的句子来表达。相信我。

"二"语言

我们被告知"那个姑娘很聪明",但是当我们知道"那个姑娘又聪明又甜美"时,又会产生什么效果呢?

作者改变了我们看待世界的角度。读者并不是在"聪明"和"甜美"中二者选其一,而是被作者要求同时将这两个特征放在脑袋里,进行平衡和权衡,做好比较和对比。

Mom and dad.(妈妈和爸爸。)

Tom and Jerry.(汤姆和杰瑞。)

Ham and eggs.(火腿和鸡蛋。)

Abbott and Costello.(艾伯特和科斯特洛[①]。)

Men are from Mars.Women are from Venus.(男人来自火星,女人来自金星。)

Dick and Jane.(迪克和简[②]。)

Rock'n' roll.(摇滚乐。)

Magic Johnson and Larry Bird.(魔术师约翰逊和拉里·伯德[③]。)

I and thou.(我和你。)

在《修辞伦理》(*The Ethics of Rhetoric*)中,理查德·M. 韦弗(Richard M. Weaver)做了如下解释:"二"语言分割世界。

---

① 喜剧双人组合名字。
② 儿童读物的名字。
③ NBA 球场上伟大的对手。

"三"语言

再加上一个元素，数字二的分离力量就会转变成某位学者口中的数字三的"包罗"魔力。

That girl is smart, sweet, and determined.

（那个女孩聪明、甜美、有决心。）

句子长度的增加让我们以更全面的方式看待这个姑娘。我们现在能够把她的特质建立在三个维度上，而非仅仅把她简化成一个"聪明"的姑娘，或者将她在"聪明"和"甜美"之间一分为二。在我们的语言和文化中，数字三给人一种整体感：

Beginning, middle, and end.（开始、中间和结尾。）

Father, Son, and Holy Ghost.（圣父、圣子和圣灵。）

Moe, Larry, and Curly.（莫尔、拉里和柯里 [1]。）

Tinkers to Evers to Chance.（游击手传二垒手再传一垒手 [2]。）

A priest, a minister, and a rabbi.（一位神父、一位牧师和一位拉比。）

Executive, legislative, judicial.（行政、立法和司法。）

The *Niña,* the *Pinta,* and the *Santa Maria.*（"尼娜"号、"平塔"号和"圣玛丽亚"号。[3]）

---

[1] 喜剧活宝三人组。

[2] 垒球中的双杀守备技术。

[3] 哥伦布船队中为人熟知的船舶。

在探究爱的本质的那篇著名文章的末尾，圣保罗曾在《哥林多前书》中这样写道："如今常存的，有信、望、爱这三样，其中最大的是爱。"这是从三位一体到统一，从整体感到对最重要事物的理解的重要转变。

"四及更多细节"语言

在写作的反数学规律中，数字三比数字四更大。三的魔力能让它比四以及更大的数字提供更大的完整感。一旦我们加入第四个或第五个细节，就达到了逃逸速度，打破了整体感：

That girl is smart, sweet, determined, and neurotic.

（那个姑娘聪明、甜美、有决心、神经质。）

我们可以添加无穷多个描述性成分。自荷马列举希腊部落名字以来，一流的作家在段落中使用四个或更多的细节来创造出流畅的、文学性的效果。比如乔纳森·勒瑟姆（Jonathan Lethem）在《布鲁克林孤儿》（*Motherless Brooklyn*）中是这样开篇的：

Context is everything. Dress me up and see. I'm a carnival barker, an auctioneer, a downtown performance artist, a speaker in tongues, a senator drunk on filibuster. *I've got Tourette's.*

（情境决定了一切。让我穿上不同的服装你就能明白：我可以是嘉年华上招徕客人的人，是拍卖商，是市中心的表演艺术家，是说方言的人，是喋喋不休的酗酒议员。**我有抽动秽语综合征。**）

如果用我们的数字理论来检查这些句子，它们会呈现出"1-2-5-1"的模式。作者在首句中声明了 1 个观点，说它是绝对真理。在下句话里，作者丢给了读者 2 个祈使语气动词。接着又造出了 5 个暗喻。在结尾句中，作家又回到另一个明确的声明——他变动了字体，来暗示其重要性。

所以写出优秀的作品和写一、二、三——以及四一样容易。

总而言之：

- 用一表达力量；
- 用二进行比较和对照；
- 用三实现完整、一体和整体。
- 用四及更多来做列举、盘点、汇集和扩展。

写作工作坊

1. 在阅读过程中，留心作者使用大量的例子来实现某种特定效果之处。

2. 重读你最近作品中的例子，检查你对数字的运用。寻找你可能增加一个例子或减少一个例子以创造上述效果的案例。

3. 和朋友一起进行头脑风暴，列出使用一、二、三和四的例子。你们可以从谚语、日常用语、音乐歌词、著名演讲、文学作品和体育用语中寻找。

4. 找一个在写作中使用长列表的机会。（例如一窝小猫的名字，旧药店橱窗里的货物，和被丢弃在游泳池底部的物品。）不断调整顺序，实现最好的效果。

写作工具 21

下笔也要知进退

当话题严肃至极，轻描淡写为宜；当话题简单轻松，言过其实为上。

乔治·奥威尔在《我为何写作》（"Why I Write"）中解释道："优秀的散文和窗框一样。"顶级的作品将读者的注意力集中在作者笔下描绘的世界，而非作者华丽的辞藻。当我们透过窗户向外望，我们也常忽略窗框的存在，但是它却是我们的视觉框架，就像作者框定了读者的阅读视角。

大多数作者可以被分为两派。一派说："忽略幕后的作者，关注作者笔下的世界。"另一派毫不迟疑地反驳："看我舞文弄墨。我难道不是个机灵鬼？"这两种模式在修辞学中有专门的名词，前者叫作低调陈述（understatement），后者叫作夸张（overstatement 或 hyperbole）。

以下是我用得很顺手的一条经验法则：越是严肃或戏剧性的话题，作者越要隐身，创造出故事自己在讲述自己的效果；越是轻松、无足轻重的话题，作者越要尽情发挥。要么进，要么退。

比如约翰·赫西（John Hersey）所著的《广岛》（*Hiroshima*）的开篇：

At exactly fifteen minutes past eight in the morning, on August 6, 1945, Japanese time, at the moment when the atomic bomb flashed above Hiroshima, Miss Toshiko Sasaki, a clerk in the personnel department of the East Asia Tin Works, had just sat down at her place in the plant office and was turning her head to speak to the girl in the next desk.

（1945 年 8 月 6 日，日本时间上午 8 点 15 分整，一颗原子弹在广岛上空爆炸。此时，东亚罐头厂人事部职员佐佐木敏子小姐刚在工厂办公室自己的位置上坐下，正转过头去与邻桌的女孩说话。）

被誉为 20 世纪最具声誉的纪实类作品，《广岛》以最常见的场景——重述时间和日期，和两位正打算交谈的办公室职员为开头，而把原子弹爆炸隐藏在句子中。因为读者会想象即将发生的悲剧，赫西通过低调陈述的手法制造出期待带来的焦虑。

臭名昭著的杀手盖瑞·吉尔摩（Gary Gilmore）的弟弟米卡尔·吉尔摩（Mikal Gilmore）在《杀手悲歌》（*Shot in the Heart*）中是这样开篇的：

I have a story to tell. It is a story of murder told from inside the house where murder is born. It is the house where I grew up, a house that, in some ways, I have never been able to leave. And if I ever hope to leave this place, I must tell what I know. So let me begin.

（我要讲个故事。在凶手出生的房子里讲述一个关于凶杀的故事。我也在这座房子里长大，从某些意义上说，我从未能够离开过它。如果我还盼望着离开此地，我就要将我知道的公布于众。就让我开始吧。）

故事的情节冷血悲情，然而吉尔摩简短冷淡的文字就和死囚牢房中的一间牢室一般，直白清淡。

这般低调的语言和索尔·佩特笔下的喧闹对比鲜明。佩特在给美联社的供稿中曾这样描写精力充沛的纽约市长埃德·科赫（Ed Koch）：

He is the freshest thing to blossom in New York since chopped liver, a mixed metaphor of a politician, the antithesis of the packaged leader, irrepressible, candid, impolitic, spontaneous, funny, feisty, independent, uncowed by voter blocs, unsexy, unhandsome, unfashionable and altogether charismatic, a man oddly at peace with himself in an unpeaceful place, a mayor who presides over the country's largest Babel with unseemly joy.

（他是熬过无名时期后在纽约风生水起的新人，集政客各种特质为一身，爱以真面目示人。他桀骜不驯，坦承直率，又鲁莽失策，会一时冲动；他活泼有趣，精力旺盛，独立自主，不屈服于选民集团；他不性感、不帅气、不时髦，但这些特点又让他充满魅力；身处动荡不安之地却能保持心中平静，可谓怪哉；他带着低俗的快感，坐在这个国家最大城市的市长位子上。）

佩特的文章是热闹的杂耍，语带夸张，是首小歌，是支小舞，是顺着裤裆流下的一注苏打水——如同市长科赫。虽然政务可以严肃，但是这里的语境让佩特为戏剧性十足的评论留出了空间。

用安娜·昆德兰的话来说，一位聪明的写作者可以"让自己的报道在报纸首页发表"，就像调查记者比尔·诺丁汉（Bill Nottingham）在《圣彼得斯堡时报》的经济新闻编辑的安排下，报道当地拼写大赛时那样："13岁的莱恩·博伊之于拼写，犹如比利小子[①]之于枪战，冷静如冰，出手快准狠。"

低调论述和夸张的区别，可以借助史蒂芬·斯皮尔伯格导演的两部电影作品之间的差异来理解。在《辛德勒的名单》(Schindler's List)，斯皮尔伯格选择唤起观众对于大屠杀惨案的回忆，而非用影像细节来描绘。在黑白电影中，他领着观众体验犹太红衣小女孩的苦难和逃脱不了的死亡。《拯救大兵瑞恩》(Saving Private Ryan)揭示了诺曼底战役期间，战争给法国海岸造成了可怕的影响，残肢断臂，喷着血的动脉，都以彩色的画面呈现在观众眼前。就我来说，我赞成用更加内敛的方式，艺术家可以给我的想象留足空间。

"如果这句话听起来太过书面化，"冷静的小说家埃尔莫尔·伦纳德(Elmore Leonard)写道，"我会把它重写。"

写作工作坊

1. 留心在报纸首页刊发的生动故事，即便它们缺少传统意义上的新闻价值。讨论一下它们的写作方式，以及吸引编辑之处。

2. 回顾重大灾难性事件过后写出来的故事，比如摧毁新奥尔良的卡特里娜飓风，或是 2004 年造成东南亚上千人死亡的海啸。注意表达更为内敛和语言略显夸张的故事之间的区别。

3. 从《纽约时报》出版的《悲伤的肖像》(Portraits of Grief)一书中找到几个专题讣闻作为例子，研究其中低调陈述的写作方法。

[①] 美国的著名罪犯。

4. 阅读伍迪·艾伦（Woody Allen）、小罗伊·布朗特（Roy Blount Jr.）、戴夫·巴里（Dave Barry）、S. J. 佩雷尔曼（S. J. Perelman）和史蒂夫·马丁（Steve Martin）等作家的幽默作品，寻找其中运用夸张手法和低调陈述手法的例子。

写作工具 22

在抽象的梯子上爬上爬下

学会何时做展示，何时用讲述，何时双管齐下。

优秀的作家在语言的梯子上上下移动。梯子的底部有诸如"淌着血的刀""诵经的念珠""结婚戒指"和"棒球球员卡"之类的词语，顶端有类似"自由"和"读写能力"等意义更为抽象的词语。注意中间的横档是"官僚主义"和"技术专家统治论"埋伏的地方。在梯子的上半部分，"教师"被称作"全职人力对应物"，"学校课程"是"教学单元"。

抽象梯子（the ladder of abstraction）是至今为止被创造出来的最实用的思考和写作模式。通过 S. I. 早川（S. I. Hayakawa）的《语言学的邀请》（*Language in Thought and Action*）的推广，抽象梯子已经被采纳，并由此衍生出上百种帮助人们思考语言和表达含义的方法。

理解这个工具最简单的方法是从它的名称开始：抽象梯子。这个名字包含两个名词。其一是"梯子"，一个你能够看见、可以手握和用来爬的特定工具。它涉及感官。你可以用它来做事情，比如把它靠在一棵树上来营救你那名叫呜嘟的猫。梯子的底部立在具象的语言上。混凝土①是坚硬的，这就是为什么当你从梯子的高处摔下来的时候，你可能会摔断你的脚。你的右脚。那只有蜘蛛文身的脚。

第二个名词是"抽象"，你吃不了，闻不到，也无法测量它，作为一个案例来研究并不容易。它不牵涉感官，而是牵涉思维，它是迫切需要例证来说明的概念。

约翰·厄普代克在1964年发表的一篇文章中写道："我们生活在充斥着不必要的发明和消极进步的时代。"这样的语言笼统、抽象，靠近梯子的顶端。这样的结论引发读者的思考，但它是从什么样的确切证据中得来的呢？答案就藏在他第二句话里："比如啤酒罐。"为了更加具体，厄普代克解释说易拉罐的发明摧毁了打开啤酒罐的美感。"易拉罐"和"啤酒"是梯子底层的词汇，"美感"是顶部词汇。

幼儿园里"展示并介绍"（show-and-tell）的活动已经给我们上了这样一堂语言课。当我们向全班展示1957年米奇·曼特尔（Mickey Mantle）棒球卡的时候，我们处在阶梯的底层。当我们向全班介绍米奇在1956年赛季的伟大成就时，我们开始朝着"伟大"一词的含义向上攀爬梯子。

再以厄普代克的小说《嫁给我》（*Marry Me*）为例：

Outside their bedroom windows, beside the road, stood a giant elm, one of the few surviving in Greenwood. New leaves were curled in the moment after the bud unfolds, their color sallow, a dusting, a veil not yet dense enough to conceal the anatomy of branches. The branches were

---

① 此处作者一语双关，concrete 既有"具象"的含义，也有"混凝土"的含义。

sinuous, stately, constant: an inexhaustible comfort to her eyes. Of all things accessible to Ruth's vision the elm most nearly persuaded her of a cosmic benevolence. If asked to picture God, she would have pictured this tree.

（在他们的卧室窗外的路旁，站着一棵巨大的榆树，是为数不多在格林伍德存活下来的一棵。新叶在花蕾舒展的那一刻就蜷着身子，颜色灰黄，像枝干上的一层尘土，又像一张还没有密实到足以遮盖树枝的面纱。树枝蜿蜒庄重，肖然不动：为她的眼带去无尽的安慰。在露丝的目光所及之处，榆树几乎使她相信了上天的仁慈。如果要描绘上帝的模样，她会画出这棵树。）

厄普代克在上个例子中从"无用的发明"下移到"啤酒罐"，而在这个例子中则正好相反，他从"巨大的榆树"上移到"上天的仁慈"，以获取更高层次的词义。

卡罗琳·马塔琳（Carolyn Matalene）是南卡罗来纳州一位有影响力的写作老师，她告诉我，如果读者既不能看见又不能理解的话，我很有可能被困在了梯子的上半部分。以梯子中部为观察点，语言长什么样子呢？佛罗里达州有一所我最喜爱的玛乔丽·金南·劳林斯小学，我用一个关于这所学校的故事来回答这个问题。自 1992 年起，这间学校的老师们就投身于帮助每个孩子学习写作的写作教学中。在学校举办的一次教研会上，我问校长学校是否拟好了教学宗旨。她派人取来了一张精美的层压纸：

Our mission is to improve student achievement and thereby prepare students for continued learning in middle school and high school. This learning community will accomplish this mission by developing and implementing world class learning systems. Alignment will be monitored by continual application of quality principles and responsiveness to customer expectations.

（我们的使命是提高学生成绩，从而让学生为继续接受中学和高中的教育做好准备。该学习社群将通过开发和实施世界级的学习体系来完成使命，并将以持续实施质量监控和不断响应客户期望为监督来达成使命。）

我可没有瞎编，原稿就放在我的办公室里可供各位查阅。怎么最后就在我的办公室呢？出于对写好文章的自发奉献精神，我把它偷了出来。不久之后，校长寄来了一张小卡片，上面印着新的教学宗旨，所用的语言既没有术语，也没有冰冷的官话。它是这么写的："Our mission: Learning to write, writing to learn.（我们的使命：通过学习，掌握写作技能；通过写作，获得更多新知。）"出自对教师们和校长的爱，我宣布这是 20 世纪最伟大的修订。

美国最优秀的棒球作家之一托马斯·鲍斯威尔（Thomas Boswell）在一篇关于运动员老龄化的文章中写道：

The cleanup crews come at midnight, creeping into the ghostly quarter-light of empty ballparks with their slow-sweeping brooms and languorous, sluicing hoses. All season, they remove the inanimate refuse of a game. Now, in the dwindling days of September and October, they come to collect baseball souls.

Age is the sweeper, injury his broom.

Mixed among the burst beer cups and the mustard-smeared wrappers headed for the trash heap, we find old friends who are being consigned to the dust bin of baseball's history. (from the *Washington Post*)

　　〔清扫人员在午夜到达，手握慢慢划过地面的扫帚和慵懒的冲洗软管，缓慢地走进空荡的球场里那幽幽的后场。整个赛季，他们都在清理没有生命的赛场垃圾。现在，在 9 月和 10 月份的倒计时中，他们来收集棒球的灵魂。

　　年龄是清扫夫，伤病是他的扫帚。

　　裂开的啤酒杯和残留着芥末酱污渍的包装纸的下一站是垃圾堆，在这其中我们见到了老朋友，它们将被遗弃在棒球历史的垃圾箱里。（摘自《华盛顿邮报》）〕

　　抽象的"没有生命的垃圾"很快转变成了"裂开的啤酒杯"和"残留着芥末酱污渍的包装纸"这样可视化的语言。带着真实的扫帚和水管的清扫人员则变化成寻找"棒球灵魂"的死神。

　　通过将某个抽象的概念和某些具体的事物做比较，暗喻和明喻能够帮我们理解抽象概念。威尔·杜兰特（Will Durant）将梯子的两端很好地结合起来，在《生活》（*LIFE*）杂志中写道："文明犹如一条有岸的溪流。溪水中有时会注入那些曾杀戮、抢掠、呼喊和做过值得载入史册的事情的人的鲜血。而在岸上，不知不觉间人们盖房、做爱、抚养后代、唱歌、写诗，甚至塑雕像。文明的故事是岸上的故事。史学家们是悲观主义者，只看河流不看岸。"

　　两个问题能够帮写作者用好这个工具。"可以举个例子吗？"会让写作者顺着梯子向下，而"这意味着什么？"会带着写作者向上。

写作工作坊

1.头脑中带着对"抽象"和"具体"的差异的认识来进行阅读，留心需要举例或需要用含义更抽象的词语的地方。关注语言的层次是否从"具体"移到"抽象"。

2.找一些关于官僚政治和公共政策而用语似乎卡在抽象梯子中段的文章和报告。为了帮助读者理解，这些报告或者研究是应该在阶梯上向上还是向下移动呢？

3.听歌词，感受歌词中的语言是如何在抽象梯子上移动的。"自由只是一无所有的另一个说法"或者"战争，有什么好处，什么也没有"。或者"给我一个美妞，她的魅力我无法抗拒，红豆、大米使她更加艳丽"。注意歌词是如何用具体的词和画面来表达诸如爱、希望、情欲和恐惧这些抽象概念的。

4.读几个你自己写的故事，然后用三个或更少的词描述每个故事的主题：友情、失去、遗产还是背叛？有没有能够让这些抽象的含义借助具体的例子而变得更加清晰的方法？

写作工具 23

定调写作声音
把故事大声地读出来。

在作家创造的所有效果中，没有哪一个比"写作声音"更加重要或更加令人困惑。据说优秀的作家屡屡想要找到自己的"写作声音"，并希望那个声音是"真实的"（authentic），这个单词让我想到"作者"（author）和"权威"（authority）。

"写作声音"是什么？写作者又该如何调准自己的"写作声音"呢？

最有用的定义来自我的好友兼同事唐·弗莱："写作声音是作家使用的所有策略的总和，作家通过这些策略创造出和读者直接对话的错觉。"该定义中最重要的词是"创造""错觉"和"对话"：写作声音是作者制造出的让读者用耳朵接受信息的效果，即便读者在用眼睛阅读。

诗人大卫·麦考德（David McCord）记得他曾无意间捧起一本往期的《圣尼古拉斯》（*St. Nicholas*）杂志，上面印着孩子们写的故事。其中一篇吸引了他的注意，"我突然间被一篇文章打动，这篇文章的写作声音比之前浏览过的文章更加质朴和自然。我对自己说，读起来像是 E. B. 怀特的作品。之后我看了一眼署名——埃尔温·布鲁克斯·怀特（Elwyn Brooks White），11 岁。"麦考德识别出了这位年纪尚幼的作家的风格要素，或是写作声音，他长大以后会写出《夏洛的网》（*Charlotte's Web*）这样的作品。

如果弗莱所说的写作声音是所有写作策略的"总和"是正确的，那么哪一个策略对于创造出交谈的错觉是至关重要的？我们可以借助名叫图像均衡器的声音设备来回答这个问题。这种装置通过提供大约 30 个刻度盘或控制杆，来确定扩音器里的音域，控制低音和高音等音效。上推低音，下拉高音，增加混响来配置所需的音效。

那么如果我们人手一台写作声音调制器，控制杆会将写作声音控制在什么范围里呢？我以一连串问题的形式来列举一下：

- **语言的层级是什么？** 也就是说，作者用的是街头俚语还是形而上学教授的逻辑论证？语言层级是在抽象阶梯的底部还是在顶部附近？它会上下移动吗？

- **作者借用了谁的视角？** 作者用的是"我""我们""你们"还是"他们"，还是几者兼有？

- **隐射的范围和来源是什么？** 它们来自高雅文化还是低俗文化，还是两者兼有？作者引用的是中世纪的神学家还是职业摔跤手？还是两者皆有？

- **作者使用暗喻和其他修辞的频率如何？** 作者想要自己读起来更像一位作品中充满了修辞意象的诗人，还是更像一位使用修辞来达到某些特定效果的记者？

- **典型句子的长度和结构是什么样的？** 句子是短小简单？长而复杂？还是两者混杂？

- **和中立立场保持多远的距离？** 作者试图让自己保持客观？过于偏袒？还是充满激情？

- **作者如何呈现素材？** 传统还是非常规？作者用传统的故事形式来处理常规的话题吗？还是她具有实验精神并倾向颠覆传统？

下面的例文是哥伦比亚广播公司播音员爱德华·R. 默罗（Edward R. Murrow）关于布痕瓦尔德集中营（Buchenwald Concentration Camp）解放的一段播音稿。请大声朗读，体会作者的写作声音：

We entered. It was floored with concrete. There were two rows of bodies stacked up like cordwood. They were thin and very white. Some of the bodies were terribly bruised, though there seemed to be little flesh to bruise. Some had been shot through the head, but they bled but little. All except two were naked. I tried to count them as best I could and arrived at the conclusion that all that was mortal of more than five hundred men and boys lay there in two neat piles.

（我们进入集中营。脚底下是混凝土铺筑的地面。两排尸体如薪柴般摞起，瘦骨嶙峋，毫无血色。部分尸体上有严重的瘀伤，虽然尸体上没有几两肉可以被鞭笞。一些人因脑袋中枪而亡，却几乎没有流血。只有两具尸体不是赤身裸体。我尽全力清点数量，得出的结论是，在两个摆放整齐的死人堆里，躺着500多位终究难逃一死的成年男子和男童。）

记者以目击者证词的语言风格完成了报道。我能听出他作为一位职业记者和一个出离愤怒的人的纠结。报道用词具体且生动，通过描述让惨剧跃然纸上。他只用了一个不寒而栗的明喻"像薪柴般摞起"，其他的语言皆朴实、直接，大部分句子简单短小。这位作者的写作声音并不中立——怎么可能中立？——但它描述了他的所见，而非报道者的所感。他在最后一句把自己放在现场，第一人称视角 I（我）的使用让人相信这一切确实是他亲眼所见。短语 all that was mortal（终究难逃一死）颇具文学性，好似出自莎士比亚。上述对默罗作品的简短剖析告诉我们，几种不同的策略相互作用才能创造出我们熟知的"写作声音"的文本效果。

17 世纪的英国哲学家托马斯·霍布斯（Thomas Hobbes）在描述人类的情感时，文本效果则截然不同：

Grief for the calamity of another is PITY, and arises from the imagination that the like calamity may befall himself, and therefore is called also COMPASSION, and in the phrase of this present time a FELLOW-FEELING. (from *Leviathan*)

〔为他人的不幸而悲痛的情绪是"怜悯"，从他日这种不幸或降临在自己身上的联想中而来，因此也被称为"同情"，用时下的话来说是"感同身受"。（摘自《利维坦》）〕

默罗的文章呈现细节，诱发怜悯和同情。霍布斯的文字抽象，定义"怜悯"和"同情"。如果你用默罗的方式写作，你将听起来像记者。如果你用霍布斯的方式写作，你会听起来像哲学家。

本杰明·斯波克（Benjamin Spock）博士在 1945 年首次出版的《婴幼儿保健常识》（*Baby and Child Care*）是婴儿潮一代父母的育儿圣经。他在前言里这样写道：

The most important thing I have to say is that you should not take too
literally what is said in this book. Every child is different, every parent is
different, every illness or behavior problem is somewhat different from every
other. All I can do is describe the most common developments and problems
in the most general terms. Remember that you are more familiar with your
child's temperament and patterns than I could ever be.

（我要说的最重要的一点是，大家不要拘泥于书中内容的字面含
义。每个孩子都不同，每位家长也有差异，每种疾病和行为问题都各
不一样。我能做的就是用一般性的术语来描述最普遍的成长环节和出
现的问题。请记住，你才是最熟悉孩子性格和行为模式的那个人，这
一点我永远比不上你。）

斯波克博士的语言平实但权威，他的声音睿智但谦逊。好似在信中一
般，他直接用"你"和"我"两个字来和读者交流，并尊重父母的经验和
专业知识。难怪一代代的家庭求助于家庭医生，寻求建议和内心的平静。

如果要测试自己的写作声音，口头朗读可谓是你工具台上最强大的工
具。大声朗读你的作品，看它听起来是否像你。当老师们向作家们提出这
个建议时，我们常常会遇到怀疑的目光。"你是开玩笑的吧，"这些人的表
情说，"你的意思并不是我应该把作品大声地读出来吧？应该是说我需要
在心里默读，动动嘴皮但不出声吧？"

不，我需要你大声地读出来，声音大到其他人都能听见。

作者可以把作品读给自己或读给编辑听。编辑可以把作品读给作者或
另一位编辑听。这样的朗读方式能帮作品找到自己的写作声音，或是对声

音进行调节。作品可以用欣赏的姿态朗读，但是绝不能用嘲讽的语气朗读。它也可以为了听出必须解决的问题而读。

作家们抱怨那些音痴编辑，说他们用眼睛阅读，而非用耳朵阅读。编辑看见了一个冗余的词组，但是把它删掉是否会影响句子的韵律呢？这个问题最好通过口头——和听觉——阅读来回答。

写作工作坊

1. 把你的作品大声地读给一位朋友听，问问他／她是否作品如其人。就朋友的回复进行讨论。

2. 在重读作品之后，列出一串形容词来定义你的写作声音，比如它是"沉重的"还是"激进的"，是"滑稽的"还是"犹豫的"。尝试在你的作品中找到让你得出这些结论的证据。

3. 大声朗读作品的草稿。你能听出故事中那些看不见的问题吗？

4. 保存那些写作声音吸引你的作家的作品。想一想，为什么你喜欢某个特定作家的写作声音。它和你的声音是否有相似之处？是否有不同之处？在自由写作中模仿那个声音。

第三部分　高效模板

写作工具 24

做好计划再下笔

标记作品结构。

好的作品有以下组成部分：开头、中间和结尾。即便是织出"无接缝挂毯"的作家也能够找到隐形的针脚。一位了解作品各组成部分的作家会用"小标题"和"章节标题"等记号来给它们命名，而能看见组成部分的读者们也更容易记得整个故事。

说明这个写作效果的最好方法，是向各位展示一首看似简单的童谣《三只瞎老鼠》（"Three Blind Mice"）的结构。在脑海里播放旋律，现在我们一起来给各部分命名。第一部分是重复两次的简短乐句：

Three blind mice, three blind mice,

第二部分在第一部分的基础上增加了一个节拍：

See how they run, see how they run!

第三部分增加了三句类似但更加复杂的句子：

They all ran after the farmer's wife,

Who cut off their tails with a carving knife,

Did you ever see such a thing in your life

第四部分重复第一乐句中的 three blind mice，画了一个完整的圆来作为结束：

As three blind mice?

（歌词译文：三只瞎老鼠，三只瞎老鼠，快看它们跑，快看它们跑！它们跟在农妇后面跑，被农妇用切肉刀割掉了尾巴，你在生活里看见过像三只瞎老鼠这样的东西吗？）

歌曲明晰的结构——主歌、主歌、副歌、桥接、主歌、副歌、伴奏、主歌和副歌——让我们能够记住它们。优美的乐曲或许会掩盖歌曲的结构，但是仔细地聆听和对各部分命名的了解会让歌曲的架构变得清晰。

这让我想起令人厌恶的"噢"，来自年轻作家的地狱之口。

许多老派的作者都被要求上交写作提纲和作品初稿。有些提纲长得像这样：

I.

A.

B.

    1.

    2.

      a.

      b.

  C.

II.

诸如此类。

我不禁提出一个疑问：我从来没办法预想那么远，去构思好 C 章节的第三部分要写什么内容。我需要写到那个点才能发现自己想说的话。为了活下去，我发明了反向大纲——先完成故事的初稿，再写出大纲，这却意外成为实用的写作工具：如果我无法根据故事内容写出大纲，就意味着我无法从整体中识别出各个部分，从而把结构上的问题暴露出来。

虽然我依旧不在正式的大纲的基础上撰写文章，但我也会写一个写作计划——通常是潦草地写在黄色便签簿上的几个短语。这里有我学到的另一个写作工具：非正式的写作计划不过是正式的作品大纲要求的罗马数字。换句话说，我的写作计划让我看到故事的大框架。

以下是演员雷·博尔格（Ray Bolger）讣告的写作计划，他是《绿野仙踪》（*The Wizard of Oz*）中受到观众喜爱的稻草人：

    I. 用《绿野仙踪》中的画面和对话作为开头；

    II.《绿野仙踪》以外的舞蹈生涯中的重要成就；

    III. 他的经典曲目《与艾米的往日情》；

    IV. 他的青年时期：舞者之路；

    V. 电视表演生涯；

    VI.《绿野仙踪》中最后的画面。

在细细读过汤姆·谢尔斯（Tom Shales）发表在《华盛顿邮报》上的获奖作品后，我写出了这份反向大纲。

当作品达到一定长度之后，写作者就需要给各个部分做标记。如果是一本书，每个章节会有标题；如果是报纸或杂志上的文章，每部分用副标题或小标题来标注。写作者应该要主动使用副标题——即便出版商并不使用。

为什么呢？副标题能够让忙碌的文字编辑和匀不出时间的读者们看清作品的结构，写副标题的举动又能够检验写作者识别和标记结构的能力。一旦写成，副标题能够让人一瞥就将作品的宏观结构尽收眼底，给内容做索引，并提供多个文本阅读入口。

1994 年，恰逢诺曼底登陆五十周年，勇敢的美国编辑吉恩·帕特森为《圣彼得斯堡时报》写了一篇题为《在战场上锻造：战争中的养成》（"Forged in Battle: The Formative Experience of War"）的文章。帕特森在第二次世界大战中是巴顿将军麾下的一名年轻的坦克排排长。他的微型史诗采用了插叙的手法：

> I did not want to kill the two German officers when we met by mistake in the middle of the main street of Gera Bronn.
>
> They somersaulted from their motorcycle when it rounded a corner directly ahead of my column of light armor. They scrambled to their feet, facing me 20 yards in front of the cannon and machine gun muzzles of my lead armored car, and stood momentarily still as deer. The front wheel of their flattened motorcycle spun on in the silence.
>
> （在格拉波隆主街的中间阴差阳错地遇见那两名德国军官时，我无心杀死他们。

　　他俩开着摩托车一个转弯，径直出现在我方一字排开的轻甲前，俩人从车上翻下来，慌忙间站定了，距离我方开路的装甲车的机关炮和机关枪的枪口不过 20 码，两个人像鹿一样一动不动。倒下的摩托车的前轮在一片寂静中空转。）

　　这一段文字可谓是内容丰富的战争回忆录。5 个精练的副标题作为文章主体的索引：

　　　　20 世纪的人

　　　　重拳出击

　　　　佐治亚州的热土

　　　　无意义的死亡

　　　　关于战争的两个事实

　　注意读者是如何只凭借这些副标题就能预测帕特森文章的结构和内容。它们将故事分成几大部分，分别安上名字，让主题、逻辑和年代的变化显性化，让读者能够领会也能够记住。

写作工作坊

　　1. 莎士比亚的戏剧分为五幕，每幕再分场。读一出喜剧和悲剧，比如《皆大欢喜》和《麦克白》，注意戏剧的结构以及莎士比亚在每一个部分里想要达到的效果。

　　2. 找到你去年写的最长的文章。用铅笔按它的部分进行标记。现在给这些部分标上标题和副标题。

3. 在接下来的一个月里，注意你所读的小说的结构。请注意你开始识别作品总体结构的地方。完成这项工作后，回顾一下章节标题及其对你作为读者的预期的影响。

4. 听音乐有助于作家掌握作品的结构。在听的过程中看你是否识别出歌曲的各部分。

5. 在下个作品动笔之前，试着从一个非正式的写作计划着手，构思好三到六个部分的内容。必要时可以修改计划。

写作工具 25

区分"报道"和"故事"的概念
"报道"传递信息,"故事"创造体验。

　　记者在使用"故事"一词时,总是带着浪漫的混淆。他们把自己当成现代社会里四海云游的吟唱诗人、传说的讲述者或是奇谈的编造者。然而通常的情况是,他们是枯燥报道的创作者。

　　报道不必枯燥,故事也不必有趣。但是"故事"和"报道"的区别对读者的期望和作者的手法至关重要。在许多报道中,都能看见故事——它们被称为轶事——的些许身影。但是"故事"这个词有特殊的含义,故事有特定的要求,以产生可预见的效果。

　　报道和故事之间的区别是什么?作者如何利用它们来获得战略优势?

　　一位名叫路易丝·罗森布拉特(Louise Rosenblatt)的优秀学者认为,读者出于两个原因进行阅读:信息和体验。这就是区别。报道传递信息,故事创造体验。报道转移知识,故事运送读者跨越时间、空间和想象的边界。报道指明地点,故事把我们带到那里。

报道听起来如下："学校董事会将于周四开会讨论新的废除种族隔离的计划。"

而故事听起来是这样的："旺达·米切尔冲着学校董事会主席挥了挥拳头，泪水淌过她的脸庞。"

用来创作报道和故事的工具也不同。著名的新闻六要素（人物、时间、地点、经过、原因、如何）帮助作家们在考虑读者兴趣点的同时收集和传递信息。人物、经过、地点和时间是最常出现的信息元素，而原因和如何更难以传达。报道中的信息会被及时冻结，定格在文字间以接受读者眼睛和思维的检阅。

当我们解冻这些要素，当信息变成叙事，会发生什么呢？在这个转换过程中：

- 人物变成了角色。

- 经过变成了行动（发生了什么）。

- 地点变成了环境。

- 时间变成了先后顺序。

- 原因变成了动机。

- 如何变成了发展过程。

写作者必须弄清楚手头的任务是需要写一个报道还是需要写一个故事，或者是两者的结合。作家兼教师的乔恩·富兰克林（Jon Franklin）认为，故事需要情节的推进和回落、使情况复杂化的要素、洞察力和结局。当小说家们在一个故事中创造这些曲折变化时，纪实作家则必须报道它们。20世纪60年代，汤姆·沃尔夫展示了如何将设置场景、寻找人物细节、捕捉对话和改变视角等虚构文本的写作技巧和事实的报道进行匹配。

叙事需要故事和讲故事的人。《在德黑兰读〈洛丽塔〉》(*Reading Lolita in Tehran*)中的这一幕，阿扎尔·纳菲西(Azar Nafisi)讲述了一堂秘密文学课上令人惊讶的时刻：

I ask, Who can dance Persian-style? Everyone looks at Sanaz. She is shy and refuses to dance. We start to tease her and goad her on, and form a circle around her. As she begins to move, self-consciously at first, we start to clap and murmur a song. Nassrin cautions us to be quieter. Sanaz begins shyly, taking graceful little steps, moving her waist with a lusty grace. As we laugh and joke more, she becomes bolder; she starts to move her head from side to side, and every part of her body asserts itself, vying for attention with the other parts. Her body quivers as she takes her small steps and dances with her fingers and her hands. A special look has appeared on her face. It is daring and beckoning, designed to attract, to pull in, but at the same time it retracts and refracts with a power she loses as soon as she stops dancing.

(我问谁能跳波斯舞？大家都把目光转向莎娜姿。她害羞，拒绝了我们的邀请。我们开始开她玩笑，煽动她，围着她站成一个圈。当她开始下意识地扭动，我们拍起手，低声地伴唱。娜斯琳劝我们压低点声音。莎娜姿起先还略带羞涩，迈着优雅的小小舞步，扭动的腰肢带着撩人的优雅。当我们笑得更欢，玩笑开得更多，她也愈发大胆；她开始从左到右转动头，身体的每个部分都在施展各自的魅力，试图压过同伴来吸引更多的注意。她身体微颤，迈着碎步，手指和手掌也在起舞。她的脸上浮现出特别的表情：无畏而迷人，为吸引而生，让人目不转睛，但当她停下舞步，这个表情也就随着消失的能量而收回、消散。)

每每读到这篇文章，我都会为之触动。或许我并不熟悉作者的性别、宗教、文化、国家和政治制度，但从阅读的那一瞬开始，我已经被文字带走。作者让我置身于那个房间，让我站在那一圈伊朗妇女中间，倾倒在舞者的魅力之下。

南非作家亨克·罗索乌（Henk Rossouw）将故事和报道结合起来，效果很好。他只需一句话，就能把我们带到另一个时间和地点，亲历一次绝望的体验：

> When Akallo Grace Grall woke up, she could feel the cool night air on her face, but she couldn't move. Most of her body was under sand. Where was her gun? If she'd lost it, her commander in the Lord's Resistance Army would beat her up. As she dragged herself out of the shallow grave, everything that had happened that day came back to her.

> （阿卡罗·格蕾丝·格拉尔醒来的时候，脸上感受到夜晚空气的凉爽，但是她却无法挪动身体。她身体的绝大部分都被埋在了沙子下面。她的枪在哪里？如果把枪弄丢了，圣主抵抗军的指挥官肯定会狠揍她一顿。她奋力地爬出这个浅浅的坟墓，那天的记忆朝她涌来。）

想了解为何这个非洲女人的死活值得特别关注，罗索乌讲述了她从"地狱到大学"的历程。为了帮助我们理解这段经历的艰难，罗索乌从故事转向了报道模式：

> In sub-Saharan Africa, only one-quarter of the students enrolled in postsecondary education are women, according to a World Bank estimate from the mid–1990s. About 60 percent of African women live a life that consists of working the land and raising children. Ugandan women bear

an average of 6.8 children, and early marriages are encouraged, with rural women marrying as young as 14 years of age. Uganda awards 900 scholarships each year to help women get into college: 10,000 women apply for them. (from the *Chronicle of Higher Education*)

〔据世界银行在 20 世纪 90 年代中期的估算，在撒哈拉以南非洲地区接受过高等教育的学生中，只有四分之一是女性。大约 60% 的非洲妇女在耕种土地和养育孩子中度过一生。乌干达妇女平均生育6.8 个孩子，由于早婚受到鼓励，农村妇女早婚的年龄低至 14 岁。乌干达每年提供 900 个助学金名额以帮助女性进入大学，而申请的女性高达 1 万名。（摘自《高等教育纪事》）〕

故事和报道的结合让作者既能晓之以理，又能动之以情，让同情和理解并存。

写作工作坊

1. 在脑海里带着报道和故事的区别来看报纸。看哪些报道中错失了讲故事的机会，而哪些报道使用了故事。

2. 用同样的方法来看待你自己的作品。找到一些你让读者身临其境的故事，或者至少是这些故事中的几段。在你所写的报道中找到你本可以加入一些故事成分的地方。

3. 重新阅读上文中新闻报道六要素的转换方法，下次做研究和写作时就把它放在手边。使用该列表把报道的元素转换成故事的基础元素。

4. 下次阅读小说的时候，找到作者把政治、历史和地理的信息编织到故事情节中的方法。你该如何把这些技巧运用到你自己的作品中去呢？

写作工具 26

把对话当成行动的一种表现形式

对话推动故事情节发展，引语则起反效果。

　　小说家埃尔莫尔·伦纳德建议作家们 "忽略读者倾向于忽略的部分"，并专注在他们专注的部分上。但这是哪一部分呢？他批评道：

Thick paragraphs of prose you can see have too many words in them. What the writer is doing, he's writing, perpetrating hoopte-doodle, perhaps taking another shot at the weather, or has gone into the character's head, and the reader either knows what the guy's thinking or doesn't care. I'll bet you don't skip dialogue. (from the *New York Times*)

　　〔在文章中被塞得满满的段落里，你能够看到太多的词。这个作家在干什么？他在写作，他在胡言乱语，或许是在谈论天气，又或许钻进了角色的脑袋里，读者要么知道这个家伙在想什么，要么就是完全不关

心。但是我敢打赌你绝对不会跳过对话。（摘自《纽约时报》）〕

伦纳德一定考虑到了我的阅读习惯，我曾无数次扫过文本中的灰色铅字块向下看，寻找能透口气的空白处，那里印着对话。人类的语言，作为纸上的对话，吸引了读者的目光；如果对话写得好，还能推动故事的发展。

比如迈克尔·夏邦（Michael Chabon）的小说《卡瓦利尔和克雷的神奇冒险》（*The Amazing Adventures of Kavalier & Clay*）中的一幕：

She turned now and looked at her nephew. "You want to draw comic books?" she asked him.

Joe stood there, head down, a shoulder against the door frame. While Sammy and Ethel argued, he had been affecting to study in polite embarrassment the low-pile, mustard-brown carpeting, but now he looked up, and it was Sammy's turn to feel embarrassed. His cousin looked him up and down, with an expression that was both appraising and admonitory.

"Yes, Aunt," he said. "I do. Only I have one question. What is a comic book?"

Sammy reached into his portfolio, pulled out a creased, well-thumbed copy of the latest issue of *Action Comics*, and handed it to his cousin.

（她现在转过身来，看着侄子。"你想画漫画书吗？"她问他。

乔站在那里，耷拉着头，一只肩膀抵在门框上。萨米和埃塞尔争辩时，乔一直在假装研究那一小摞褐黄色的地毯，态度尴尬而不失礼貌。但当乔抬头看他们的时候，又轮到萨米感到尴尬了。他的表弟上下打量了他一番，带着一种既肯定又责备的表情。

"是的，姑妈，"他说，"我愿意。只是我有一个问题。漫画书是什么？"

萨米把手伸进他的文件夹，掏出一本布满折痕、被翻旧的最新一期的《动作漫画》递给他的表弟。）

就诸多方面而言，对话定义了一个故事，因为它有让读者穿越到彼时彼地和让读者的耳朵也参与阅读的能力。

记者出于和小说家不同的目的来记录人类的对话。对话不是作为一种行为，而是作为行为的终结者，出现在文章中人物对发生的事件进行点评的地方。不同的媒体给这种技巧的命名也不同：纸媒管简短有力的人类话语叫作"引语"，电视记者给它贴上"电视采访原声摘要"的标签，电台在"录音报道"这个尴尬的名字下挣扎——因为有人确实用过这个名称。

《圣保罗先驱报》报道了辛西娅·斯科特（Cynthia Schott）的悲惨故事，这名 31 岁的电视主持人在进食障碍的折磨下消瘦而死。

"I was there. I know how it happened," says Kathy Bissen, a friend of Schott's from the TV station. "Everybody did what they individually thought was best. And together, we covered the spectrum of possibilities of how to interact with someone you know has an illness. And yet, none of it made a difference. And you just think to yourself, 'How can this happen?'"

（"我当时在现场，我知道事情是怎么发生的，"斯科特在电视台的同事兼好友凯西·比森说，"每个人都做了自己认为的最好的事情。我们一起探讨如何与患者进行互动的各种可能性。然而，这一切都没有起作用。那么你只会想，'这怎么可能发生？'"）

作者遵循了新人记者常常会收到的建议：把出彩的引语放在故事开头。一句好的引语有如下优势：

- 引入了人类的声音。
- 解释了关于这个主题的一些重要内容。
- 表达出一个问题或困境。
- 增加信息。
- 揭示说话人的特点或个性。
- 介绍接下来会发生什么。

但引用也自带一个严重的弱点。比如《纽约时报》头版文章中的这句引语："只要不吃那么多，我们就能减少两个百分点。"这句话出自一位名叫乔伊斯·迪芬德弗的女士，分享她的家庭是如何应对不断攀升的信用卡债务的。但当乔伊斯说这些话的时候，她在哪里呢？在厨房？在她付账单的桌边？在她的工作场所？大多数引语——和对话相反——都发生了位移，即这些话是在行动外说出的。引语关于行动，但不在行动中发生。这就是为什么它们会打断故事的发展。

这使我们回到对话的力量——引用提供信息或解释，而对话加强情节。引语或被读者听见，但对话能在读者不经意间就飘进他们的耳朵。使用对话的作者把我们带到某时某地，在那里我们可以体验到故事中描述的事件。

记者使用对话的频率很低，所以一旦使用，效果就像牧场上的一棵棕榈树般出挑。比如普利策奖得主托马斯·弗伦奇（Thomas French）的这篇文章，描述了佛罗里达州一名消防员在审判中被指控对他的邻居犯下了可怕的罪行：

His lawyer called out his name. He stood up, put his hand on a Bible and swore to tell the truth and nothing but. He sat down in the witness box and looked toward the jurors so they could see his face and study it and decide for themselves what kind of man he was.

"Did you rape Karen Gregory?" asked his lawyer.

"No sir, I did not."

"Did you murder Karen Gregory?"

"No sir." (from the *St. Petersburg Times*)

〔他的律师喊他的名字。他站起来，把手放在《圣经》上发誓自己要说的话句句为实。他在证人席上坐下，看着陪审员们，这样他们就可以看到他的脸，研究它，认定他是什么样的人。

"你强奸了卡伦·格雷戈里吗？"他的律师问。

"不，先生，我没有。"

"你谋杀了卡伦·格雷戈里吗？"

"没有，先生。"（摘自《圣彼得斯堡时报》）〕

　　在非虚构文学中抑制对话的使用毫无根据。即便利用多样的信息来源和适当的归因，对话可以在仔细的研究下被复原和重构，它还可以是无意间听到的。市长和市议会成员之间的愤怒对话可以被记录和公布。没有目睹证人在庭审中作证的作者可以从法庭笔录中复原准确的对话，这些记录通常是可获取的公开记录。

　　技艺娴熟的作家可以同时使用对话和引语，在同一个故事中创造出不同的效果，比如《费城询问报》（*The Philadelphia Inquirer*）上的一个例子：

"It looked like two planes were fighting, Mom," Mark Kessler, 6, of

Wynnewood, told his mother, Gail, after she raced to the school.

（"妈妈，好像有两架飞机在打架。"家住费城西郊的6岁马克·凯斯勒告诉飞奔到学校的母亲盖尔。）

这名男孩刚刚目睹了一架客机和一架直升机在半空中相撞，事故造成带有破坏性的残骸落在小学的操场上。我们也看到了同一个故事中的另一段：

"It was one horrible thing to watch," said Helen Amadio, who was walking near her Hampden Avenue home when the crash occurred. "It exploded like a bomb. Black smoke just poured."

（"场面十分惨烈，"海伦·阿马迪奥说，飞机相撞时她正在位于汉普登大街的家的附近散步，"仿佛炸弹爆炸一般，滚滚黑烟喷涌而出。"）

海伦·阿马迪奥和记者的直接交流，给我们提供了一段真实的引语。注意这段引语与小男孩和他母亲间接传递信息的对话之间的区别。六岁的孩子把这个场景描述给惊魂未定的妈妈听。换句话说，对话把我们置于一个可以"听到"角色行为的场景中。

在极少数情况下，记者会把引语的信息和对话的情感力量相结合：当消息人士在事件发生后立即与记者沟通，或当记者只关注语言和动作时。里克·布拉格（Rick Bragg）在报道俄克拉何马城爆炸案时将两者完美结合：

"I just took part in a surgery where a little boy had part of his brain hanging out of his head," said Terry Jones, a medical technician, as he searched in his pocket for a cigarette. Behind him, firefighters picked carefully through the skeleton of the building, still searching for the living and the dead.

"You tell me," he said, "how can anyone have so little respect for human life." (from the *New York Times*)

〔 "我刚参加了一场手术，一个小男孩的部分脑子挂在脑袋的外面。"医疗技师特里·琼斯一边说，一边伸手到口袋里去摸香烟。在他身后，消防队员小心翼翼地穿过建筑物的骨架，仍在搜寻生者和死者。

"你告诉我，"他说，"怎么会有人对人的生命如此不尊重呢？"（摘自《纽约时报》）〕

忽略读者倾向于略过的部分，为他们无法抗拒的内容腾出空间。

写作工作坊

1.阅读新闻报道中的引语和虚构作品中的对话，思考两者对于读者的不同影响。

2.寻找在非虚构作品中错失的使用对话的机会。特别关注关于犯罪、公民争议和法庭的报道。

3.培养对对话敏感的耳朵。坐在商场或机场休息室等公共区域，手边放好一个笔记本。倾听附近的对话，快速记下笔记：如果要将这段对话用在故事中，有哪些注意事项。

4.读读托尼·库什纳（Tony Kushner）等当代剧作家的作品。和朋友一起大声朗读对话，并讨论在哪种程度上听起来像是真人的语言，在哪种程度上听起来编造的痕迹太重。

5.采访两个人，询问他们多年前的一次重要谈话。试着重新创造对话，直到他们满意。先跟他们单独演练对话，然后让他们在一起读对话。

写作工具 27

揭示人物个性

通过场景、细节和对话展现人物特点。

　　诺拉·埃夫隆（Nora Ephron）在一篇优秀作品中描述了一位梦想在全国烘焙比赛中夺冠的女士：

Edna Buckley, who was fresh from representing New York State at the National Chicken Cooking contest, where her recipe for fried chicken in a batter of beer, cheese, and crushed pretzels had gone down to defeat, brought with her a lucky handkerchief, a lucky horseshoe, a lucky dime for her shoe, a potholder with the Pillsbury Poppin' Fresh Doughboy on it, an Our Blessed Lady pin, and all of her jewelry, including a silver charm also in the shape of the doughboy. (from *Crazy Salad*)

　　〔埃德娜·巴克利刚结束代表纽约州参加的全国鸡肉烹饪大赛，

面糊中加入啤酒、奶酪和椒盐饼干碎的炸鸡配方没能让她在比赛中摆脱失利。她带着一块幸运手巾，一个幸运的马蹄铁，一枚鞋的幸运币，一块印着品食乐面团宝宝的隔热垫，一枚"我们有福圣女"别针，还有她所有的珠宝，包括一个面团宝宝形状的银挂坠。（摘自《疯狂沙拉》）〕

我欣赏这个句子没有用空洞模糊的形容词来做特征描写，比如"迷信的""奇怪的"或是"偏执的"。埃夫隆笔下的一系列细节让读者能走近埃德娜·巴克利一探究竟，而模糊的形容词则把读者拒之门外。

《今日美国》（*USA Today*）曾刊登过一个在夏威夷冲浪的少女被鲨鱼攻击后失去手臂的故事。故事是这样开始的：

> Bethany Hamilton has always been a compassionate child. But since the 14-year-old Hawaiian surfing sensation lost her left arm in a shark attack on Halloween, her compassion has deepened.
>
> （贝瑟尼·汉密尔顿一直是个有同情心的孩子。但自从这个 14 岁的夏威夷冲浪少女在万圣节遭遇鲨鱼袭击，失去了左臂，她的同情心更加强烈。）

形容词 compassionate（富有同情心的）让我觉得这个开头过于平淡。写作者常常把抽象的概念变为形容词，用来定义人物特点。写作者告诉我们店主是"热情的"，或者律师在总结陈词时"富有激情"，或者女学生是"受欢迎的"。ashen（苍白的）、blond（金发碧眼的）和 winged（带翅膀的）等形容词帮助读者看见，而像 enthusiastic（狂热的）这样的形容词其实是伪装成形容词的抽象名词。

　　遇到性格形容词的读者默默地渴望作者提供更多的例子和证据："作家女士，不要只是告诉我冲浪女孩是有同情心的。展示给我看。"值得赞扬的是，这位写作者确实这么做了。

　　吉尔·利伯（Jill Lieber）描述了躺在病床上的贝瑟尼·汉密尔顿是如何"泪眼婆娑地强调"，袭击她的那只1500磅重的虎鲨"绝不能受到伤害"。后来，女孩遇到了一位失明的心理学家，把自己获得的慈善捐款转赠给他，"资助他做恢复视力的手术"：

> And in December, Hamilton touched more hearts when, on a media tour of New York City, she suddenly removed her ski jacket and gave it to a homeless girl sitting on a subway grate in Times Square. Wearing only a tank top, Hamilton then canceled a shopping spree, saying she already had too many things.

　　（12月份在纽约进行的一次媒体探访之旅中，汉密尔顿打动了更多的人：她突然脱掉滑雪衫，把它送给了坐在时代广场地铁栅栏上无家可归的女孩。只穿着一件背心的汉密尔顿之后取消了购物血拼，说她已经拥有了太多的东西。）

　　读到这里我明白了。那个姑娘是有同情心的。

　　最好的作家会创造出感人的人物形象，刻画展现他们的个性和抱负、希望和恐惧的画面。《纽约时报》撰稿人伊莎贝尔·威尔克森（Isabel Wilkerson）描述了一位极度担忧孩子们的安全的母亲，却避免了使用诸如desperate（绝望的）、fearful（恐惧的）之类的形容词。相反，她向我们展示了一位母亲为孩子做上学准备的过程：

Then she sprays them. She shakes an aerosol can and sprays their coats, their heads, their tiny outstretched hands. She sprays them back and front to protect them as they go off to school, facing bullets and gang recruiters and a crazy dangerous world. It is a special religious oil that smells like drugstore perfume, and the children shut their eyes tight as she sprays them long and furious so they will come back to her, alive and safe, at day's end.

（接着她给孩子们喷上喷雾。她摇晃着喷雾罐，喷在他们的外套上、头上和伸出来的小手上。她把孩子的胸前和背后都喷上喷雾作为保护，因为上学路上会遭遇枪林弹雨，会被帮派人员拉入组织，会面对一个疯狂、危险的世界。这是一种特殊的宗教精油，味道类似药妆店出售的香水。孩子们紧紧地闭着眼睛，因为母亲的喷雾喷得持久而激烈，这样在一天结束的时候，他们才会安然无恙地回到她的身边。）

威尔克森通过重现这样的时刻，带领读者走进了一个为生活挣扎的家庭，给读者提供了一个对他人表示同情的机会。孩子们的话对场景化的证据加以支持：

These are the rules for Angela Whitiker's children, recounted at the Formica-top dining room table:

"Don't stop off playing," Willie said.

"When your hear shooting, don't stand around—run," Nicholas said.

"Because a bullet don't have no eyes," the two boys shouted.

"She pray for us every day," Willie said.

（这些是安吉拉·惠蒂克的孩子们要遵守的规矩，孩子们坐在铺着塑料贴面的餐桌旁述说着：

"不要逗留玩耍。"威利说。

"听到枪声时，不要傻站着——赶快跑。"尼古拉斯补充道。

"因为子弹可不长眼睛。"两个男孩大喊着。

"妈妈每天都为我们祈祷。"威利说。）

芭芭拉·沃尔什（Barbara Walsh）为《缅因周日电报》（*Maine Sunday Telegram*）撰稿，她向我们介绍了一群应对中学里的社会压力的女孩。故事开始于体育馆内举办的学校舞会，空气中充斥着"桃子味和西瓜味香水、廉价的须后水、肉桂味的滴答糖和泡泡糖的味道"。成群的女孩在围得紧紧的圈子里跳舞，一边整理头发，一边随音乐摆动。

"I loooove this song," Robin says.

Robin points to a large group of 20 boys and girls clustered near the DJ.

"Theeeey are the populars, and we're nooot," she shouts over the music.

"We're the middle group," Erin adds. "You've just got to form your own group and dance."

"But if you dance with someone that isn't too popular, it's not cool," Robin says. "You lose points," she adds, thrusting her thumbs down.

（"我爱爱爱死了这首歌，"罗宾说。

罗宾指着在 DJ 附近聚集的一大群人，总共有 20 个男孩和女孩。

"他们才是最最最受欢迎的人，而我们不是。"她喊着，声音试图盖过音乐。

"我们是中间群体，"艾琳补充道，"你只需要组成你自己的小团体，然后跳舞。"

　　"但如果你和一个不太受欢迎的人跳舞，那就不酷了。"罗宾说。"你丢分了。"她补充道，伸出拇指朝下。)

　　这个故事的主题是什么？我选择的单词会带着我在抽象阶梯上向上移动：青春期、自我意识、同伴压力、社会地位、焦虑、自我表达、脆弱性和群体思维。能从有趣的年轻女性的行为和她们真实的、青少年独有的元音发音中，而不是从社会学家口中抽象的词汇里看到和听到这些事实，对我们这些读者而言简直美妙多了。

写作工作坊

　　1. 一些作者提出，通过调查研究得到的主要印象，他们可以用一句话表达清楚。比如"啦啦队队长的母亲傲慢又强势。"他们可能永远也不写这句话，相反，他们试图通过重构证据，引导读者得出这个结论。你可以在自己的作品中尝试这个方法。

　　2. 收听国家公共广播的报道，注意故事人物和知情人士的声音。他们的讲话揭示出了自身怎样的特点？你又会在文字中如何渲染这样的讲话？

　　3. 准备好笔记本，坐在公共场所：购物中心、自助餐厅或是体育场。观察人们的行为、外表和言语。写下你脑海中浮现的性格形容词：令人讨厌的、充满感情的、关心的、困惑的。现在写下让你得出这些结论的具体细节。

写作工具 28

把奇怪的和有趣的东西放在一起
帮助读者体验对比。

文学研究最重要的功能就是帮助我们理解阅读学者弗兰克·史密斯（Frank Smith）所说的"故事的语法"。这就是我第一次遇到法国乡下姑娘爱玛·包法利（Emma Bovary）时的情形，她是一位怀有悲剧性浪漫想象的小说女主人公。我还记得，我在阅读作者古斯塔夫·福楼拜（Gustave Flaubert）描写婚后无聊的包法利夫人被粗鄙村夫鲁道夫·布朗热（Rodolphe Boulanger）勾引的情景时，感到非常惊讶。背景设定在一个农展会上。在这个既心酸又滑稽的场景中，福楼拜从恋人间的调情切换到背景中动物养殖的叫卖声。

我记得这段对话是这样一来一回地展开的："我曾努力了上千次，让自己离开你，但是我依然追随着你"，背景声中传来"卖化肥咯！"；或者是"我将在你的思想和生命里占有一席之地，不是吗？"伴随着"优质猪崽，价格不贵！"

来来回回，反反复复，这样的并置把鲁道夫的真实意图暴露在读者的面前，而非女主人公的面前。当两个截然不同的事物并列排放，互相评头论足的时候，我们给这样的情况安了个复杂的名字——反讽并置（ironic juxtaposition）。

这个效果在音乐、视觉艺术和诗歌中也能发挥作用：

> Let us go then, you and I,
>
> When the evening is spread out against the sky
>
> Like a patient etherized upon a table;
>
> （让我们走吧，你和我，
>
> 在夜晚在天空中舒展的时候。
>
> 就像病人在桌子上被麻醉；）

《J. 阿尔弗雷德·普鲁弗洛克的情歌》（"The Love Song of J. Alfred Prufrock"）就这样开篇了，诗中 T. S. 艾略特（T. S. Eliot）将夜晚天空的浪漫意象与麻醉的病态隐喻并置。这些意象之间的张力为下文定下了基调。艾略特于 1965 年去世，那时我在天主教高中念三年级，我们一群人用诗人的名字命名了我们的摇滚乐队，以示纪念。乐队名为"T. S. 和艾略特们"，以"有灵魂的音乐"为信条，这是我们对"反讽并置"一知半解而进行的幼稚尝试。

那《吸血鬼猎人巴菲》（Buffy the Vampire Slayer）呢？山谷女孩成为魔鬼的终结者。

让本不会同时出现的元素结合在一起，往往会产生或幽默、或显著、或微妙的效果。例如，在《金牌制作人》（The Producers）中，梅尔·布鲁克斯（Mel Brooks）创作了一部名为《希特勒的春天》（*Springtime for Hitler*）的音乐剧，用嬉皮士风格的元首做主演，还有一组巴斯比·伯克利风格的舞者排成纳粹标志配合出演。

《费城询问报》上关于三里岛核事故的介绍，展现出荒诞喜剧到极致严肃的过渡：

> 4:07 a.m. March 28, 1979.
>
> Two pumps fail. Nine seconds later, 69 boron rods smash down into the hot core of unit two, a nuclear reactor on Three Mile Island. The rods work. Fission in the reactor stops.
>
> But it is already too late.
>
> What will become America's worst commercial nuclear disaster has begun.
>
> （1979 年 3 月 28 日凌晨 4 点零 7 分。
>
> 两座核电站用泵失灵。9 秒钟过后，三里岛上的二号核反应堆中的 69 根硼棒倒塌，落入炙热的堆芯中。硼棒开始起作用。反应堆的裂变停止。
>
> 但为时过晚。
>
> 即将成为美国商业核电站运营史上最为严重的核事故已经开始。）

下文中列举了核事故的可怕真相和令人痛心的细节，官员们将会了解到："工人在工厂门口玩飞盘，是因为他们被锁在外面，但却没有收到辐射会透过工厂围墙的警告。"文章开篇的数个短句子所营造出的悬疑感在失灵的核反应堆产生轰击玩飞盘的工人的辐射时达到顶点。辐射遇见飞盘，出乎意料的并置。

在某些情况下，并置的效果可以通过嵌入在故事中的几个词得以实现。黑色犯罪小说《邮差总按两遍铃》（*The Postman Always Rings Twice*）的叙述者阐述谋杀其女友丈夫的计划：

We played it just like we would tell it. It was about ten o'clock at night, and we had closed up, and the Greek was in the bathroom, putting on his Saturday night wash. I was to take the water up to my room, get ready to shave, and then remember I had left the car out. I was to go outside, and stand by to give her one on the horn if somebody came. She was to wait till she heard him in the tub, go in for a towel, and clip him from behind with a blackjack I had made for her out of a sugar bag with ball bearings wadded down in the end.

（我们就按照计划行事。那是晚上十点，我们已经打烊，希腊人在浴室，依照周六晚的惯例泡澡。我要把水端到房间，准备刮胡子，然后想起我把车停在了外面。我走出去，准备好给她放风，如果有人过来我会按一次喇叭。她等到听见她丈夫坐进浴缸，佯装走进去拿毛巾。我用糖袋给她做了一根棒子，尾部塞满了滚珠，她就站在丈夫的后面给他一棒子。）

詹姆斯·M. 凯恩（James M. Cain）将无辜的"糖袋"置于机械上的"滚珠"和与犯罪有关的"棒子"之间，在该片段中创造出了一种双重效果。在被转变为一件凶器之后，装糖果的袋子失去了它的甜美感。

科学作家奥利维亚·贾德森（Olivia Judson）利用这个技巧来激发读者对一个本应无趣的话题——雌性绿色蟋虫的兴趣。

The green spoon worm has one of the most extreme size differences known to exist between male and female, the male being 200,000 times smaller than his mate. Her life span is a couple of years. His is only a couple of months—and he spends his short life inside her reproductive tract, regurgitating sperm through his mouth to fertilize her eggs. More ignominious still, when he was first discovered, he was thought to be a nasty parasitic infestation. (from *Seed* magazine)

〔绿色螠虫有已知的雄性和雌性之间最大的尺寸差异，雄性比它的伴侣小近20万倍。雌虫寿命为数年，而雄虫则为数月——雄虫在雌虫的生殖道里度过一生，用嘴反刍精子让雌虫的卵子受精。更尴尬的是，当雄虫被首次发现的时候，它被当作了讨厌的寄生虫。（摘自《种子》杂志）〕

作者的观点像一个狡黠的眨眼，渺小的雄性海洋生物遭遇的耻辱成为粗糙、日益渺小的人类男性的象征。这是螠虫性别和人类性别的并列。

我们会期待在讽刺作家的作品中看到怪异的并置，比如这篇文章讲述了一个婴儿在圣诞节的洗衣房烘干机里被杀死的故事：

The shock and horror that followed Don's death are something I would rather not recount: Calling our children to report the news, watching the baby's body, small as a loaf of bread, as it was zipped into a heavy plastic bag—these images have nothing to do with the merriment of Christmas, and I hope my mention of them will not dampen your spirits at this, the most special and glittering time of the year. (from *Holidays on Ice*)

〔随着唐的死亡而来的惊恐是我不愿意提及的伤痛：让我们的孩

子报道新闻，看着宝宝小得如同一条面包的身体，被封进一个巨大的塑料袋中——这些画面和圣诞节的平安喜乐毫无关联，我也希望我提及这些事情不会扫了您过节的兴致，毕竟圣诞节是一年中最特别、最闪亮的时刻。（摘自《冰上假期》）〕

这种不寻常的画面与观念的融合——离奇的谋杀案和对圣诞节期间的轻松乐事的期待的并置——就出自处在全盛时期的大卫·塞德瑞斯（David Sedaris）的作品。

上述例子引自小说、诗歌、音乐戏剧、新闻、科学作品和讽刺文学——足以证明这个写作工具的实用性和通用性。

写作工作坊

1. 特写摄影师经常看到令人吃惊的视觉细节同时出现：一个戴着胸花的街头流浪汉，或是一个身材硕大的相扑手抱着一个小宝宝。留意观察这样的视觉画面，想象你将如何在写作中加以呈现。

2. 重读你自己的作品，看看是否有令人惊讶的并置藏在里面。你能修改你自己的作品来更好地利用这些机会吗？

3. 既然你了解了这个写作技巧，你会更经常地意识到它在文学、戏剧、电影、音乐和新闻中的应用。记住这些例子。在你研究写作的时候，在生活中寻找相同的事例。

写作工具 29

铺垫戏剧性事件和有力的结论

预伏重要线索。

我年轻时的一次惊悚经历是阅读雪莉·杰克逊（Shirley Jackson）的《摸彩》（"The Lottery"），这篇微小说在一片祥和中开篇："6月27日的早晨晴朗明媚，充满了盛夏时节的清新暖意；花儿盛放，草地绿意盎然。"这是举办一年一度的乡村乐透的好天气，我当时这样想，谁会是赢家呢？他们会赢得什么？

结果"好运"落在了泰西·哈钦森的头上，奖品是被石头砸死，她沦为村民们盲目坚持传统的替罪羊："'这不公平，这不应该。'哈钦森夫人尖叫着，然后他们扑了上来。"在读到这些语句的多年之后，它们依旧在我的脑海中挥之不去。

但是，石刑的"惊喜"就埋伏在故事开头的几段："鲍比·马丁已经在口袋装满了石头，其他的男孩接着就有样学样，选择了最光滑、最圆的石头。"我想当然地以为这些石头是一些男孩子的游戏里的玩具，却丝毫没有料到它们预示着这个故事难以想象的结局。

我在不久前看过的一部电影，让我又记起伏笔的力量。在故事开头埋伏下的线索就是字典定义中描述的对重要的、将要发生的事情的"模糊的预兆"。

在《哈利·波特3：阿兹卡班的囚徒》（*Harry Potter and the Prisoner of Azkaban*）中，当赫敏向哈利透露她有利用脖子上的挂坠穿越时空的能力时，可怕的情形最终得以逆转。乍一看，剧情的转折出人意料。但看第二遍的时候，我注意到导演经常提及时间，尤其是以巨大钟摆和巨型发条的视觉影像进行呈现。

对小说和电影而言，可能需要数次阅读或观影才能欣赏伏笔的所有效果。这种技巧在长度更短的作品中更加容易被察觉。比如彼得·迈因克（Peter Meinke）的这首叙事诗《吉姆叔叔》（"Uncle Jim"）：

> What the children remember about Uncle Jim
>
> is that on the train to Reno to get divorced
>
> so he could marry again
>
> he met another woman and woke up in California.
>
> It took him seven years to untangle that dream
>
> but a man who could sing like Uncle Jim
>
> was bound to get in scrapes now and then:
>
> he expected it and we expected it.
>
>
> Mother said, It's because he was the middle child,
>
> And Father said, Yeah, where there's trouble

Jim's in the middle.

When he lost his voice he lost all of it

to the surgeon's knife and refused the voice box

they wanted to insert. In fact he refused

almost everything. *Look*, they said,

It's up to you. How many years

do you want to live? and Uncle Jim

held up one finger.

The middle one.

（孩子们记得吉姆叔叔的事情，

是他坐上去雷诺的火车去离婚，

这样他就可以再婚了。

他遇到了另一个女人，在加利福尼亚醒来。

他花了七年时间才理清这个梦。

但是一个能像吉姆叔叔那样会唱歌的人，

有时也会陷入窘境：

他预料到了，我们也预料到了。

妈妈说，这是因为他排行老二，

爸爸说，是的，有麻烦的地方

吉姆就身陷其中。

当他失去了声音，

在外科医生的手术刀下失去了所有的声音，

　　也拒绝让他们植入喉头

　　事实上，他拒绝一切

　　看，他们说，

　　这完全取决于你。

　　你想活多少年？

　　吉姆叔叔竖起一个手指。

　　中间的那个。）

　　诗人给我们写了一首中间带着妙语的诗，效果通过在中间诗行进行铺垫得以实现。吉姆是排行老二的孩子，永远都陷入麻烦，所以为什么不在结尾的时候晃一晃那根中指？

　　在小说中铺垫？没错。在电影中？是的。在叙事诗中？没问题。那么在新闻写作中呢？我们一起来看看。

　　1980 年，一艘巨大的油轮撞上了我家乡附近的一座高桥，横跨 1000 多英尺的大桥被摧毁，一辆巴士和几辆汽车被送入了 200 英尺深的坦帕湾底，30 多人因此丧命。《迈阿密先驱报》（*Miami Herald*）已故的伟大记者吉恩·米勒（Gene Miller）当时在事发地执行另一项任务，他设法找到了打滑到离大桥锯齿状横断处边缘 24 英寸的地方停下的那辆车的司机。下面是他那令人印象深刻的引语，为主要报道提供侧面消息：

Richard Hornbuckle, auto dealer, golfer, Baptist, came within two feet Friday of driving his yellow Buick Skylark off the Sunshine Skyway Bridge into Tampa Bay.

（周五，汽车经销商、高尔夫球手、浸礼会基督徒理查德·霍恩布克尔在阳光高架桥上驾驶着的黄色别克云雀，停在了离滑入坦帕湾就差两英尺的地方。）

这个简单句只有 25 个单词，但每个单词都能推动故事的发展。首先，米勒利用了主人公不同寻常的名字——Hornbuckle[1]——和随之而来的汽车画面。结果这就是一个汽车经销商驾驶一辆有着灵敏刹车的旧车的故事。细节大师米勒从"黄色别克云雀"中获得了不少好处。"黄色"与"阳光"相呼应，"云雀"与"高架"相配。他是在玩文字游戏。

但真正有趣的是主语后面跟着的三个名词，因为每一个都预示着一个故事线索。"汽车经销商"描述出了霍恩布克尔的工作时间表，以及他是如何在那天到达事发地点的。"高尔夫球手"让我们准备好迎接一个疯狂的时刻——在他逃出汽车的过程中——他折回去从后备厢里抢救出了他的高尔夫球杆。（可能在那天晚些时候他要去打球。）而"浸礼会基督徒"则为一段反讽的引语开路，在这段话中不情愿的信徒在变成幸存者后发誓第二天早上他就会出现在教堂里。"汽车经销商、高尔夫球手、浸礼会基督徒"。

在戏剧文学中，这个写作技巧承名"契诃夫之枪"[2]。在 1889 年写的一封信中，俄罗斯剧作家安东·契诃夫（Anton Chekhov）写道："如果没有人想要开枪的话，就不能在舞台上放上装满子弹的步枪。"

我用我称之为"希区柯克的羊腿"的写作策略为本章收尾。阿尔弗雷德·希区柯克神秘系列（Alfred Hitchcock's mystery series）中的 1958 年册，讲述了有孕在身的家庭主妇用一只冰冻羊腿杀死偷情的丈夫，然后把凶器做成菜肴招待前来调查的侦探的故事。由罗尔德·达尔创作的黑色戏剧以《羊腿与谋杀》为题，题目就预示着凶杀案的发生。

---

[1] horn 有"汽车喇叭"的意思，buckle 有"安全带扣"的意思。
[2] "契诃夫之枪"指的是一种文学技巧，在故事早期出现的某一元素，直至最后才显现出它的重要性。

写作工作坊

1. 你有没有违反过"契诃夫之枪"的原则？你是否把一些看似重要的元素放在作品开头，而这些元素在之后的内容中再也没有出现过？

2. 在此之前，你可能还没有注意到电影、小说和戏剧文学中的伏笔技巧。现在你已经了解了，可以在文本中找到更多的例子。

3. 伏笔不仅可以运用在叙事形式的文本中，也可以在说服性文章中发挥作用。一篇优秀的专栏或短文总是把点睛之笔留在结尾。那么你可以提前安排哪些细节来为你的结论埋下伏笔呢？

4. 非虚构作品的文学效果必须基于研究或报道，而非虚构。在你的下一个写作项目中，看看你能不能在研究过程中想象出结尾的模样。这样，你就可以收集细节来为你的结局埋好伏笔。

写作工具 30

用吊人胃口的情节来制造悬念

想要抓住读者的注意力，就先让他们等待。

是什么造就了一本引人入胜的书、一次无法抗拒的阅读体验和一个不忍离手的故事？扣人心弦的情节就是一大利器，这个方法让读者处于悬念之中。suspense 一词源自拉丁语 suspendere，意为悬挂于某物之下。悬念让读者、有的时候让一个角色，处于悬而未决的状态。

《达·芬奇密码》（*The Da Vinci Code*）引起巨大轰动，并非得益于丹·布朗优美的文字风格，而是在一系列悬念上建立起的巧妙情节。下面我用简单的几句话展示出这个简单但是强大的效果：

- 他在倒下的时刻，脑子里还在思考。他看见一个苍白的鬼魂在他的身体上漂浮，手里还握着一把枪。接着一切都变黑。

- 在索菲和提彬能做出反应之前，山脚下亮起一片蓝色的警车灯光，同时警铃大作，警车顺着半英里长的车道蜿蜒而上。

提彬眉头皱起："我的朋友，看样子我们要做个决定了。而且越快越好。"

● 兰登拨号 0，心里清楚接下来的 60 秒或许能够为他解答困扰他整夜的问题。

● 兰登越往圆屋的深处走去，心里就越迟疑。这里就是那个地方。

上述例子都是某一章的结束语，它们激发了读者欲知后事的欲望。如果你想要著作大卖，就必须学会如何留悬念。

写出好的悬念并不难。在回忆录《神父乔》（*Father Joe*）中，托尼·亨德拉（Tony Hendra）描述了一位智慧又慈爱的神父安慰、引领年轻的亨德拉度过青春期危机的事情。以下是第三章的结尾："突然间传来凉鞋咯吱咯吱踩在走廊上的声音，和长裙摩擦地面的沙沙声。房门打开。门口站着我所见过的最怪异的人类。"神父乔并没有被绑在铁轨上。好奇他长相的简单想法让我翻到了下一章。

我的身边就有一个悬念的好例子。一篇《圣彼得斯堡时报》的头版文章描述了为了阻止绝望的人们纵身跃下阳光高架桥而进行的努力。这其实是个非常严重的问题，不仅仅在圣彼得斯堡，只要是有高大、引人注目的大桥的地方，都诱惑着抑郁和有自杀倾向的人。

以下是记者杰米·琼斯（Jamie Jones）的报道的开头部分：

The lonely young blond left church on a windy afternoon and drove to the top of the Sunshine Skyway Bridge.

Wearing black pumps and a shiny black dress, she climbed onto the ledge and looked at the chilly blue waters 197 feet below. The wind seemed to nudge her. It's time, she thought.

She raised her arms skyward and pushed off the edge. Two boaters watched as she began a swan dive into Tampa Bay.

Halfway down, [she] wanted to turn back. I don't want to die, she thought.

A second later, she slammed into the water. It swallowed her, and then let her go. She broke through the surface, screaming.

（孤独的金发女郎在刮着风的下午离开了教堂，开车来到了阳光高架桥的最高点。

穿着黑色高跟鞋和闪亮黑裙的她爬上了桥沿，看着桥下 197 英尺深的冰冷蓝色海水。风似乎在推她。时辰到了，她想。

她朝着天空松开手臂，纵身一跃。两名船夫看着她以燕式跳水的方式坠入坦帕湾。

在半空中，她想要转身回去。我还不想死，她想。

一秒过后，她狠狠地砸进水里。水吞没了她，但又将她放走。她的脑袋挣破水面，尖叫着。）

我认为这位记者可以在 "She raised her arms skyward and pushed off the edge." 这里喊停。但这位记者用这种方式来组织整个故事，效果依旧强烈。她把作品分成 7 个部分，并用三个视觉上的黑匣子来分隔。每个部分在结尾处都有点戏剧性的成分，这是对读者的奖励，也是读者继续阅读的原因。

我们不认为悬念是一个内部装置，而是把它和有大结局的系列电影或电视里的冒险节目联系在一起。最大的悬念总是出现在一季的结尾，让你的兴趣足以保持到下一季，就像《家族风云》(Dallas) 中著名的 "谁杀死了 J. R." 的悬疑。你可以把它想成 "未完待续" 的效果，然后再思考一下，我们当中有多少人恨透了等待 6 个月才能知道谜底的感觉。

在阅读青少年探险读物的过程中，我偶然了解了内置悬念这个技巧。我手里拿着第一个以南希·德鲁为主角的侦探小说《旧钟的秘密》（*The Secret of the Old Clock*）的重印版。下文引自第 159 页，第 19 章的结尾：

Clutching the blanket and the clock tightly in her arms, Nancy Drew partly crawled and partly fell over objects as she struggled to get out of the truck before it was too late. She was afraid to think what would happen to her if the robbers discovered her in the van.

Reaching the door, she leaped lightly to the floor. She could now hear heavy footsteps coming closer and closer.

Nancy slammed the truck doors shut and searched wildly for the keys.

"Oh, what did I do with them?" she thought frantically.

She saw that they had fallen from the door to the floor and snatched them up. Hurriedly inserting the right key in the lock, she secured the doors.

The deed was not accomplished a minute too soon. As Nancy wheeled about she distinctly heard the murmur of angry voices outside. The robbers were quarreling among themselves, and already someone was working at the fastening of the barn door.

Escape was cut off. Nancy felt that she was cornered.

"Oh, what shall I do?" she thought in despair.

（南希·德鲁把毯子和时钟紧紧抱在怀里，在一切变得太迟之前她挣扎着逃出卡车，像是俯身爬行，又像是蹭在这两个物件上前行。她不敢想象如果强盗发现她在货车里，会发生什么事情。

挣扎到门边，她轻轻地跳下地板。她现在能听见重重的脚步声越来越近。

南希砰的一声关上卡车门，发疯似的寻找钥匙。

"噢，我用它们做了什么？"她发疯似的想。

她看见它们从门边落到地上，便一下子抓住拿起来。匆忙间把正确的钥匙插进锁孔，把门锁好。

门锁得正是时候。南希转过身来，清晰地听见外面的人在愤怒地低声抱怨。强盗们起了内讧，已经有人正在锁紧车库的门。

逃生之路被切断。南希觉得自己被逼入了绝境。

"噢，我该怎么办？"她绝望地想。）

这就是内置悬念的效果，叫嚣着看你会不会停止阅读。

让我们来想一想。这个技巧让电视剧的每一集都充满活力。即使是在所谓的"真人秀"中，它也迫使我们忍受完广告时间，去看哪一个嘉宾被逐出局。出现在动作间歇之前的任何戏剧性元素都是一个内置的悬念。

写作工作坊

1. 在读小说或者纪实作品时，请注意作者在每章末尾写的文字。这些元素是如何驱使你翻看下一页——或是不翻到下一页的？

2. 注意电视剧的叙事结构。操刀电视剧本的作家通常都把戏剧性的元素放在广告时间之前。找成功或未能成功引起你兴趣的例子。

3. 如果你为某个出版物写作，思考一下如何在某部分结尾附近设置一个小悬念，尤其是在读者会被要求翻到下一页的地方设置。

4. 如果你是博客或者网站写手，可以把小悬念放在在线文本的第一屏的末尾，那么读者就会忍不住点击或者向下拖动。

写作工具 31

围绕核心问题构建作品
故事需要引擎，一个以行动为读者解答的问题。

谁是始作俑者？有罪或无罪？谁会赢得比赛？她会嫁给谁？男主人公会成功逃脱还是舍生取义？尸体能找回吗？好的问题驱动好的故事。

这种叙事策略非常强大，没有个名字可不行，汤姆·弗伦奇帮我给它取了名字：故事的"引擎"。他将引擎定义为"故事为读者解答的问题"。如果内部的悬念促使读者去阅读下一章，那么引擎推动读者从头到尾沿着弧线移动。

在《开车的艾伯特先生》（*Driving Mr. Albert*）一书中，迈克尔·帕特尼提（Michael Paterniti）讲述了一个超乎寻常的越野冒险，绝非普通的公路旅行。谁是他的驾驶同伴？一位解剖了艾伯特·爱因斯坦的尸体，并把这位伟人的大脑保存了 40 年的老法医。他们三位——作家、医生和车子后备厢的脑灰质——一路向西去和爱因斯坦的女儿见面。这可是他的护身符和毕生的成就，这位古怪的老医生最终会放弃爱因斯坦的大脑吗？这句话永远不会出现在故事中，但是会让读者在走过主路旁的岔路后也依然关注要到达的目的地。

在我对这个写作工具进行思考的过程中，我在本地的报纸上看到了一个在沃尔玛新店做迎宾工作的员工的故事：

> Charles Burns has been waiting for weeks to say three words:
>
> "Welcome to Wal-Mart!"
>
> When the doors open this morning at St. Petersburg's first Wal-Mart Supercenter, Burns' face will be one of the first that shoppers see.
>
> He is the greeter.
>
> （查尔斯·伯恩斯为了说这七个字已经等待了几周时间：
>
> "欢迎来到沃尔玛！"
>
> 当圣彼得斯堡首个沃尔玛超市在今早开门营业的时候，伯恩斯的脸将会是顾客最先看到的形象之一。
>
> 他就是迎宾员。）

因为这份让人倍感亲切的专题报道是在开业前一天写成的，我们没能看见工作中的查尔斯·伯恩斯。他从未接待过任何人。所以，这个故事没有引擎，甚至连"他做迎宾员的第一天是如何度过的？""首位顾客的反应如何？"或者是"工作经历和期待相匹配吗？"这样简单的问题都没有。

在同一份报纸中，我读到了一个斯里兰卡海啸幸存者的故事，相较之下严肃很多：

> In the pediatric ward of the town hospital here, Sri Lanka's most

celebrated tsunami orphan dozes, drools and, when he is in a foul mood, wails at the many visitors who crowd around his crib.

His identity is unknown. His age, according to hospital staff, is between 4 and 5 months. He is simply and famously known as Baby No. 81, the 81st admission to the ward this year.

Baby No. 81's awful burden is not in being unwanted, but in being wanted too much.

So far, nine couples have claimed him as their own son.

（在当地镇医院的儿科病房里，斯里兰卡最出名的海啸遗孤打盹、流口水，在情绪暴躁的时候对着围在他婴儿床边的诸多探望者号啕大哭。

他的身份未知，年龄据医院工作人员说是在 4 到 5 个月。因为是今年第 81 个被病房接收的婴儿，他被称为第 81 号婴儿，命名方式简单粗暴，但是他的名气却不小。

第 81 号婴儿最可怕的负担不在于没有人愿意收养他，而是太多人想收养他。

截止到目前，9 对夫妇声称他是自己的儿子。）

这个最早被刊登在《纽约时报》上的故事有一个格外强劲的故事引擎。如果你和我想的一样，这个引擎以如下几个问题的形式出现：第 81 号宝宝会发生什么事情？我们会知道他的名字和身份吗？谁最后会收养他，又为何是那家人收养？医院是如何在争议中辨别真假父母的？

值得称赞的是，这个故事本身就提出了一些问题，不仅仅是接下来的情节走向，还有这个故事的深层含义：

是否有可能这 9 对夫妇都真心地认为第 81 号婴儿是他们的亲骨肉？会不会是无子女的父母在灾难中谋求利益？有没有可能是一个上镜的男婴激发了一种女婴无法激发的渴望？这些猜测在卡尔穆奈的大街上流传。

一个故事，尤其是有陪衬情节的故事，都能够有微型引擎。在电影《光猪六壮士》（*The Full Monty*）中，失业的工厂工人想要通过当脱衣舞男来挣钱。故事引擎如下：这些身材各异的男人能坚持下去吗？这又会为他们带来爱情和金钱吗？但是这才是让故事成功的因素：每个男人都在人生的紧要关头，由此被各自的引擎所驱动。那个超重的伙计会重燃婚姻的火花吗？那个瘦子会失去儿子的抚养权吗？那个老伙计能找到还债的方法吗？

当简·温伯恩（Jan Winburn）在《巴尔的摩太阳报》担任编辑时，她通过"这与谁利害攸关？"这个问题，帮助记者创造出一组角色。问题的答案关于故事的引擎：斗争的败者还能实现她的愿望吗？

我认为故事引擎是拉约什·埃格里（Lajos Egri）口中的"故事的前提"的远房表亲。"每件事情都自有目的，或前提。"他写道。在《罗密欧与朱丽叶》中，"伟大的爱情能经受甚至是死亡的考验"。在《麦克白》中，"决绝无情的野心会带来自身的毁灭"。在《奥赛罗》中，正是"嫉妒摧毁了自己和爱的对象"。前提接过引擎提出的问题，并把它变成主题陈述句。它很容易被转换回来：奥赛罗的嫉妒会毁掉他和他所爱的女人吗？

汤姆·弗伦奇如此区分故事引擎和故事主题：

对我来说，故事引擎是一种驱动故事和占据读者注意力的原始本能力量。写作者如何使用那个引擎——我们一路上探索的想法，以及我们希望阐明的更深层次的主题——根本在于写作者的选择。《公民凯恩》（*Citizen Kane*）是一个好例子。影片开头就设置了有史以来最著名的故事引擎之一：玫瑰花蕾是什么？然而，这部电影并不是关于雪橇的，也并非聚焦凯恩的童年。尽管如此，记者试图解开老人在弥留之际的最后遗言而做的一番追寻，推动了故事向前发展，并让观众保持耐心观看奥森·威尔斯（Orson Welles）探索政治、民主、美国等更深层次的主题。玫瑰花蕾的秘密实际上带领我们上完了一堂课，一堂关于权力真面目的公民课。

最后，我们必须注意到故事并不是由"什么"，而是由"怎么样"推动的。我们在片头字幕中知道詹姆斯·邦德将会打败敌人，赢得姑娘的芳心，但是我们想要知道他是如何做到的。我们能够想象令人愉快的费利斯·布依勒不会因为逃课而受到惩罚，但是知道他将如何做到神不知鬼不觉才是让我们高兴的。

好的作家会预料读者的问题并进行作答。编辑们将继续关注这个故事中的漏洞，看看哪些关键问题没有得到解答。故事讲述者把这些问题带到一个叙事层面，在读者中创造出一种只有到达终点才能被满足的好奇心。

写作工作坊

1. 回顾你最近的作品。看你是否能够找到故事引擎，或者至少是潜在的故事引擎。

2. 寻找能够抓住你注意力的故事。这个故事有引擎吗？如果有，这个故事为你解答了什么问题？

3. 在电影和电视叙事中寻找引擎。《我爱露西》（*I Love Lucy*）中的一集有引擎吗？那么《宋飞正传》（*Seinfeld*）这种被认为是"没有主题"的电视剧集呢？刑侦剧又如何呢？

4. 在你阅读新闻报道的时候，寻找或许能从故事引擎的动力中受益的有待提高的故事。

写作工具 32

沿路放上金币

用高潮回馈读者，尤其是在作品中段部分。

你如何让读者从头到尾读完你的故事？我们在前几章中介绍了三种技巧：伏笔、悬念和故事引擎。唐·弗莱建议了又一技巧，并用一则寓言作为解释：想象你正走在一条穿过森林的狭窄小道上。你走了一英里，在你的脚边找到了一枚金币。你把它捡起来，放进口袋里。再走一英里，果然，你又看到了另一枚金币。接下来你要做什么？当然，你会再走一英里去寻找另一枚金币。

就像森林中走路的人一样，读者也会对路上的惊喜做出预测。当读者遇到无聊的技术信息时，尤其是在开头部分，他们会预测接下来的内容将更加无聊。当读者读到使用时间顺序写成的故事时，他们会好奇后面的内容。

把金币想成任何可以回馈读者的东西。文章的"豹头"就是自我的报答，技艺娴熟的作家们完全知道他们需要给结尾加上熠熠光辉来作为最后的奖赏，邀请读者再次阅读他们的作品。那么开头和结尾之间的区域该怎么办呢？如果没有金币作为动力，读者们或许会离开森林。然而，我从未遇见过一个作家，甚至是一名伟大的作家因为精彩绝妙的中间部分而受到称赞——这也是中间部分几乎不受关注的原因。

著名的编辑巴尼·基尔戈（Barney Kilgore）说："对于读者来说，弃书而逃是最容易不过的事情。"

金币可以是一个小场景或是一则轶事："一只体壮的雄性羚羊在篱笆下扭动，在平原上疾跑，蹄子有力地敲击着地面。'这幅画面真美。'一个牛仔低声说。"

金币可能是一个令人吃惊的事实："闪电……任何在开阔平原上骑马的人都对它心生畏惧，许多牛仔被它杀死。"

金币可能是一段真情流露的引语：" '我认识的真正牛仔中的绝大部分，' 米勒先生说，'都已经去世很久了。' "

这三枚金币出现在一个获奖的故事中，故事以牛仔文化的消亡为主题，出自比尔·布伦德尔（Bill Blundell）为《华尔街日报》（*The Wall Street Journal*）的供稿。这份报纸以严肃的方式回报读者——有的时候也不失幽默。

第三幕的重要性是莎剧研究中最常见的问题。第一幕和第二幕为深刻见解或有力行动的瞬间蓄势；第四幕和第五幕化解第三幕中形成的紧张状态。换句话说，莎士比亚把一个巨大的金币恰好放在第三幕中。我用莎士比亚的几大悲剧作品来对这个想法进行验证，发现它们都逃不出这一模式。在《哈姆雷特》第三幕中，年轻的王子策划的戏中戏，揭露了国王的背信弃义；在《奥赛罗》中，主人公被奸诈的埃古说服，相信他的新娘一直不忠；在《李尔王》中，这位伟大的古代君主被剥夺了一切，在狂风暴雨中哀号。

　　既然已经找到了中间部分藏着金子的证据，我就开展了一次文学实验。我走到书柜旁，挑出第一本进入我视线的伟大文学作品马克·吐温的《哈克贝利·费恩历险记》（ The Adventures of Huckleberry Finn ）。我手里的这本是河岸出版社的版本，一共42章。我翻到中间章节——第21章——想看看作者有没有埋点金子在里面，果然没有让我失望。主人公哈克讲述了两位冒牌莎剧演员的爆笑故事，两位演员在自己的专业领域用令人惊讶的错误的表演糟蹋莎士比亚。哈姆雷特最著名的独白被改成了耳熟能详语句的大杂烩："是生存还是死亡；这是一把出鞘的匕首。"我想，马克·吐温在小说的中间章节用这些不入流的表演者来戏仿《哈姆雷特》的核心场景，不只是巧合吧。

　　这让我想起了我一直以来最喜欢的金币，它是1984年刊登在《西雅图时报》（ The Seattle Times ）上、由彼得·雷诺生（Peter Rinearson）主笔的一篇文章。这枚金币出现在讨论新式飞机制造——波音757——的丛书里一个长篇累牍的章节中。例如，讲工业设计的那一章包含了关于客舱门的无数细节：它是如何容纳500个零部件、如何由5900个铆钉组装而成的。

　　正当我的兴趣开始逐渐减退，我偶然发现一篇文章描述了工程师如何测试驾驶舱窗户的完整性，而鸟类经常撞在这些玻璃上。

　　Boeing is a little touchy about the subject of chicken tests, and points out they are required by the FAA.Here's what happens:

　　A live 4-pound chicken is anesthetized and placed in a flimsy plastic bag to reduce aerodynamic drag. The bagged bird is put in a compressed-air gun.

　　The bird is fired at the jetliner window at 360 knots and the window must withstand the impact. It is said to be a very messy test.

The inch-thick glass,which includes two layers of plastic, needn't come out unscathed. But it must not puncture. The test is repeated under various circumstances—the window is cooled by liquid nitrogen, or the chicken is fired into the center of the window or at its edge. "We give Boeing an option," Berven joked. "They can either use a 4-pound chicken at 200 miles an hour or a 200-pound chicken at 4 miles an hour."

（波音公司对于家禽测试的实验对象略为谨慎，并指出这是执行美国联邦航空管理局的要求。以下是事情经过：

一只 4 磅重的活鸡在经过麻醉后被放在薄薄的塑料袋中，以减少空气动力阻力。装入袋子的鸡被放入压缩气枪中。

以 360 节的速度将鸡射向客机的窗户，而窗户也必须能够承受住冲击。据说这个测试颇为棘手。

夹着两层塑料、一英寸厚的玻璃并不需要毫发无损，但是必须不能被穿孔。这项测试在不同的情况下反复进行——用液氮冷却玻璃，或者鸡被射在玻璃中央或者边缘。"我们给波音一个选择，"贝文开玩笑道，"他们可以选择一只 4 磅重、以每小时 200 英里的速度飞行的鸡，或者一只 200 磅重、以每小时 4 英里的速度飞行的鸡。"）

读完这个禽类测试的内容之后，不会有人再用老眼光看待飞行和桑德斯上校①了。

虽然书和剧本的作者知道故事中戏剧性和喜剧性高潮的价值，但记者却有一个不利条件。在高负荷的工作重压之下，即便是热心的编辑也会因

---

① 肯德基的创始人。

为正确的理由做错误的事情。

"这段引用很好，"欣赏这段话的编辑对作者说，"让我们把它放到开头。"

"读者会从这则轶事中学到很多。让我们把它往前挪一挪。"于是他们就这样改动了。把闪光的部分往前移为优秀的材料赢得了荣誉，却可能会让故事本身蒙羞，形成了上钩、调包的诱读行为。最后，读者会先看到三到四个精彩的段落，接着就是一直堆积到文末的有毒废物。

写作工作坊

1. 想一想金币的策略。回顾你最近的作品，看看是否头重脚轻。寻找本可以创造出更加平衡的结构的机会。

2. 将金币的概念运用到你的阅读和观影中。研究故事的结构，找到设置戏剧性或者喜剧性高潮的战略性位置。

3. 找一篇你手头的初稿，识别其中的金币。在任何一个出彩的故事成分旁边画一个星星。现在研究一下它们的位置，并且想一想，移动它们的位置会带来什么样的效果。

4. 在研究过程中看你能不能发现金币。当你看见一个或者听见一个的时候，对它进行彻底的研究，让它在你的故事中发挥最好的效果。

5. 找到你的作品的中间部分，能在其中看到金币吗？

写作工具 33

重要的事情说三遍
带有目的性的重复将各个部分联系在一起。

    重复是一项有效的写作策略，但是写作者必须带着目的来进行重复。关键字、短语和故事元素的重复会创造出韵律、节奏、结构和波长，从而强化作品的中心主题。这样的重复在音乐、在文学、在广告、在幽默文章、在政治演讲和修辞、在教学、在布道和在父母的训诫中都有作用——甚至在这个"在"字重复了 10 次的句子中。

    重复使对话和交流有和谐统一感，它让戏剧文学拥有了现实世界中活生生的人说话时的情感。

        ROY: I'm dying, Joe. Cancer.

        JOE: Oh my God.

        ROY: Please. Let me finish.

Few people know this and I'm telling you this only because... I'm not afraid of *death*. What can death bring that I haven't faced? I've lived; *life is the worst*. (Gently mocking himself) Listen to me, I'm a philosopher.

Joe. You *must* do this. You must must must. Love; that's a *trap*. Responsibility; that's a trap too. Like a father to a son I tell you this: Life is full of horror; *nobody* escapes, nobody; save yourself. *Whatever* pulls on you, whatever needs from you, threatens you. Don't be *afraid*; people are so afraid; don't be afraid to *live* in the raw wind, naked, alone. ... Learn at least this: What you are capable of. Let nothing stand in your way.

〔罗伊：我要死了，乔。癌症。

乔：我的天呐。

罗伊：请等等，让我说完吧。

几乎没几个人知道，我只告诉你一个人是因为……我并非害怕死亡。死亡会带来我无法面对的事情吗？我已经活够了，活着才是最糟糕的。（轻嘲自己）听着，我是一个哲学家。

乔，你必须做这件事情。你必须、必须、必须。爱情，那是个圈套。责任，那也是个圈套。就像父亲对儿子一样，我要告诉你：生命充满恐惧，没人能逃脱，没有人；你要自我救赎。无论你被什么拖累，无论你需要付出什么，无论什么威胁着你。不要害怕；人们总是如此胆小；不要害怕在阴冷的风中生活，赤身裸体，孤单一人。……至少要知道这一点：你自己能做什么。不要让任何事情阻挡你。〕

这段精彩的对话来自托尼·库什纳的史诗剧《天使在美国》（*Angels in America*）。在我听来，重复赋予对话真实感。重温一下剧作家在罗伊说的这个仅有 124 个单词的段落中选择通过重复以示强调的词："死亡""活着”“必须”“圈套”“没有人”“无论”“害怕”和“生活”。

除了在单独的句子和段落中起效，重复的作用还能够贯穿整个故事。比如马娅·安杰卢（Maya Angelou）的回忆录《我知道笼中鸟为何歌唱》（*I Know Why the Caged Bird Sings*）：

His twang jogged in the brittle air. From the side of the Store, Bailey and I heard him say to Momma, "Annie, tell Willie he better lay low tonight. A crazy nigger messed with a white lady today. Some of the boys'll be coming over here later." Even after the slow drag of years, I remember the sense of fear which filled my mouth with hot, dry air, and made my body light.

The "boys"? Those cement faces and eyes of hate that burned the clothes off you if they happened to see you lounging on the main street downtown on Saturday. Boys? It seemed that youth had never happened to them. Boys? No, rather men who were covered with graves'dust and age without beauty or learning. The ugliness and rottenness of old abominations.

（他的鼻子一抽一抽，态度冷冰冰的。贝利和我站在商店的一边，听到他对妈妈说：“安妮，告诉威利他今晚最好低调一点。一个疯狂的黑人和白人女人今天鬼混在一起。有些男孩一会儿会过来。”即便在岁月慢悠悠地走过多年之后，我仍然记得恐惧把灼热、干燥的空气填满口腔，并让身体发飘的感觉。

“男孩们”？如果他们在周六碰巧看到你在市中心的大街上闲逛，他们仇恨的目光和冰冷的脸庞就足以烧光你的衣服。男孩们？他们似乎从未年轻过。男孩们？不，他们应该是被坟墓的尘土和没有美丽或学识的岁月所淹没的男人。恶心玩意儿的丑陋和堕落。）

从用方言表达的对话到有宗教含义的短语，作者用有趣的语言撑起了这个段落。"男孩们"一词的重复使用把各元素串在一起。

写作者们把重复当成是说服工具，但只有极少数人才能够像迈克尔·加特纳（Michael Gartner）一样用得那般炉火纯青。加特纳的新闻职业生涯卓越且经历丰富，曾经获得普利策社论写作奖。这是《文身与自由》（"Tattoos and Freedom"）的选段：

Let's talk about tattoos.

We haven't seen the arms of Jackson Warren, the food-service worker at Iowa State University, but they do sound repulsive. A swastika on one, KKK on the other.

Ugh.

That's obnoxious.

The administrators at the university think so, too, so in response to a student's complaint they've "temporarily reassigned" Warren to a job where he won't be in contact with the general public.

Ugh.

That's outrageous. (from the *Daily Tribune*, Ames, Iowa)

〔让我们来谈谈文身。

我们还没有看到艾奥瓦州立大学的食品服务工杰克逊·沃伦的手臂，但它们听起来确实令人厌恶。一只手臂上是纳粹的万字符标志，另一只是3K党。

呃！

太令人讨厌了。

大学的管理人员也这么认为。为了回应一名学生的抱怨，他们暂时把沃伦调到新的工作岗位上，在那里他不会与公众接触。

啊！

太令人发指了。(摘自《每日论坛报》，艾奥瓦州埃姆斯市)〕

加特纳重复使用 ugh 和 "That's obnoxious/outrageous." 表达出了保护言论自由的观点，即便言论的表达方式令人不悦。

> Remember the flag burners in Texas? The Nazi marchers in Skokie? The war protesters everywhere? Protected citizens, one and all. Obnoxious, sometimes. Outrageous, sometimes. Despicable, sometimes.
>
> But never unspeakable.
>
> (还记得在得克萨斯州焚烧国旗的人吗？记得斯科基市的纳粹游行者吗？还有无处不在的战争抗议吗？受到保护的公民，是你，是我，是大家。令人厌恶，有时候会。令人发指，有时候会。令人不齿，有时候会。
>
> 但是永远不会是不能表达出来的。)

模式是"重复"贯穿，"变化"点缀。在这篇社论的末尾，加特纳回答了身上有文身的工作人员的存在会对大学校园里的学生传递什么样的信息，而其中很多大学生对文身颇为排斥：

> The message you're giving is clear:
>
> This is a school that believes in free speech.
>
> This is a school that protects dissent.
>
> This is a school that cherishes America.

That's what Iowa State officials should be saying.

For Jackson Warren, bedecked in symbols of hate, should himself be a symbol of freedom.

（你传递的信息清晰明确：

这是一所相信言论自由的学校。

这是一所保护持异议者的学校。

这是一所热爱美国的学校。

这是艾奥瓦州的官员应该说的话。

对于杰克逊·沃伦来说，他用仇恨的符号装饰身体，他应该是自由的象征。）

正如我们在"写作工具20"中看到的，例子的数量有意义，重复的次数也有意义。"三"给我们整体的感觉，而"二"则产生比较和对比，比如象征仇恨的符号和象征自由的符号。

在加特纳看来，重复从来都不是心血来潮的产物。"它是叠句，"他对奇普·斯坎伦说，"有节奏的叠句，每次都有不同的标记。它几乎是一种音乐设备。我喜欢百老汇音乐剧，而且一直认为我可以写一部音乐剧。虽然不能谱曲，但我可以写歌词，因为我喜欢文字游戏、韵律、节奏、节拍和声调。有时我认为这些社论是一首前所未有的歌的歌词。"

在经验丰富的教师和诗人的手中，"重复"拥有一种超越修辞的力量，能直逼神话和宗教圣典的层次。例如，摘自埃利·威塞尔（Elie Wiesel）的《夜》（*Night*）的这几句话，被贴在美国大屠杀纪念馆的一面墙上：

Never shall I forget that night, the first night in camp, which has turned my life into one long night, seven times cursed and seven times sealed.

Never shall I forget that smoke. Never shall I forget the little faces of the children, whose bodies I saw turned into wreaths of smoke beneath a silent blue sky.

Never shall I forget those flames which consumed my faith forever.

Never shall I forget that nocturnal silence which deprived me, for all eternity, of the desire to live. Never shall I forget those moments which murdered my God and my soul and turned my dreams to dust. Never shall I forget these things, even if I am condemned to live as long as God Himself. Never.

（我永远也忘不了那一夜，在奥斯维辛集中营中的第一个夜晚，我的生命因它变成了永夜，被七次诅咒、被七层夜幕裹严的黑夜。我永远也忘不了那烟雾。我永远也忘不了孩子们的小小脸蛋，他们的尸体在寂静的蓝天下化作一缕青烟。

我永远也不会忘记那些火焰，它们将我的信念吞噬殆尽。

我永远也不会忘记那夜晚的寂静，它永远地夺走了我生的欲望。我永远也不会忘记那些时刻，它们谋杀了我的上帝和我的灵魂，把我的梦想踩到土里。即使我被判活得像上帝一样长，我永远也不会忘记这些。永远不会。）

事实上，重复可以强大到喧宾夺主，让读者眼里只看见它而忽略故事要传递的信息。如果你担心重复被过度使用，你可以做这个小测试：删掉所有重复后大声朗读。重复一遍关键元素。再重复一遍。你的声音和耳朵会让你知道这是否妥当。

写作工作坊

1. 理解重复和累赘之间的区别。前者有用，为创造特殊的效果而生；后者无用，纯属浪费文字。阅读你自己的作品，找到重复和累赘的例子。当你删除累赘的文字、加强重复的时候，会产生什么效果呢？

2. 阅读历史上著名的演讲选集，寻找重复的例子。列出作者使用重复的原因，从下面几项开始：加深印象、形成论点和强调情感。

3. 重写埃利·威塞尔的文章。出于练习的目的，在不改变意义的前提下删去你能够删去的 never。现在再大声朗读一下原作和修改版，思考一下，看看有什么发现。

4. 重复并不一定是华而不实的。比如，你可以在一个故事的开头、中间和结尾提及一位人物三次或者引用他的话三遍，把各个元素串连起来。在新闻故事中寻找这种重复的例子。

5. 英国作家约翰·拉斯金（John Ruskin）建议："用尽可能少的文字说你想说的话，否则你的读者一定会跳过这些文字；用尽可能平实的文字，否则读者肯定会误解它们。"用"最少"和"最平实"的标准来衡量上面引用的作品中的重复。

写作工具 34

从不同的电影拍摄角度写作

把你的笔记本变成摄影机。

在电影出现之前，作家们用电影的方式进行写作。受视觉艺术——肖像和挂毯——的影响，作者们很早就知道如何用聚焦和失焦来捕捉人物和风景。

现在许多作家都是脑中有电影，下笔书文章。不过这种写作方式可以追溯到最早的英国文学作品。1000多年前，一位创作了史诗《贝奥武夫》（*Beowulf*）的不具名的诗人，就已经知道如何用电影的方式来写作。他可以用远景呈现陆地和海洋的豪壮场景；也可以用近景看女王缀满宝石的手指，或者怪物眼睛里的恶魔之光。

在我们这个时代，史诗诗人已经被大卫·塞德瑞斯这样的作家所取代，电影伴随他的成长，他通过讽刺作品的镜头观察世界：

Halloween fell on a Saturday that year, and by the time my mother took us to the store, all the good costumes were gone. My sisters dressed as witches and I went as a hobo. I'd looked forward to going in disguise to the Tomkeys' door, but they were off at the lake, and their house was dark. Before leaving, they had left a coffee can full of gumdrops on the front porch, alongside a sign reading DON'T BE GREEDY. In terms of Halloween candy, individual gumdrops were just about as low as you could get. This was evidenced by the large number of them floating in an adjacent dog bowl. It was disgusting to think that this was what a gumdrop might look like in your stomach, and it was insulting to be told not to take too much of something you didn't really want in the first place. (from *Dress Your Family in Corduroy and Denim*)

〔那年的万圣节是周六，当妈妈带我们去商店的时候，所有好看的万圣节服装早已销售一空。我的姐妹们扮成了女巫，我扮成了流浪汉。我一直期待着乔装打扮后在汤姆基的家门口亮相，但他们已经出门去了湖畔，家里一片漆黑。他们在离开之前，在前廊上留下了一个装满橡皮软糖的咖啡罐，旁边立着一个牌子，上面写着"不要贪心"。就万圣节糖果而言，单颗的橡皮软糖也差不多是你能拿到的最劣质的糖果了。大量的软糖漂浮在相邻的狗食盆里也证明了这一点。如果你想到胃里的软糖就是这副模样也是够恶心的，而且被事先告知不要拿太多你根本不想要的东西，也是一种侮辱。（摘自《给你的家人穿灯芯绒和牛仔布》）〕

单单在这一个段落中，从作者的摄像机到被拍摄的对象就至少有 4 种不同的距离。第一个是对穿着万圣节服装的孩子们的抓拍；下一个镜头是黑黢黢的屋子的影像；接下来是近景镜头，近到让我们可以看见标识；最后依然用近景镜头看狗食盆里漂浮的软糖。或许我们还可以再加上漂浮在一个孩子肚子里令人作呕的糖果的 X 光照片。

我从我的朋友大卫·芬克尔（David Finkel）那里学到了用拍摄电影的方式撰写新闻报道的技巧，他在 1999 年为《华盛顿邮报》完成了科索沃战争的报道。芬克尔在描述难民的时候用文字创造了电影画面，难民的生活困苦不堪，以至于援助行为引发了争斗：

> One of the volunteers picks up a loaf of bread and tosses it blindly. There is no chance it will hit the ground. There are too many people watching its flight, packed too tightly. Out goes another loaf, and another, and hundreds of arms suddenly stretch skyward, fingers extended and waving.

（其中一个志愿者拿起一条面包，盲目地往空中一抛。它根本没有掉落在地面上的可能。太多人盯着面包的运动轨迹，紧紧地挤在一起。又抛出一条面包，接着再一条，数百只手臂突然伸向天空，手指伸得长长的，挥舞着。）

在这段话中，芬克尔从一个工人的特写镜头开始，接着把镜头往回缩，让我们能看到数百只手臂。在人群渐渐失控的时候，芬克尔又把镜头对准其中一个女人。

> "For children. For children," a woman is shouting, arms out, trying to reach the cart. She is wearing earrings, a headband and a sweater, and when she can't reach the cart she brings her hands to her head and covers her ears

because behind her is her daughter, perhaps 8, holding on to her, getting crushed, screaming.

And behind her is another girl, 10 perhaps, wearing a pink jacket decorated with drawings of cats and stars and flowers and now mud. She has red hair. There is mud in her hair.

（"给孩子拿的，给孩子的。"一个女人叫喊着，伸出胳膊试图去够推车。她戴着耳环，束发带绑着头发，身着一件毛衣。当她够不着推车的时候，她把双手举到头上，捂住耳朵。因为在她身后站着她的女儿，约莫8岁的小女孩紧紧地抓住妈妈，她尖叫着，在人堆里快要被挤扁了。而在她身后又是另一个女孩，10岁左右，穿着一件粉红色的夹克，上面印着猫、星星和鲜花的装饰图案，不过现在泥土也点缀其中。她有红色的头发，发间粘着泥土。）

简要介绍一下标准的拍摄角度，这应该能够帮你设想如何用"文字摄像机"来实现各种各样的效果：

- **鸟瞰视角**。作者仿佛站在摩天大楼的顶端俯视世界，或从一架飞艇上俯瞰地面。例如："成百上千的南非黑人选民站了好几个小时，组成犹如沙子堆成的蜿蜒队列，等待着第一次投票。"
- **定位镜头**。作者置身事外来捕捉动作发生的场景，描述读者将要进入的世界，有时也用来为故事创造氛围。例如："几秒钟内，学校操场上空腾起尘云，它们的体积暗示着爆炸的恐怖力量；步枪的连发射击声开始传来，很快就变成了持续的隆隆轰鸣声。"
- **中景镜头**。镜头朝着动作逐渐推近，近到可以看到关键人物和他们的互动。这是大多数新闻故事采用的距离。例如："许多人质幸存下来，顾不上周遭激烈的交火和手榴弹的爆炸，从学校里蹒跚而出。许多人几乎没穿衣服，他们的脸因恐惧和疲惫而显得神情紧张，身体被弹片和子弹击中而流血。"

● **特写镜头**。摄像机就在拍摄对象的面前，距离近到可以察觉到愤怒、恐惧、担心、悲伤、讽刺等所有情绪。例如："他努力去理解，眉头拧在一起，鱼尾纹越来越深……那人拉着米黄色工作裤的裤腰，挠着他那张在太阳曝晒下老去的脸。他盯着她，为试图理解拖延时间，但不敢说他根本没有理解。"

● **大特写镜头**。这位作家关注的是一个在远处看不见的重要细节：暴徒小手指上的尾戒，挂历上被圈出的日期，警车车顶上的啤酒罐。例如："护理癌症病人的护士的手从办公室的鱼缸里舀出死去的神仙鱼。这个诊室的病人思想负担已经够重了，他们不需要再有一个提醒他们人终有一死的物体。"

几年前，我参加了一场户外音乐会，朋克乐队雷蒙斯在佛罗里达州一家度假酒店旁的院子里表演，场面相当大。酒店楼下，年轻粉丝们炫耀着青绿色的莫霍克发型。酒店楼上，蓝头发的女士们盯着窗外，认为世界末日到了。一位被派去给音乐会写评论的年轻作家在同一个地方站了两个小时，口袋里揣着笔记本。我极力克制住把他打倒在地、偷走他的笔记本的冲动——他本应该像摄像师一样探索这块区域，下到音乐会舞台前的舞池里，或上到屋顶上去。

写作工作坊

1. 选择一部你近期的作品进行阅读，注意你和故事对象之间的距离。

寻找你最适应的方式。你是倾向于改变摄像机的位置，还是倾向于接受一个安全的中景镜头？

　　2. 改变摄像机的距离和角度是电影艺术的核心。和朋友一起观看一部你最喜欢的电影，并注意摄像机是如何工作的。讨论一下，如果你需要用文字描述某些场景，你会怎么处理。

　　3. 在野外做研究时带上一次性相机或能拍照片的手机。你的目标不是要拍摄可发表的照片，而是观察。一定要从不同的距离和角度拍摄照片，并且在下笔之前先回顾一下这些照片。

　　4. 下次当你写一个事件的时候，改变观察的角度。从近处和远处，从事件发生场所的前面和后面看这个事件。

写作工具 35

为场景而报道和写作
然后将它们排列成有意义的序列。

　　汤姆·沃尔夫认为，虚构作品和非虚构作品中的现实主义建立在"逐景构建的基础上，通过场景的切换来讲故事，尽可能少地依靠纯历史叙事"。根据沃尔夫在《新新闻主义》(*The New Journalism*)中发表的宣言，这需要"非凡的报道艺术"，这样作家们才能"目睹他人生活中的场景"。

　　这条建议早在 40 多年前就被提出，但是践行这条建议仍然让"目击者视角下的故事讲述"看起来像个新玩意儿。

　　BAGHDAD, Iraq—On a cold, concrete slab, a mosque caretaker washed the body of 14-year-old Arkan Daif for the last time.

　　With a cotton swab dipped in water, he ran his hand across Daif's olive corpse, dead for three hours but still glowing with life. He blotted the rose-red shrapnel wounds on the soft skin of Daif 's right arm and right ankle with the poise of practice. Then he scrubbed his face scabbed with blood, left by a cavity torn in the back of Daif 's skull.

The men in the Imam Ali mosque stood somberly waiting to bury a boy who, in the words of his father, was "like a flower." Haider Kathim, the caretaker, asked: "What's the sins of the children? What have they done?"

（巴格达，伊拉克——冰冷的混凝土板上，清真寺的看守人最后一次清洗了 14 岁的阿尔坎·德伊弗的尸体。

他拿着蘸了水的棉棒，擦遍了德伊弗橄榄色的身体。虽然已经离世三个小时，但德伊弗的身体仍然焕发着生命的光芒。他熟练地擦干弹片在德伊弗右臂和右脚踝柔嫩的皮肤上留下的紫红色伤口。他接着擦拭德伊弗的脸，从后脑勺的伤口中淌出的鲜血已经结成血痂。

伊玛目阿里清真寺的男人们阴郁地站着，等待埋葬一个父亲口中"花朵般的"男孩。看守人海德尔·卡西姆问道："孩子们有什么罪？他们做了什么？"）

这就是为安东尼·夏迪德（Anthony Shadid）赢得普利策奖的作品。这篇关于伊拉克战争的新闻报道刊登在《华盛顿邮报》上，采用浸入式的新闻写作方法，接近曾经发生的动作，捕捉腥风血雨后的一幕。

在虚构作品中，场景可以被目击或被虚构，但它们也可以被回忆，就像诺拉·埃夫隆童年时期的这一幕：

It is September, just before school begins. I am eleven years old, about to enter the seventh grade, and Diana and I have not seen each other all summer. ... I am walking down Walden Drive in my jeans and father's shirt hanging out and my old red loafers with the socks falling into them and coming toward me is... I take a deep breath... a young woman. Diana. Her hair is curled and she has a waist and hips and a bust and she is wearing a straight skirt, an article of clothing I have been repeatedly told I will be unable to wear until I have the hips to hold it up. My jaw drops, and suddenly I am crying, crying hysterically, can't catch my breath sobbing. My best friend has betrayed me. She has gone ahead without me and done it. She has shaped up. (from *Crazy Salad*)

〔现在是九月，正值开学前夕。十一岁的我即将进入七年级学习，我和黛安娜整个夏天都没见过。……我走在沃尔登大街上，穿着牛仔裤，父亲的衬衫松垮地垂下来，袜子褪进旧旧的红色乐福鞋里，有个人朝我走来……我深吸一口气……一个年轻的女人。黛安娜，一头卷发，有腰，有臀，有胸，穿着一条直筒裙，一件我被反复告知在我没有长出能把它撑起来的臀部之前都不能穿的衣服。我惊掉了下巴，突然哭了起来，歇斯底里，喘不过气。我最好的朋友背叛了我。她丢下我一个人跑到前头去了。她已经出落得成熟有型了。（摘自《疯狂沙拉》）〕

场景是叙事性文学的基本单元，是由作者创造、让读者或观众进入的时空胶囊。我们从场景中得到的不是信息，而是经验。我们和诺拉·埃夫隆一起站在那条人行道上。我们就在那里。

小说家霍利·莱尔（Holly Lisle）在她的网站上写道："原子是物质的最小离散单位。所以场景是虚构作品中最小的离散单位；它是虚构作品里包含故事基本要素的最小单位。你不需要通过单词、句子和段落来写故事或写书——你需要的是场景，一个场景堆在下一个场景上，每个场景都能改变上文的一些东西，所有的场景不可阻挡地、坚持不懈地推动故事的发展。"

从童年时期开始，我们吸纳了各种场景。我们从文学和新闻报道中、从连环画和漫画书中、从电影和电视中、从广告和公共服务公告中、从我们的记忆和梦想中经历了各种场景。用老派的文学术语来说，所有的这一切都是"模仿"。它们是对现实生活的模仿。

最好的作家努力提升场景的真实性。戏剧文学中最有趣的时刻之一出现在哈姆雷特王子（第3幕，第2场）指导流浪的伶人如何创建真实的场景，以唤起凶残国王的良知："动作要和台词匹配，台词也要和动作搭调，要特别注意这一点，因为你不能够逾越自然的常道。"这位忧郁的王子说，任何夸张或"过火"的表演，都与戏剧艺术"成为自然的一面镜子"的目的背道而驰。对于有抱负的作家，尤其是对记者而言，镜子依旧是有力的暗喻。写作者的目标是映出世界、描绘当下，让读者能看到它、感受它和理解它。但是写作者的职责不仅仅是捕捉场景并将其汇聚。这些场景、这些场景中的时刻，必须按照一个有意义的顺序、一个故事梗概、一个脚本、一个系列来进行排列。

你可能认为最常见的顺序是时间顺序。但是，场景同样可以按照空间顺序来排列，比如从街道的一边到另一边。场景可以用来平衡平行的叙事线，从罪犯的视角转移到警察的视角。场景可以瞬间闪回，或者展望未来。

2004年佛罗里达州飓风季期间最引人注目的故事之一，出自《圣彼得斯堡时报》的东蓬源（Dong-Phuong Nguyen）笔下。故事发生在飓风"伊万"扫荡后的彭萨科拉市，文章记录了人们回到社区首次目睹灾后惨况的心酸经历。故事从远景镜头开始，用一个简单的场景开头：

They waited for days in the hot sun behind the patrol cars and sheriff's deputies, straining for any glimpse.

（他们在烈日下，在警车和警长的副手们后面苦等了好几天，眼巴巴地想看上一眼。）

出于安全考虑，当局阻止他们回家。下面是对这个场景的更多描写：

They brought coolers and portable chairs. They joked about their fine china. They warned each other about using their hands to sift through the rubble because of the snakes.

（他们带来了冷却箱和便携椅子，他们拿自己精美的瓷器打趣，他们互相提醒用手在瓦砾中搜寻的时候要小心蛇。）

在另一个场景中，他们质问警长：

"Why won't you let us in?" they shouted.

（"你们凭什么不让我们进去？"他们喊着。）

推土机铲平了社区里的废墟，下面是一系列揭露飓风对情感和身体造成的毁灭性打击的场景：

The residents who had just been joking about what they would find walked along Grand Lagoon Boulevard in silence.

Five houses in, they began to weep.

Women wailed inside cars. Teenagers sat in the beds of pickup trucks with their hands covering their open mouths.

（之前一直在开着能寻回什么财产的玩笑的居民正在大潟湖大道上安静地走着。

五组家庭走进废墟，开始哭泣。

女人们在车里恸哭。十几岁的孩子们坐在小货车的车斗里，双手捂住张大的嘴巴。）

镜头推近。

Carla Godwin quietly walked down Grande Lagoon Court as neighbors lifted roofing from bikes and brushed off ceramic plates. "We don't even have a dining room table anymore," she sobbed. "I don't know where it is. It's gone."

（邻居们从自行车上挪开屋顶的材料、拂去陶瓷盘子上的灰时，卡拉·古德温悄悄地走在大潟湖公馆里。"我们甚至连个餐桌都没有了，"她啜泣着说，"我不知道它在哪儿。它不见了。"）

一连串的小场景按照以下顺序展开：

1. 一个女人在她的浴室里发现了一台电视机，但不是她的。
2. 女人走在街上寻找向她哭诉的邻居。
3. 另一个女人站在她房子的废墟中翻找她的东西。
4. "'我的猫还活着！'一个人在房子里尖叫起来"。
5. 另一个人从房子里走出来，带着笑容，弹着吉他。
6. 心神不宁的女人得到家人的安慰。

7. 一名妇女发现了被冲到邻居的露台上、已经被水泡涨了的宝宝照片。

8. 一个女人接到邻居询问他们财产情况的电话。

这些真实生活中的时刻取材于当天发生的事情，并由技巧娴熟的年轻作家排列出场景的顺序，从而被赋予了意义和特殊的力量。

写作工作坊

1. 下次你做田野调查时，留心观察你看到的场景。记录下足够多的细节，以便你为读者进行再创作。

2. 当你为虚构作品创作场景的时候，留神听戏剧性的、可以帮助读者进入体验的对话。

3. 试试汤姆·弗伦奇发明的一项练习。和一群朋友或学生一起看一幅有趣的照片或肖像（弗伦奇喜欢维米尔）。虽然这些图像是静态的，但作者必须按照读者所能理解的顺序来放置细节。写一个场景描述，每个图像，然后相互比较你们的作品。

4. 仔细观看电影，学习排序。研究你最喜欢的一部电影，常按暂停键。请注意导演是如何排列镜头的，意义又是如何从镜头的顺序中衍生出来的。

写作工具 36

混合叙事模式
用"断线"融合故事形式。

　　一些写作工具最适合用来做直白的报告和说明，其他的写作工具则帮助作者写出引人入胜的故事。写作者通常需要写作工具来完成上述两件事情：构建一个读者可以进入的世界，然后报告或评论这个世界。最后的产物是一种合成物，最好的例子是一种叫作"断线"的故事形式。

　　为了理解"断线"这种故事形式，你可以想想它的反面，即"闭合线"。大多数电影采用的都是闭合的叙事线。佛罗多·巴金斯（Frodo Baggins）在获得魔戒之后，就踏上了摧毁它的旅程。詹姆斯·邦德接受任务，拯救世界，最后赢得邦女郎的芳心。有时，导演会为了其他目的而打破叙事线。在电影《阿尔菲》（Alfie）中，主角停止了动作，转向镜头，对观众讲话。这些令人惊讶的独白揭示了人物不为人知的细节，预示着错综复杂的情节。

作家可以利用戏剧文学和电影来举例说明叙述行为的中断。从莎士比亚悲剧中的独白开始。"生存还是毁灭，这是一个问题"并没有推进故事的发展，而是揭示了哈姆雷特的优柔寡断。想想那位舞台监督，在无数场由高中生排演的桑顿·威尔德（Thornton Wilder）的作品《我们的小镇》（*Our Town*）的演出里和观众交流。《洛基恐怖秀》（*The Rocky Horror Picture*）的叙述者穿着一件吸烟夹克，在书房里讲话，打断了对怪物电影的性别扭曲的戏仿，教会观众科幻作品中"时空扭曲"的各个步骤。因此——别人也是这么告诉我的——古董级的色情电影，偶尔会出现一个穿白大褂的治疗师对该行为进行评价，以"弥补社会价值"。

这就是"断线"的秘密和力量。作者给我们讲述故事时，在中途暂停来告诉读者一些关于故事的题外话，然后再回到故事的叙述中。你可以把它想象成在小站稍作停留的火车旅行，可以用图表这样表示：

——【告知】——【分析】——【解释】——→

叙事线

现任哥伦比亚大学新闻学研究生院院长的尼古拉斯·莱曼（Nicholas Lemann）是运用这项写作技术的大师。莱曼的书选取美国生活中的重要话题：美国黑人自南到北的迁移，以及高等教育功绩与特权之间的紧张关系。犀利的见解和诠释像珍珠一样被串在一条强有力的叙事线上。一个故事邀请我们进入一个新世界，然后作者向我们解释这个世界。

这个模式在莱曼的《应许之地》（*The Promised Land*）一书中出现得很早，在作者使读者初次了解来自密西西比州克拉克斯代尔的一个非裔美国家庭时就采用了：

During that year, 1937, Ruby saw her father for the first time. After World War I, he had moved back to the hills, living here and there. Sometimes he would write letters to Ruby and Ruth in the Delta, or send them dresses. Now that they were grown, they decided to visit him. They traveled by train and bus to the town of Louisville, Mississippi, where they had arranged to meet him in front of a cotton gin. Their first glimpse of each other was a crystal-clear memory for Ruby into old age: "Oh, my children," he cried out, nearly overcome with emotion, and embraced them.

（在那一年，也就是 1937 年，鲁比第一次见到她的父亲。第一次世界大战后，他搬回了山区，居所不定。有时他会写信给住在河流三角洲地区的鲁比和露丝，或者给她们寄衣服。现在她们长大了，就决定去探访父亲。她们乘火车，又换乘公共汽车前往密西西比州的路易斯维尔镇，在那里她们约好在一台轧棉机前与父亲碰面。关于那次初见的记忆从未随着鲁比的老去而模糊："哦，我的孩子们。"他激动地喊道，一时情不能自已，伸出手拥抱他们。）

莱曼接着把镜头从这个激动的时刻收回来。他从抽象阶梯的顶端投下另一视角，涉及历史学、社会学、人类学、人种学的知识：

Americans are imbued with the notion that social systems proceed from ideas, because that is what happened at the founding of our country. The relationship of society and ideas can work the other way around, though: people can create social systems first and then invent ideas that will fulfill their need to feel that the world as it exists makes sense. White people in the Delta responded to their need to believe in the system of economic and political subjugation of blacks as just, fair, and inevitable by embracing the idea of black inferiority, and for them the primary evidence of this was lives like Ruby's.

（美国人民被灌输了如下的概念：社会制度须由思想发展而来，这是依照建国时候的往例。然而，社会制度和思想的关系反过来也行得通：人们可以先创造社会制度，然后创造能满足自我需求的思想，让他们觉得只要这样的世界能存在，那么它就是合理的。三角洲地区的白人认为对黑人进行经济和政治压迫的体系是公平、公正且不可避免的，并支持黑人劣等论，来满足自我的需要。对于他们而言，鲁比一家的生活就是最佳证据。）

这些都是令人吃惊的想法。它们拔高了莱曼故事的高度，从场景和事件的停机坪垂直上升到天空中意义的有利位置上。不过臭氧浓度太高会让读者感到缺氧。是时候降落到地面了。他的确是这样做的。莱曼在书籍写作的过程中，在叙述和分析之间反复来回转换，既能传递信息又能取悦读者。

这种文学组合除了在非虚构类作品中行得通，你还可以在最早期英国文学中的伟大作品里找到类似的用法。乔叟的《坎特伯雷故事集》（Canterbury Tales）中的叙事线是一次朝圣之行，但这个故事被朝圣者所讲述的神圣或亵渎的故事所打断。对许多人来说，《白鲸》（Moby Dick）就像两本书：一位癫狂的船长寻找一头致命白鲸的悲惨故事，但这条故事线一次又一次地被捕鲸知识和对水手们单调乏味生活的介绍打断。即便是描述河流旅行的《哈克贝利·费恩历险记》，叙述线在沿途中也曾数次经过岸上的区域。

许多报纸和杂志采用"核心段"的技巧来尽可能缩小这种转换。任何一个不是以新闻开头的故事都需要一个短语、一个句子或一个段落来组成回答"那又怎样"的区域。核心段为读者回答了这个问题。在过去的 30 多年中，《华尔街日报》用异想天开的头版特写文章来完善这项写作技巧。记者肯·威尔斯（Ken Wells）以一则故事作为开头：

Emma Thornton still shows up for work at 5 a.m. each day in her blue slacks, pinstripe shirt and rubber-soled shoes. A letter carrier for the U.S. Postal Service, she still dutifully sorts all the mail addressed to "One World Trade Center," and primes it for delivery.

（艾玛·桑顿依旧每天早上 5 点出现在单位，穿着细条纹衬衫、蓝色便裤和橡胶底鞋上班。她是美国邮政总局的邮递员，仍然尽职地将所有寄给"世界贸易中心"的邮件整理出来，准备好投递。）

但是投递到哪里？又投递给谁呢？为什么这个故事很重要呢？答案需要一点高度，需要从叙事到更高的意义层次的转换，需要一个核心段（在本例中有两个段落）：

Since Sept. 11, as many as 90,000 pieces of mail a day continue to flood in to the World Trade Center addresses that no longer exist and to thousands of people who aren't alive to receive them. On top of that is another mail surge set off by well-wishers from around the U.S. and the world—thousands of letters addressed to, among other salutations: "The People Hurt," "Any Police Department" and "The Working Dogs" of "Ground Zero, N.Y." Some of this mail contains money, food, even biscuits for the dogs that were used in the early days to help try to sniff out survivors.

The mix of World Trade Center mail and Ground Zero mail represents a
calamity for the U.S. Postal Service, which served 616 separate companies in
the World Trade Center complex whose offices are now rubble or relocated.

（自"9·11"事件以来，寄到世贸中心的邮件不断涌入邮局，一
天内多达 9 万份。然而信上的地址已不复存在，数以千计的收件人死
于灾难。除此之外，来自美国和世界各地的祝福者们寄来的邮件也
形成了一波高潮——在众多的问候信中，有成千上万封邮件是写给
"受伤的人""任何警察局"和"纽约世贸中心遗址的工作犬"等。有
些信封里装着钱和食物，甚至还有给早期靠嗅觉搜寻幸存者的狗狗的
饼干。

寄给纽约世界贸易中心的邮件和寄给纽约世贸中心遗址的邮件混
在一起，对美国邮政总局来说是一场灾难。该局服务世贸中心综合体
内 616 家不同的公司，而这些公司的办公室如今要么化作废墟，要么
已经迁址。）

没有读者甘愿被故事导语戏弄，从导语看这是个故事，读下去才发现
文章主体被信息塞得满满当当。这就是为什么如果作者从故事转换到意义
升华，但之后又不回到叙事线，不回到邮递员艾玛·桑顿的世界的话，这
次转换就等于一场骗局。作者写道："她在北塔的投递线路如今变成了一
个长宽各 6 米的钢制隔间……被高高的信箱阁的钢筋支架所环绕。"

"断线"是一种极富变化的故事形式。作者可以从叙事开始，再进行
解释，或者从直截了当的信息开始，然后用故事来说明事实。无论是哪种
情况，这种从容的摆动和来回反复，都如同钟表一般。

写作工作坊

1. 阅读尼古拉斯·莱曼的作品，找到"断线"的例子。分析他是如何在书中从叙事转换到分析的，你可以以《应许之地：黑人大迁徙及其如何改变了美国》（*The Promised Land: The Great Black Migration and How It Changed America*）和《大考：美国英才教育秘史》（*The Big Test: The Secret History of the American Meritocracy*）为例。

2. 回顾你的最近的作品，寻找你本可以使用"断线"的地方。

3. 阅读《华尔街日报》专题报道的合集《头版流芳》（*Floating Off the Page*），搜索其中包含核心段落的有趣例子，以及在信息和叙事之间的普遍转换的例子。

4. 当回顾你的作品时，寻找你使用了核心段落来揭示故事的更深层次意义的例子。注意这一段之后的内容。你是回归了叙述，还是在引诱读者上钩后却拿不出好内容呢？

5. 当你阅读或创作虚构类作品时，留意信息和阐释两者与叙述相结合的方式。注意看文中的事实是融入了故事，还是作为独立的元素存在。

写作工具 37

在短篇作品中，一个音节也别浪费
用才智和修改让短篇作品更有型。

　　我曾在美国史密森尼博物馆一睹"希望"钻石的风采。这枚 45 克拉重的钻石外形巨大、饱满，颜色深蓝，但是并不美丽。小一点的珠宝切面更多，能折射出更璀璨的光芒。写作也同样如此。在最理想的情况下，写就长篇巨作的作者不应该浪费每一个音节，但这很难实现。而且在文字海洋中畅游的读者很可能不会发觉。而当作品更为简短时，每个词便更加珍贵。所以，请打磨你的珠宝。

　　伴着视频图像和自然声音写作的查尔斯·库拉尔特（Charles Kuralt），掌握了"字尽其用"的精髓：

　　"I have fallen in love with American names," wrote the poet Stephen Vincent Benét.

Well, really—how could you not? Not if you've been to Lick Skillet, Texas, and Bug Tussle, and Nip and Tuck, and Cut and Shoot. In California you can travel from Humbug Flat to Lousy Level, with a detour to Gouge Eye.

Could the good people of Sleepy Eye, Minnesota, use some Hot Coffee, Mississippi, to wake them up?

You can go from Matrimony, North Carolina, to Caress, Virginia—or from Caress to Matrimony.

I have passed time in Monkey's Eyebrow, Kentucky, and Bowlegs and Tombstone, Big Chimney and Bull Town. And I liked Dwarf, Kentucky, though it's just a little town.

"I have fallen in love with American names." How could anybody not? (from *American Moments*)

〔"我爱上了美国的地名，"诗人斯蒂芬·文森特·贝内特写道。

嗯，的确如此——如何能不爱上呢？如果你没有去过得克萨斯州的"舔煎锅"——利克斯基利特（Lick Skillet）、"臭虫打架"——巴戈塔索（Bug Tussle）、"小口喝酒和大口吃肉"——尼普塔克（Nip and Tuck）和"剪辑和拍摄"——卡特舒特（Cut and Shoot）就可以做到。在加利福尼亚州，你可以从"骗子公寓"——亨姆弗莱特（Humbug Flat）去"多虱的平原"——鲁兹莱威尔（Lousy Level），沿路绕道"圆槽的槽眼"——古奇埃（Gouge Eye）。

明尼苏达州有着"惺忪睡眼"——斯里皮埃（Sleepy Eye）的善良人们可否饮一杯密西西比州的"热咖啡"——郝特考非（Hot Coffee）来叫醒自己？

你可以从北卡罗来纳州的"婚姻生活"——马特里蒙尼（Matrimony）去弗吉尼亚州的"爱抚"——卡拉斯（Caress）；反过来也没问题。

我曾在肯塔基州的"猴子的眉毛"——蒙其埃布劳（Monkey's Eyebrow）、"弓形腿和墓碑"——保莱格斯汤姆斯通（Bowlegs and Tombstone）、"大烟囱"——比格钦穆尼（Big Chimney）和"公牛镇"——布尔唐（Bull Town）度过了一些时光。我喜欢肯塔基州的"小矮人"——多尔夫（Dwarf），虽然它只是个小镇。

"我爱上了美国的地名。"怎么会有人不爱呢？（摘自《美国时刻》）〕

诗人彼得·梅恩克告诉我，短篇写作有三处独特的优点：力量、才智和润色。简洁赋予短篇作品集中的力量；它创造机会让作者发挥才智；它激励作者去打磨润色，让语言露出光彩。库拉尔特的文章尽显上述三点：通过美国地图上的诙谐地名，捕捉到美国语言的力量，每个有趣的名字就像是钻石上切割出的又一切面。

在《夏洛特观察者报》（*The Charlotte Observer*）的专栏中，杰夫·埃尔德（Jeff Elder）用一篇文章回答了关于美国某物种灭绝的问题：

Passenger pigeons looked like mourning doves, but more colorful, with wine-red breasts, green necks and long blue tail feathers.

In 1800, there were 5 billion in North America. They were in such abundance that the new technology of the Industrial Revolution was enthusiastically employed to kill them. Telegraphs tracked their migration. Enormous roosts were gassed from trees while they slept. They were shipped to market in rail car after rail car after rail car. Farmers bought two dozen birds for a dollar, as hog feed.

In one human generation, America's most populous native bird was wiped out.

There's a stone wall in Wisconsin's Wyalusing State Park. On it is a bronze plaque of a bird. It reads: "This species became extinct through the avarice and thoughtlessness of man."

（旅鸽外形与哀鸽相似，但毛色更为鲜艳，胸前暗红，颈绿，尾羽长且蓝。

1800 年，北美旅鸽的数量高达 50 亿只。旅鸽数量如此庞大，工业革命时期的新技术被狂热地用于捕杀活动中。无线电追踪着它们迁徙的轨迹；栖息的群鸟在梦境中被毒气袭击而栽下了树；它们被一节又一节的火车厢运到了市场；农民用一美元买 24 只鸟做猪食。

在一代人的时间内，美国数量最庞大的本土鸟类灭绝了。

威斯康星州的怀厄卢辛公园里有一堵石墙，上面有一块雕着鸟的青铜牌匾，写着："这个物种因为人类的贪婪和轻率而走向灭绝。"）

当我邀请读者来赏析这篇文章时，他们指出了该文的诸多闪光面。他们注意到：

- "短语 rail car after rail car after rail car 看起来和轨道车无异。"
- "'被毒气袭击'让人联想到大屠杀。"
- "第一段中充满了大自然的画面，但第二段则是描述破坏性技术的语言。"
- "鉴于它们的灭绝，说这些鸽子看起来就像'哀鸣的'鸽子非常恰当。作者利用了这一巧合。"

在短作品中，读者们从开头就能看到结局。埃尔德在结尾处给文本的表面做了一次抛光。

好的小说可短可长，而长篇的作品可以容纳有力、诙谐、精练得更短的元素：趣闻、场景、描述、小插曲和效果强烈的片段可以从作品中提取出来，供读者审视和享受。以下的段落出自我最喜欢的少年小说的其中一本——索尔·贝娄（Saul Bellow）的《赫索格》（*Herzog*）：

The wheels of the cars stormed underneath. Woods and pastures ran up and receded, the rail of sidings sheathed in rust, the dipping racing wires, and on the right the blue of the Sound, deeper, stronger than before. Then the enameled shells of the commuters' cars, and the heaped bodies of junk cars, the shapes of old New England mills with narrow, austere windows; villages, convents; tugboats moving in the swelling fabric-like water; and then plantations of pine, the needles on the ground of a life-giving russet color. So, thought Herzog, acknowledging that his imagination of the universe was elementary, the novae bursting and the worlds coming into being, the invisible magnetic spokes by means of which bodies kept one another in orbit. Astronomers made it all sound as though the gases were shaken up inside a flask. Then after many billions of years, light-years, this childlike but far from innocent creature, a straw hat on his head, and a heart in his breast, part pure, part wicked, who would try to form his own shaky picture of this magnificent web.

（车轮在下面轰轰作响。森林和牧场跑着跟上来又退下去，侧轨的轨道被铁锈包裹住，下垂着、奔跑着的电线，以及右边传来的忧郁的声音，比之前更深沉、更有力。接着是上班族明亮光滑的汽车外壳，成堆的废弃汽车的车身，有着狭窄、简朴窗户的老式新英格兰磨坊；村庄，修道院；拖船在丰盈、织物状平静的水中移动；然后是松树林，针叶落在赋予土地灵气的红褐色的大地上。那么，赫索格想，他承认自己对宇宙的想象太过粗浅，新星爆炸，宇宙正在形成，无形的磁性辐条使各天体在各自的轨道中运行。天文学家们的解释让这一切听起来像是在烧瓶里把不同的气体摇匀。经历数十亿年，走过数光年，这种孩童般但并非单纯无辜的生物，他头上戴着一顶草帽，胸膛跳动着一颗心，一半纯洁，一半邪恶，试图形成自己关于这个宏大网络的不确切影像。）

要品味这段文字之美恐怕要一个很长的学期（和另一本书）。文字中的才智——占有支配地位的天分——在描述移动的火车上看到的外界景色的句子中，在报废的汽车到星球爆炸的兴奋时刻中，在人类的冲突和野心的惊异场景中显露出来，最后以一顶草帽结束。

在美国新闻界中，没有比图片说明更简单的写作形式了，但是新泽西地方报纸《记录》（*Record*）的杰弗里·佩奇（Jeffrey Page）展现出了这种简短形式的叙事潜力。弗兰克·西纳特拉（Frank Sinatra）刚刚去世，所以想象一张西纳特拉上半身的竖版照片。他穿着带黑色领结的晚礼服，手里握着一个麦克，正在低声吟唱。

If you saw a man in a tux and black bow tie swagger on stage like an elegant pirate, and if you had been told he would spend an hour singing Cole Porter, Gershwin and Rodgers and Hart, and if when he opened his mouth you heard a little of your life in his voice, and if you saw his body arch back on the high notes (the ones he insisted you hear and feel and live with him), and if his swing numbers made you want to bounce and be happy and be young and be carefree, and if when he sang "Try a Little Tenderness" and got to the line about a woman's wearing the same shabby dress it made you profoundly sad, and if years later you felt that his death made you a little less alive, you must have been watching this man who started as a saloon singer in Hoboken and went on to become the very definition of American popular music.

〔如果你看到一个身着晚礼服、打着黑色领结的男人像优雅的海盗一般在舞台上大摇大摆，如果你被告知他会花一个小时演唱科尔·波特、格什温、罗杰斯和哈特的作品，如果当他开口，你从他的声音中听出了一丝你生活的影子，如果你看到他唱到高音时后仰的身体（那些他会坚持让你听到和感受到的高音，那些成为他生命的一部分的高音），如果他的摇摆舞曲让你忍不住跃动，感到开心、年轻和无忧无虑，如果他唱《尝试一点温柔》时唱到一个女人还穿着那件破衣服的歌词，会让你悲从中来，如果多年之后你觉得他的离世让你略感压抑，那你一定见过在霍博肯以酒吧歌手起家，后成为美国流行音乐教父的这个男人的表演。〕

佩奇是如何做到在这段 166 个单词的说明中——用一个句子写成，主句在句末出现——不使用逝者的名字的？他告诉我："我知道，我知道，这样的写法违背了所有该死的规则。去他的规则。他们一直告诉我们要冒险，对吧？所以我就冒了一次险……如果你供职于美国纸媒，尤其你恰好又在新泽西的话，你不需要告诉大家他们正在看的是西纳特拉而不是特蕾莎修女的照片。"

写作工作坊

1. 重读上面的 4 篇短文，研究它们经过雕琢的文字风格。列出作家用来打造他们璀璨珠宝的技巧。

2. 找到你去年写的最短的作品，并与本章中的范文进行比较。对你的文章进行修改，确保不浪费一个单词。

3. 仿照上文中最后的例子写一则图片说明。利用报纸、杂志上的新闻和特写照片进行练习。

4. 开始收集一些短篇作品，研究它们的写作方式。列出一些你可以在写作中运用的技巧。

写作工具 38

用传统的叙事模型，不要用刻板印象

用微妙的符号，而非刺耳的铙钹。

所有的写作者都会在某些时刻面对神话、象征和诗意，这就是为什么他们需要意识到（并且要当心）叙事写作的共同主题深深植根于叙事文化中。

1971 年，约翰·皮尔格（John Pilger）描述了越战老兵的反战游行：

"The truth is out! Mickey Mouse is dead! The good guys are really the bad guys in disguise!" The speaker is William Wyman, from New York City. He is nineteen and has no legs. He sits in a wheelchair on the steps of the United States Congress, in the midst of a crowd of 300,000. ... He has on green combat fatigues and the jacket is torn where he has ripped away the medals and the ribbons he has been given in exchange for his legs, and along with hundreds of other veterans, ... he has hurled them on the Capitol steps and described them as shit; and now to those who form a ring of pity around him, he says, "Before I lost these legs, I killed and killed! We all did! Jesus, don't grieve for me!" (from *The Last Day*)

〔"真相大白！米老鼠已死！所谓的好人都是披着羊皮的混蛋！"说话的这位是威廉·怀曼，来自纽约。十九岁的他已经失去了双腿。他坐在美国国会大厦台阶上的轮椅中，置身于 30 万的人群里。……他穿着绿色的战斗服，夹克上的撕裂口是被扯掉的奖章和绶带留下的，他因为这些奖章和绶带而失去了双腿。他和数百名老兵站在一起……他把奖章和绶带扔到国会大厦的台阶上，说它们是狗屎；现在，他对那些围拢在他周围示以怜悯的人们说："在我失去这两条腿之前，我疯狂地杀戮！我们都做了！天呐，不要为我悲伤！"（摘自《末日》）〕

自古希腊诗人荷马吟唱《伊利亚特》和《奥德赛》以来，写作者们撰写了诸多战士奔赴战场而后踏上艰辛回家路的故事。这种故事模式——通常称作"去而复归"（there and back）——极其原始又持续存在，是一种深植于叙事文化的传统模型，强大到使写作者们屈服于它的引力而不自知。

古代的战士为了财富和名誉而战，但在上文的选段中，祝福变成了诅咒。勇敢和责任的象征变成了"狗屎"，愤怒的退伍军人把勋章从绿色的外套上撕扯下来，随手一扔以示抗议。这些士兵们并没有回归光荣与自豪，而是失去信仰，肢体也永远无法恢复了。

优秀的作家力求创新，他们可以在叙事原型的基础上实现这种创新。叙事原型是写作者为了读者的阅读体验用新颖的方式来操控、挫败或满足一系列对故事发展的期望。例子如下：

> 旅途的去而复归
>
> 获奖
>
> 赢得或失去所爱的人
>
> 失去和收回
>
> 幸事变成了灾难
>
> 克服障碍
>
> 荒地重获生机
>
> 死灰复燃
>
> 丑小鸭
>
> 皇帝的新衣
>
> 堕入地狱

　　我高中时期的英语老师伯纳德·霍斯特（Bernard Horst）神父，教了我两个关于这类叙事原型的重要经验。他说，如果一堵墙出现在一个故事里，很有可能它"不仅仅是一堵墙"。但是他很快补充说，若想要作品更有力度，不能用刺耳的铙钹做符号，在这里微妙精细才是作家的良好习惯。

　　爱尔兰作家詹姆斯·乔伊斯（James Joyce）的《死者》（"The Dead"）讲述的是一位已婚男子加布里埃尔在一次节日派对上，得知妻子因为关于一位年轻男子的回忆而焦虑难安——几年前，迈克尔·富里为她的爱而死。我曾无数次翻读最后一段：

A few light taps upon the pane made him turn to the window. It had begun to snow again. He watched sleepily the flakes, silver and dark, falling obliquely against the lamplight. The time had come for him to set out on his journey westward. Yes, the newspapers were right: snow was general all over Ireland. It was falling on every part of the dark central plain, on the treeless hills, falling softly upon the Bog of Allen and farther westward, softly falling into the dark mutinous Shannon waves. It was falling, too, upon every part of the lonely churchyard on the hill where Michael Furey lay buried. It lay thickly drifted on the crooked crosses and headstones, on the spears of the little gate, on the barren thorns. His soul swooned slowly as he heard the snow falling faintly through the universe and faintly falling, like the descent of their last end, upon all the living and the dead.

（窗户玻璃上的几下轻敲让他转头看向窗户。又开始下雪了。他睡眼蒙眬地看着银色和暗色的雪花，它们正映着灯光斜斜地飘洒。踏上西行旅途的时候到了。是的，报纸没有骗人：爱尔兰到处都是雪。它铺在黑暗的中央平原上的每一处，落在光秃秃的小山上，轻轻地坠入艾伦沼泽，再往西，轻柔地落入香农河汹涌的黑色波涛中。它也落在迈克尔·富里长眠的山丘上孤零零的教堂墓地里的每一个角落。它厚厚地覆盖在歪斜的十字架和墓碑上，落在小门的尖顶上，落在荒凉的荆棘丛中。当他听着雪花划过宇宙轻轻地落下，柔柔地落在生者和死者身上，仿佛坠向它们最后的归宿时，他的灵魂慢慢地陷入沉睡。）

我在大学里第一次读到这一段时，一股超越了字面意义的力量击中了我。我花了好几年的时间才认识到文中象征符号的丰富含义：加百列和米迦勒是《圣经》中天使长的名字，基督受难的工具（"十字架""矛""刺"），走到生命尽头的情景再现（"坠落""下降""生与死"）。我在第一次阅读的时候并未参悟出这些含义，我认为这是它的一个优点，而非缺点。这意味着乔伊斯没有把符号变成铙钹。

美国最好的一些作家为美国国家公共电台工作。他们讲述的故事极好地利用了自然的声音，向听众开放了一个既新鲜又独特的世界，但常常使用的依然是叙事原型。马戈·阿德勒（Margo Adler）也承认了这一点，在谈及笔下关于纽约街头无家可归的人们只能屈身于地铁隧道中的专题故事时，她透露自己借助了对神话故事中英雄堕落到地狱的叙事原型的理解。

最近，美国国家公共电台报道了自闭症男孩马特·萨维奇（Matt Savage）的故事，他在九岁时成为一名成绩斐然的爵士音乐家。记者马戈·梅尔尼科夫（Margo Melnicove）采用了"年轻的英雄克服困苦"的标准模型。但这个故事带给了我们更多的启发："直到最近，马特·萨维奇无法忍受听到音乐和其他大多数声音。"精心的听觉治疗将男孩的神经性障碍变成一种天赋，由此使他释放出对音乐的热情，并通过爵士乐表达出来。

我们驾驭传统叙事模型，而不应该被它们驾驭。汤姆·弗伦奇认为，对乳房硅胶植入物对女性危害的报道应该采用警示性的叙事，尽管反复的研究已经证实这种医疗操作的安全性。但是，文化拒绝接受它，为什么？也许是因为在传统叙事模型中，虚荣应该受到惩罚，或者是因为无商不奸的企业定会通过毒害妇女的身体获利。

驾驭故事原型，别让它驾驭你。

写作工作坊

1. 阅读约瑟夫·坎贝尔（Joseph Campbell）的《千面英雄》（*The Hero with a Thousand Faces*），把它作为传统叙事模型的入门。

2. 当你阅读和收听全球范围的军事行动的报道时，请注意寻找上述故事模型的例子。

3. 重新审视你从去年开始积累的作品。你能找出符合或违背传统叙事模型的片段吗？你会用不同的方式写它们吗？

4. 讨论神父霍斯特的建议：一个符号不需要是一个铙钹。你能在工作中找到一个象征吗？这是一个铙钹吗？

写作工具 39

朝着结尾写作

帮助读者闭合意义的圆圈。

我们从早年间就知道每个故事都有结局，但是结局都是可以预测的：王子和公主从此过着幸福的生活，牛仔骑着马走入夕阳，女巫死亡。剧终。或者就科幻片而言：剧终？但在现实生活中，王子和公主离婚，牛仔坠马，女巫吃了孩子，这才是常态。这就是作家们面临的困境：现实往往一团糟，但读者们却在期待结局。

1999 年，纽约时报公司委托我撰写题为《未完待续》(*Ain't Done Yet*) 的报纸连载小说。故事发生在千禧年到来前的几个月，内容与一名追踪世界末日教领袖的资深调查记者有关。我既没有写提纲，甚至也没怎么做写作计划，但我知道在最后一章里，一个恐高和害怕闪电的好人会在午夜的飓风中，在巨大的桥上和坏人作战。换句话说，我不知道故事发展的具体情节，但我在脑袋里构思好了结尾。所以，当我得知 J. K. 罗琳从最后一章开始写"哈利·波特"系列丛书，甚至还写下了最后一个词 scar（伤疤）时并不感到惊讶。

想要写出好的结尾，你必须先阅读好的结尾。《了不起的盖茨比》（*The Great Gatsby*）的结尾令人心酸沉痛又气势恢宏，其他文学作品难出其右：

And as I sat there brooding on the old, unknown world, I thought of Gatsby's wonder when he first picked out the green light at the end of Daisy's dock. He had come a long way to this blue lawn, and his dream must have seemed so close that he could hardly fail to grasp it. He did not know that it was already behind him, somewhere back in that vast obscurity beyond the city, where the dark fields of the republic rolled on under the night.

Gatsby believed in the green light, the orgiastic future that year by year recedes before us. It eluded us then, but that's no matter — tomorrow we will run faster, stretch out our arms farther. ... And one fine morning —

So we beat on, boats against the current, borne back ceaselessly into the past.

（当我坐在那里思索着这个古老而未知的世界时，我想起盖茨比第一次辨认出黛西家码头尽头的那盏绿灯时的惊奇。他走了很长一段路，终于走到了这片蓝色的草坪。他的梦想近在咫尺，几乎不可能抓不住它。他不知道的是，那个梦想已经在他身后，掉落在城市外那一片无边混沌中的某处，在那里，合众国黝黑的旷野在夜色下延伸。

盖茨比相信那盏绿灯，这是随着岁月的流逝在我们面前逐渐消失的纵情享乐的未来。那时的它不肯入我们的怀抱，但没关系——明天

　　我们会跑得更快，把胳膊伸得更长。……终于在一个美好的早晨——
　　于是我们奋力前行，逆流而上，不停地倒退回过去。）

弗朗西斯·司各特·菲茨杰拉德（Francis Scott Fitzgerald）在小说的开头就为结尾埋下了种子，在第一章的结尾，叙述者尼克·卡拉韦第一次看到盖茨比的时候：

I decided to call to him. Miss Baker had mentioned him at dinner, and that would do for an introduction. But I didn't call to him, for he gave a sudden intimation that he was content to be alone — he stretched out his arms toward the dark water in a curious way, and, far as I was from him, I could have sworn he was trembling. Involuntarily I glanced seaward — and distinguished nothing except a single green light, minute and far away, that might have been the end of a dock. When I looked once more for Gatsby he had vanished, and I was alone again in the unquiet darkness.

（我下定决心要喊他一声。贝克小姐在吃饭的时候提到过他，那可以算得上是介绍过了。但是我最终没有喊他，因为他突然给了个暗示，好像在说他挺满意一个人独处的状态——他朝着幽暗的海水伸出手臂，姿态令人费解，虽然我站得离他挺远，我可以打包票他在颤抖。我不由自主地瞥了一眼大海——没有什么特别的，除了一盏绿色的灯，又小又远，或许位于某个码头的尽头。当我再看向盖茨比的时候，他已经消失了，又留我一人置身于嘈杂的夜色中。）

这段文字中蕴含着深刻的写作经验。透过"嘈杂的夜色"，作者向我们展示句子和段落一样都有结局，甚至这些结局会预示着全书的大结局，这个结局出现在 160 页后，那盏绿灯、那个码头和那伸出的手臂又会出现在读者的眼前，充满主题意义。

这些写作技巧并不专属于小说家。我的同事奇普·斯坎伦在他为《纽约时报》撰写的专栏文章中说，记者们应该向给政客提出过好问题的民众学习：

As Bob Schieffer of CBS News polishes his questions for the final presidential debate tomorrow, he might want to take a page from Daniel Farley. And Randee Jacobs. And Norma-Jean Laurent, Mathew O'Brien, James Varner, Sarah Degenhart and Linda Grabel.

（当哥伦比亚广播公司新闻部门的鲍勃·希弗在斟酌明天最后一场总统辩论中要提出的问题时，他或许想向丹尼尔·法利借鉴点经验。还有兰德·雅各布斯、诺尔玛-琼·劳伦特、马修·奥布赖恩、詹姆斯·瓦尔纳、萨拉·德根哈特和琳达·格拉贝。）

奇普在文章首段列出了在历届总统辩论中提出了有效问题的民众的名字。而在文章的末段，奇普又将开头的和弦重奏了一遍：

So tomorrow Mr. Schieffer can serve the public interest and teach his fellow reporters an important lesson about truth-gathering. He can model his questions on those asked by a handful of Missourians who understand the toughest questions are those that show the country what a candidate won't — or can't — answer.

（那么明天希弗先生可以以公共利益为先，并为记者同行们做出敢说真话的重要表率。他的问题可以模仿几位密苏里人曾提过的问

题，因为这几位懂得，最刁钻的问题是那些向全国人民展示出一个总
统候选人会选择回避——或者回答不出——的问题。）

开始和结束一篇文章的方法无穷无尽，但作者们和音乐家一样，通常
只依赖于一个小的策略工具箱。在音乐作品中，歌曲或渐强，或渐弱，或
骤停，或呼应开头。在书面作品中，作者可以从以下策略中选择：

- **首尾相连**。结尾通过回归到重要地点或重新介绍关键人物，让
读者记起开头。
- **回接**。幽默专栏作家戴夫·巴里喜欢将他的结局与故事中的一
些古怪或离奇的元素联系起来。
- **时间框架**。作者创造了时间不断向前推移的"滴答"结构。为
了结束这个故事，作者决定了在结尾会发生的事。
- **空间框架**。与时间相比，作者更关心地点和地理环境。报道飓
风的记者把读者从一个地方带到另一个地方，展现出暴风雨造成的可
怕破坏。在文末，作者选择了我们的最终目的地。
- **回报**。故事越长，回报就越重要。做到这点并不需要皆大欢喜
的结局，只需要一个令人满意的结局，一个结束旅程时的奖赏，一个
被曝光的秘密，一个被解开的谜团。
- **后记**。故事结束了，但生活还在继续。你曾有多少次暗自思
忖，如果房子里的灯光再次点亮，电影中的人物接下去该何去何从？
读者开始关心故事中的人物。一篇后记能满足他们的好奇心。
- **问题和解决方案**。这种常见的结构暗示了自身的结局。作者把
问题放在开头，然后为读者提供可能存在的解决方案和决断。
- **恰当的引用**。一些人物在结尾说话，用自己的话把过去发生的

事情进行简洁的总结或升华。在大多数情况下，作者写得比人物说得更好，但并非总是如此。

- **展望未来**。大多数作品都会讲述过去发生的故事。但是接下来会发生什么呢？这个决定或那些事件的可能后果又是什么呢？

- **调动读者**。一个好的结尾可以为读者指明另一个方向：参加这个会议，读那本书，给参议员写一封电子邮件，为灾难的受害者献血。

如果你能记住作品的其他部分也需要有结局的话，你能写出更好的结局。句子有结局，段落有结局。比如在《了不起的盖茨比》中，每个小结局都预示着终章。

最后用一个提醒来结束本章的内容。作品要避免像拉赫玛尼诺夫协奏曲或重金属民谣那样，有一个似乎永远不会到来的结尾。不要埋葬你的结局。把你的手放在最后一段，问自己："如果一切终结于此，会发生什么呢？"再放到另一段上问同样的问题，直到你找到最自然的停止点。

写作工作坊

1. 回顾你最近的作品，扪心自问："如果故事在这里结束好吗？"最自然的结束点还没有被发现吗？

2. 从结局的角度听音乐、读故事和看电影。特别关注在文章前部种下、在文章末尾结果的细节和主题。

3. 多数记者看重导语而轻视结语。下次做研究的时候，观察和倾听一个强有力的结尾。如果先在脑海里构思出结局再落笔写作，效果会如何呢？

4. 娱乐一下，拿出你最近的作品，把开头和结尾对调。你从这个过程中学习到了什么？

第四部分　有益习惯

写作工具 40

为你的作品撰写目标陈述

想要加速学习，那就在写作中谈论写作。

　　1996 年，《圣彼得斯堡时报》刊登了我的系列小说《三个小字》（"Three Little Words"），故事的主人公是一位丈夫死于艾滋病的女人。小说连载 29 天，受到本地读者和各地记者的空前关注。连载了近一个月的章节对读者来说容量不小，但其中有一个技巧：没有任何一个章节的字数超过 850 个单词，所以读者只需每天阅读 5 分钟来跟进情节发展。长小说，短章节。

　　优秀的作家把故事变成了研讨会，这是不断打磨技艺的紧张时刻。我从《三个小字》中学到的关于报道和讲故事的经验，远超过生活中任何其他的写作经验。直到现在，我还在从中汲取营养。但是我最初并没有意识到我已经汲取了这么多的养分，直到我意外发现了一个被我凝练成写作工具的策略：我给每个故事都撰写了目标陈述。

不论我们愿意与否，读者和批评家们都会细细品读作品，试图理解写作者的任务和目的。对于这样的行为，写作者们通常会予以拒绝，就像马克·吐温在他最著名的小说里写的这样一张告示：

> 试图在这个故事里找到动机的人将被起诉；试图在其中找到道德寓意的人将被驱逐；试图在其中找到情节的人将被枪决。

不过在作家保持沉默的地方，评论家总会弥补空缺。比如在这个例子中，伯纳德·德沃托（Bernard De Voto）就做了如下评论：

> 《哈克贝利·费恩历险记》也已成为共有财产。这本书比《汤姆·索亚历险记》深刻得多——比马克·吐温，比美国，比人类社会都更深刻。在某君偶然间发现了此书的目的后，对密西西比河流域中南地区的探索就变成了对整个社会的探索。为了达到这个目的，它维持了天才马克对人类做出充分判断的水平。要记住，在哈克提高嗓门之前，还没有人以如此挖苦的口吻对美国人这么说过话。

大多数作家都在为故事或作品的主要内容追求虚无的后续内容。对一些人来说，这种渴望欲求未满、恶化并转移。把你的任务写成文字，就能把模糊的希望变成实际的语言。在写作中谈论写作，你会学到你需要学习的东西。

我在信笺簿里的两页纸上潦草地写下了《三个小字》的目标宣言。它涵盖了故事的内容和形式，我要写的内容以及我想如何写它。我这样写道："我想讲述一个人类的故事，不仅关于艾滋病，而且关于生命、爱、死亡、悲伤、希望、同情、家庭和社区等深刻的人性主题。"这个宣言包括如下目标：

- 我想把我的主人公描绘成一个有人情味儿的人，而非不真实的圣徒。
- 我想这样写，这样人们就能认同并关心她和她的家人。人们很容易把艾滋病患者看作"他人"，即被排斥的人，受着苦的罪人。
- 我想介绍艾滋病，并帮助公众了解疾病的关键方面。
- 我想推进对性文化及其对公共健康的影响的讨论。我想用一种尊重的方式来描述我的主人公的丈夫，以避免"同性恋＝艾滋病＝死亡"的普遍并置。
- 我想要以这种形式——29个短章节——给读者一个了解、学习、关心和期望的机会。

在格式方面：

- 我想要在报纸上恢复连载小说的形式——尽可能使用最短的章节。
- 我想要协调、兼顾美国报纸上短篇作品和长篇作品的益处。
- 我想要每一章都有：（一）独立的个性特点；（二）一个扣人心弦的结尾；（三）一个新起点的感觉。

我不会夸大这种方法的价值。但是当我写故事初稿的时候，它让我有种"将地平线尽收眼底"的感觉。这个花了大约10分钟完成的250字的目标宣言，帮助我创造了25,000字的连载小说；它提供了我与其他作家、编辑和读者分享我的希望时所要使用的语言；它在写作过程中可以被测试、扩展和修改——事实证明的确如此。

如果你需要点鼓励去写目标宣言，那我向你保证，许多书籍的作者都会用文字来表达自己的写作目的，这类文字通常作为简介或者后记出现在书中。以下是马克·鲍登（Mark Bowden）写在《黑鹰坠落》（*Black Hawk Down*）的结语中的话，《黑鹰坠落》有同名的系列新闻报道、书籍和电影，讲述的是美国出兵索马里：

When I began working on this project in 1996, my goal was simply to write a dramatic account of the battle. I had been struck by the intensity of the fight, and by the notion of ninety-nine American soldiers surrounded and trapped in an ancient African city fighting for their lives. My contribution would be to capture in words the experience of combat through the eyes and emotions of the soldiers involved, blending their urgent, human perspective with a military and political overview of their predicament.

（当我在 1996 年着手这个项目的时候，我的目标只是写一篇关于这场战役的生动描述。我被这场战斗的激烈程度所震撼，也被 99 个美国士兵被围困在一个古老的非洲城市、为生命而战的事实所触动。我的贡献将是透过参战士兵的眼睛和情感，用文字记录战斗的经历，将他们迫切的、人性的视角与其军事、政治上所处的困境相结合。）

就《黑鹰坠落》的形式而言，鲍登写道："我希望把历史小说的权威感与回忆录的情感结合在一起，写出一个读起来像小说，但是情节并非虚构的作品。"

目标陈述将聚焦独立的故事或正在丰满的故事内容。例如：

- "我想把市政府预算的报道写得清晰、有趣，以吸引那些忽视这类报道的读者。"

- "我想写一个关于二战老兵的故事，但要从他的视角出发，用他的声音来讲故事。"

- "我想利用报纸上的犯罪故事，为一些虚构的短篇小说收集灵感。"

- "我想写一些让美国公民意见两极分化的主题，故事立意不偏不倚。"

我的《三个小字》工作坊在多年后、在读者和记者的来信中不断进行。这样的距离让我对之前的作品进行反思：减少章节的数量；让报告和写作方法更加透明；通过减少一个倒叙使叙事线更加直接。通过陈述写作目的，我不仅快速开始了自身的学习，而且我还创造了一条路，让许多其他人可以沿着这条路前行。

写作工作坊

1. 为你的下一个作品写一份简短的目的陈述，用它来思考你的写作策略和写作抱负。请他人帮你审查，看这份陈述是否切实，并获得如何实现它的建议。

2. 把同样的方法运用到故事内容上。你的下一个层次是什么？那个地平线上看不见但存在于想象中的目的地在哪里？

3. 研究一些你过往的作品，尤其是那些你认为成功的作品。在事后写一份目的陈述，列出你从每一个作品中学习到的东西。

4. 想象一下，著名作家为他们的杰作写了目的陈述。这些目的陈述会是什么样子的呢？选择你最喜欢的作品，并试着写一份目的陈述。

写作工具 41

把拖延变成预演

首先在你的脑袋里计划和写作。

几乎所有的作家都是拖延症患者，所以你"患病"的可能性不低。即使在专业人士中，拖延也有多种形式。电影评论家第十次检查自己的电子邮件；这位小说家又一次去了星巴克，这是他今天的第四杯中杯香草拿铁；那位著名的学者在看着前方发愣。所以，当你发现着手写商业报告或者大学作业很困难时，也千万不要沮丧。

procrastinate（拖延，拖延症）一词源于拉丁语 cras，意为"明天"。绝不在今天完成能推迟到明天的写作任务。一旦产生了这种情绪，拖延对于作家们就变成了一种恶习，而不是一种美德。在拖延的状态中，我们会产生自我怀疑，浪费了本可以用来写草稿的创意时间。

如果我们不把拖延看作破坏性的，而是建设性的，甚至是必要的，又会发生什么呢？如果我们为拖延症找到一个新名字呢？如果我们叫它"预演"呢？

一位名叫唐纳德·格雷夫斯（Donald Graves）的优秀写作教师开始注意到，即使是小孩子也会进行心理准备。他发现最好的年轻作家在说话前都会先预演。为什么不呢？十几岁的孩子们在请求推迟宵禁时间，或者涨零用钱，或者要更多的时间来完成学校作业的时候，不都会在脑海里打草稿吗？我们都会做预演，作家也不例外。问题出在我们把这种预演称作"拖延症"或"写作障碍"。

简单地说，多产的作者在他们的头脑中写故事。像弥尔顿和乔伊斯这样的失明诗人和小说家就用这种方式进行写作，在漫长的夜晚里创作，在早晨请抄写员把他们脑袋里的故事榨干。就这方面而言，记者与文学家没有什么不同。

把自己放在报道突发新闻事件的记者的位置上。比如在建筑工地发生了火灾，这位记者在现场停留了半日，笔记本上写满了细节。她现在必须开 20 分钟车回到编辑部，在那里，记者将度过交稿最后期限前的 1 小时。肾上腺素开始起作用，没有拖延的余地。你必须今天交稿，而不是明天。

开车的这 20 分钟时间是宝贵的。也许记者会关掉收音机，开始在她的脑子里写报道。有些记者可以预写并记住几个段落。更有可能的是，她可能会开始构想故事的三个重要部分，或几句关键性的表达，或能让读者聚焦的主题，或导语的初稿："周四，狂风把零星的火苗刮成了地狱之火，吞噬了伊波市郊区一幢三单元的公寓楼的大部分房间。"

交稿期限就是写作者的生产力，这是每个学科的学生都感同身受的事实。考试写作是一种限时的写作形式。即使有两周的时间写报告，一个典型的学生（我当学生的时候也这样！）总要拖到最后一个晚上才开工。聪明的老师在作业布置下去之后会和学生沟通，激发学生进行研究、准备和预演。而聪明的学生则会在论文布置的当天开始"写作"。

　　愚蠢的学生则等了很长时间，直到截止日期的压力大得无法抗拒、极具破坏力时才动手。替代方案是把不写论文的时间重新安排成做预演的时间。这种智慧中散发着禅宗的意味：写作者不应该为写作而写作。慢慢地写是为了更快地写完。想要落笔有文字，必须脑袋有文章。

　　写作者的拖延习惯在这里开始发作。一个白日做梦，一个吃吃美食，一个四处走走，一个听听音乐，一个踱来踱去，一个开怀畅饮后又去厕所嘘嘘，一个查看电子邮件或手机信息，一个收拾桌子，一个叽叽喳喳得没完没了。每一种拖延行为都可以变成计划和准备的时间。写作者们可以对持怀疑态度的家长、老师或编辑坚定地说："我不是在拖延，我是在预演。"

　　比拖延症更让人崩溃的是写作者的写作障碍①，即使是这种抑制状态也有一个创造性的原因：高标准。听听诗人威廉·斯塔福德（William Stafford）的说法：

　　　　I believe that the so-called "writing block" is a product of some kind of disproportion between your standards and your performance. ... One should lower his standards until there is no felt threshold to go over in writing. It's easy to write. You just shouldn't have standards that inhibit you from writing. (from *Writing the Australian Crawl*)

　　　　〔我认为所谓的"写作障碍"是你的标准和你的写作表现之间某种不平衡的产物。……一个人应该降低他的标准，降到不会感觉到写作有门槛即可。写作不是件难事。你不应该设定会阻止你写作的标准。（摘自《描写澳大利亚式爬泳》）〕

---

① 这是一种阻碍创作的心理抑制状态。

还有什么能比标准的消失更让写作者感到自由呢？在每天以电子邮件和网络日志的模样产生的成千上万个文本中，都可以看到这位诗人的建议的智慧之处。宽松的标准正在说服一代网络写手，让他们相信自己也是写作俱乐部的优秀成员。做出"大多数博客的标准都太低了"这样的判断并不难，这些数字时代的创新者应该提高标准，让文字更有可读性，更有说服力——但只用在写作的最后阶段提高写作标准。

除了预演和降低标准，如下的策略也能助你粉碎拖延症：

- **信任你的双手**。暂时忘掉你的大脑，让手指去书写。在写这一章的时候，我也是等输入了一些看似漫不经心的文本之后，才逐渐抓住了感觉。

- **把写作变成常规**。文思泉涌的作家倾向于从早晨开始工作。下午型和夜间型的作家（或跑步者）有一整天的时间来编造不动笔（或不跑步）的借口。关键在于下笔写而不是等待。

- **建立奖励**。任何工作（或非工作）的常规活动都会使人疲惫，所以你可以把拖延的习惯变成小小的奖励：喝杯咖啡，散个步，听一首最喜欢的歌。

- **尽快落笔**。许多作家的写作时间被研究占得满满当当。详尽彻底的探索是一个作家成功的关键，但是过度的研究会适得其反。在这个过程中尽早地下笔，这样你就能有的放矢地去搜集信息。

- **不要低估低质量文字的价值**。有的时候你的文字质量不高，但有的时候又会笔下生华彩。质量不高的文字会是你创作出好文章的必经之路。

- **重写**。质量来自修改，而不是速度。流畅的写作过程让你有时间和机会把速成的草稿变成发光的作品。

- **注意用词**。把诸如"拖延症""写作障碍""耽搁"和"糟糕透顶"等消极的词汇（和思想）和自言自语的内容从你的语言中清除出去。把你的小怪癖变成有益的行为，把它叫作排练、准备或计划。

- **清理桌面**。当桌面上堆积如山的工作文件开始影响我顺利地完成写作时，那就到了我花一天时间扔掉东西，回复信息，为第二天的写作准备圣坛的时候了。

- **寻找温暖的安慰**。我们都需要一个无条件爱我们的人，一个因为我们的工作效率和努力而不是最后作品的质量来称赞我们的人。太多的批评会让作家压力很大。

- **写日记**。故事构思、关键性短语和惊人的领悟，这些都会转瞬即逝。笔记本、笔记本电脑或日记本都是你得力的好助手，帮助你保存下一部作品的灵感来源和素材。

写作工作坊

1. 做下一个研究的时候，在比你预想的时间早得多的时候开工。一天的研究结束后简短地总结一下。给自己写一份备忘录，归纳一下今日所得。试着写下第一个段落。让所有这些写作经历教会你需要学习的其他东西。

2. 和一个可能有拖延习惯的作家谈话。谈话要有策略性，给予被谈话人帮助，问一些关于写作的开放性问题：你在写什么作品？进展得怎样？事实证明，谈论写作可以把拖延变成预演，甚至可能变成行动。

3. 如果你是个做事慢吞吞的人，花时间去尝试自由写作的一些形式是值得的。如果你没思路，试着就流行的话题连续写 3 分钟，写得越快越好。这个练习的目的不是写出一份初稿，而是建立一个写作的势头。

4.用一个月的时间记日记。用它记下你的想法，留下一些短语。告诉自己，你的日记里没有任何一句话会出现在你完成的作品中。这将有助于降低你的标准。现在给自己写一些备忘录。这种在正式写作开始前的准备可以帮助你加速。

写作工具 42

写作不预则不立

武装好自己，面对未知和已知。

伟大的"写作教练"哈姆雷特王子总结得最好："有备无患。"优秀的作家总在为下一个大型写作项目做准备，即便这个项目现在还没影儿呢。意料之外的情况总在他们的意料之中。就像蝙蝠侠在腰带中塞满了顺手的装备，作家们充实着自己的知识储备，随需随用。

弗吉尼亚·伍尔夫（Virginia Woolf）曾有过一篇著名论述，女性作家为写小说做的准备中，要有一些钱和"一间自己的房间"。和她同时代的多罗西娅·布兰德（Dorothea Brande）描述了一种更有章法的写作准备方式：

Mind you, you are not yet to write it. The work you are doing on it is preliminary. For a day or two you are going to immerse yourself in these details; you are going to think about them consciously, turning if necessary to books of reference to fill in your facts. Then you are going to dream about it... There will seem no end to the stuff that you can find to work over. What does the heroine look like? Was she an only child, or the eldest of several? How was she educated? Does she work? (from *Becoming a Writer*)

〔注意，你现在还不急着去写作。你正在做的都是预备工作。你先花上一两天沉浸在细节中；接着你将会有意识地去思考它们，如果需要的话，去翻看参考书来补充实例；接下来你就会梦到它……你要研究的东西似乎无穷无尽。女主角长什么样？她是独生子，还是几个孩子中的老大？她受教育的情况如何？她有工作吗？（摘自《成为作家》）〕

她接着以小说家福特·马多克斯·福特（Ford Madox Ford）为例，这位的准备流程就严苛得多：

I may... plan out every scene... in a novel before I sit down to write it. ...I must know — from personal observation, not reading — the shapes of windows, the nature of doorknobs, the aspect of kitchens, the material of which dresses are made, the leather used in shoes, the method used in manuring fields, the nature of bus tickets. I shall never use any of these things in the book. But unless I know what sort of doorknob his fingers close on how shall I... get my character out of doors?

（我会在落笔前计划好小说中的每一个场景……我必须了解——从个人的观察中，而不是从阅读中——窗户的形状、门把手的质地、厨房的朝向、衣服的材质、鞋子里的皮革、耕田的方法和公共汽车票的种类。我永远没机会在书中使用这些东西。但是，除非我知道他的手指抚摸的是什么样的门把手，不然我该怎么……把我的角色从门里弄出来？）

　　所有的作家都应该向体育记者学习，他们做着世界冠军级的准备。他们笔下的故事关乎国家和国际的利益，承受着截稿日期施加的令人崩溃的压力，面对着激烈的竞争，比赛的结果还饱受争议。这个活儿太苦了。《洛杉矶时报》的比尔·普拉施克（Bill Plaschke）在贾斯汀·加特林（Justin Gatlin）赢得2004年奥运会100米短跑比赛的金牌时已经做好了准备：

　　His first track event was the 100-meter hydrants, a Brooklyn kid running down Quentin Street leaping over every fire plug in his path.

　　His second track event was the 100-meter spokes, the kid racing in tennis shoes against his friends riding bicycles.

　　A dozen years later, on a still Mediterranean night far from home, the restless boy on the block became the fastest man in the world.

　　（他的第一个径赛项目是百米消防栓障碍赛，一个布鲁克林区的小孩沿着昆汀街跑，跳过路上的每一个消防栓。

　　他的第二个径赛项目是百米人车对抗赛，这个孩子穿着网球鞋和他骑着自行车的朋友们赛跑。

　　十几年后，在一个远离故土的地中海寂静夜，这个社区里不安分的男孩成为世界上跑得最快的人。）

　　普拉施克不可能在没有充分准备的情况下写出如此精彩的导语——他一定花了几个小时做调查，预计这场比赛的赢家。

　　伟大的比赛报道需要的是准备、准备再准备。现在你可以试着想象，美联社的通讯记者马克·弗里茨（Mark Fritz）为了 1994 年这篇卢旺达种族灭绝屠杀的报道付出了多少心血：

Nobody lives here anymore.

Not the expectant mothers huddled outside the maternity clinic, not the families squeezed into the church, not the man who lies rotting in a schoolroom beneath a chalkboard map of Africa.

Everybody here is dead. Karubamba is a vision from hell, a flesh-and-bone junkyard of human wreckage, an obscene slaughterhouse that has fallen silent save for the roaring buzz of flies the size of honeybees.

（此地再无人烟。

产科诊所外挨在一起的准妈妈们消失了，挤进教堂里的家族们消失了，躺在教室里那幅黑板上的非洲地图下、身体腐烂的男人也消失了。

这里的所有人都死了。卡鲁班巴呈现出地狱的景象，是堆着血肉和白骨的人体残骸的垃圾场，是肮脏污秽的屠宰场，除了苍蝇和蜜蜂发出的巨大嗡鸣声，只剩一片死寂。）

这样基于事实的作品为弗里茨赢得了普利策奖。一位读者这样评价："除了进取心和强大的勇气，更重要的是他在现场报道之前的准备工作——阅读、调研、数据库搜索、采访专家——这让他的作品卓越出众。"

论多才多艺，少有美国作者能够超过作家、《华盛顿邮报》记者大卫·冯·德莱尔（David Von Drehle）。1994 年，他被派去报道前总统理查德·尼克松的葬礼，冯·德莱尔知道他既要面对紧迫的截稿日期，又要面

对一群竞争者。他承认"截稿日期总是让我不寒而栗",但是这种战栗是他做好写出如下文章的准备在身体上的一种反映:

YORBA LINDA, Calif.—When last the nation saw them all together, they were men of steel and bristling crew cuts, titans of their time—which was a time of pragmatism and ice water in the veins.

How boldly they talked. How fearless they seemed. They spoke of fixing their enemies, of running over their own grandmothers if it would give them an edge. Their goals were the goals of giants:

Control of a nation, victory in the nuclear age, strategic domination of the globe.

The titans of Nixon's age gathered again today, on an unseasonably cold and gray afternoon, and now they were white-haired or balding, their steel was rusting, their skin had begun to sag, their eyesight was failing. They were invited to contemplate where power leads.

(约巴林达,加利福尼亚——当全国人民上次看到他们齐聚的时候,他们都还是钢铁之躯,留着短硬的寸头,是他们那个时代的巨人——那是个推崇实用主义,血管里淌着冰水的时代。

他们豪言壮语,他们无惧无畏。他们谈论着干掉他们的敌人;说如果碾过他们自己的祖母能让他们获得优势,那他们会这么做。他们的目标是巨人的目标:

国家的操纵者、核时代的胜利者、全球的战略霸主。

尼克松时代的巨人们在今天再一次齐聚,在这个冰冷刺骨的灰暗午后。如今他们头发斑白或谢顶,锈迹爬上了他们的钢铁之躯,他们的皮肤开始松弛下垂,目光中也透露出疲惫。他们受邀来沉思权力把人带到何处去。）

写出这样的作品靠的不是运气，冯·德莱尔分享了他准备工作的秘诀。高压之下，他会回到基本要素，想一想发生了什么，为什么它很重要，以及他该如何把它写成故事。他必须做充分的准备工作来回答下列三个问题：

1. 意义何在？
2. 为何要讲这个故事？
3. 它传递了关于生命、世界和我们生活的时代的何种信息？

我以一位著名的外国记者和小说家劳伦斯·斯托林斯（Laurence Stallings）的故事结尾，他于 1925 年被派去报道宾夕法尼亚州和伊利诺伊州之间的一场大型大学橄榄球赛。那天的明星是雷德·格兰奇（Red Grange）。被称为"飞奔的幽灵"的格兰奇以 363 码的总进攻惊艳全场，带领伊利诺伊州队以 24∶2 的比分取得了碾压式的胜利。

这位著名的记者兼作家对此肃然起敬。雷德·史密斯记录道，斯托林斯在记者席踱来踱去，着急得"抓自己的头发"。怎么能有人完成这个比赛的报道呢？"太宏大了，"他说，"我写不出来。"这是从一个曾经报道过第一次世界大战的记者口中说出来的话。

有人应该跟他说一句莎士比亚的名言："有备无患。"

写作工作坊

1. 在朋友的帮助下，列出可能出现在你的专长或兴趣领域的大型写作项目。就这些话题开始做准备工作，这样的准备对你未来的事业大有裨益。

2. 当你观看大型体育赛事时，比如年度棒球冠军联赛、超级碗或奥运会，你可以在脑海中预演一些你可能会用在最引人注目的故事中的场景。比较你的写作方法和出现在报纸或电视中的报道。

3. 大新闻需要好标题。回顾一下你最近的作品，看看你的标题是否与文章的强度和质量相匹配。在下一个项目开始前，尽早地开始想标题，为你的研究和写作找到焦点。

4. 如果你写小说，请回顾一下布兰德和福特所描述的小说家做研究和准备工作的过程，并试着用这些策略来为一个短篇故事做准备。如果你用得顺手的话，把它们应用到难度更高的项目上。

写作工具 43

要读体裁，也要读内容

看文字下面的机制。

我到三年级的时候，就知道自己是个善读者。我的老师凯利小姐是这么告诉我的，她说我在戴维·克罗克特（Davy Crockett）杀死一只巨大的熊这个故事中认出了 gigantic（巨大的）这个词，令她印象深刻。那么，为什么我花了 20 年的时间来想象我是一个作家呢？也许这是因为我们把阅读当作一种人人都必备的技能——是教育、职业和公民身份的必需品——来学习和教授，而写作则被视作一门艺术。我们嘴上说人人都应该阅读，但是我们的行为却好像在说，只有那些有特殊才能的人才应该写作。

写作者们必须清楚地知道：我们既要读作品的内容，也要读它的形式。

如果你想完成拼图，印在盒子上的图案会帮你的忙。如果你要尝试一个新的食谱，看到菜肴成品的照片也会大有帮助。如果你做木工活，你需要知道书柜和碗柜的区别。作者必须回答这个问题：我要构建什么？然后是这个问题：我需要什么工具来构建它？

我但凡想要在写作上有大动作的时候，都从阅读开始。内容当然是我的关注点。如果我写反犹太主义的内容，我会读大屠杀回忆录。如果我写关于艾滋病的文章，我就会读这种疾病的生物医学文献和社会历史。如果我写关于第二次世界大战的内容，我会读 20 世纪 40 年代的杂志。所以，务必阅读尽可能多的内容吧。

不过，你也要学会读作品的体裁，读作品的类型。如果想写出更棒的图片解说词，《生活》（LIFE）杂志的过刊是不错的选择；如果你想拥有更优秀的说明能力，读一本很棒的食谱会有帮助；如果你想写吸睛的标题，那就读读大城市的八卦小报；如果你想写一个关于超级英雄的剧本，那就看完一堆漫画书；如果你想写诙谐幽默的短篇特写，请参考《纽约客》（New Yorker）杂志上的栏目《热议话题》（"The Talk of the Town"）。

在她的回忆录《奇想之年》（The Year of Magical Thinking）中，琼·狄迪恩描述了她已故丈夫作家约翰·格雷戈里·邓恩（John Gregory Dunne）生活中的某个时刻：

[W]hen we were living in Brentwood Park we fell into a pattern of stopping work at four in the afternoon and going out to the pool. He would stand in the water reading (he reread *Sophie's Choice* several times that summer trying to see how it worked) while I worked in the garden.

〔我们住在布伦特伍德帕克期间，陷入了在下午四点停下手头的工作去泳池边的生活模式。他会站在水里读书（那个夏天，他把《苏菲的抉择》反复读了几遍，想要知道它为何成功），而我就在园子里干活。〕

这就是聪明的作者继续学习的方法，他们一遍又一遍地阅读自己欣赏的作品，试图研究透文字下的机理。

我创作《三个小字》这部由短章节组成的报纸连载长篇小说的第一步，就是去找模仿的对象。我读狄更斯的连载小说。我读了《小城畸人》（*Winesburg, Ohio*）——舍伍德·安德森（Sherwood Anderson）写的系列短篇作品。我读了《一个海上遇难者的故事》（*The Story of a Shipwrecked Sailor*）——加夫列尔·加西亚·马尔克斯的连载新闻故事。上述所有的例子中，故事的章节都太长了。出乎意料的是，我在年少时期阅读过的探险故事中找到了可行的模式。"哈迪男孩"系列和"南希·德鲁"系列里，章节的阅读时间都在 5 分钟以内，章节的结尾都会留下一个小小的悬念。

当你发觉自己舍不得放下一个故事的时候，你应该把它放下。把它放下后，思考一下这个故事为什么会如此成功。作者施了什么魔法，让你从这一段读到下一段，这一页读到下一页，这一章读到下一章呢？

我把这种方法叫作"X 射线阅读法"。写作者们从故事中学习的方法之一就是使用他们的 X 射线般的眼力。（毕竟，超人同样也是一位报社记者，一个打字飞快的男孩。）X 射线阅读法帮你看穿故事的文本。在文本的表面之下，语法、语言、句法和修辞等隐形的机器在嘎嘎作响，它们是制造意义的齿轮，是传递意义的硬件。

以下是写作者们的阅读策略：

- 在阅读中倾听作者的声音。
- 在阅读报纸时寻找不成熟的故事创意。
- 在线上阅读中体验新颖的故事形式。
- 被书的内容强烈吸引时，读完整本书；但有时浅尝辄止即可。
- 在选择书目时，不要被别人的建议所左右，跟着自己的写作罗盘走。

- 在提供咖啡的书店中免费体验各类报纸杂志。

- 阅读你的学科以外的话题，如建筑、天文学、经济学和摄影。

- 读书时在旁边放支笔。在空白处做笔记；和作者对谈；标出有趣的段落；问关于文本的问题。

我会用如下的警告来给我的阅读热情泼泼冷水：在写作项目进行的过程中，想要停止阅读的念头肯定会冒出来好几次。在写这本书中的写作工具时，我不再读和写作相关的东西。我不想让我对这个话题的迷恋诱使我浪费写作时间，我也不想受到别人思想的过度影响，我也不希望在那些已完成并发表的作品的光芒下气馁。

学者们认为，阅读是作者、文本和读者三者之间的相互作用——一个三口之家。"作者创作文本，但是读者把它变成故事。"路易斯·罗森布拉特这样说。所以说到底，读者就是作者。就是这样！

写作工作坊

1. 到书店去，让自己沉浸在杂志中。你需要喝多少咖啡就喝多少。找一些能拓展你的兴趣和挑战你的标准的出版物。

2. 找一个值得钦佩的作家。带上一支笔来阅读这个作家的几部作品，边读边标记产生特殊效果的段落。向朋友展示你的标记，一起用"X 射线阅读法"细细研究。你从中发现了什么写作工具？

3. 大声地朗读一个有趣的段落。然后把它放到一边，就你选择的话题进行自由写作。感受一下这个尝试带来的影响。

4. 如果你是一名编辑或老师，请通过集体阅读来启发你的作者或学生，也可以和朋友一起阅读，交换你们喜欢的故事。用"X 射线阅读法"细读，分析为什么它们能成功，它们使用了什么语言工具。

写作工具 44

收集线索

把别人会扔掉的废物保存下来，留在你的大项目中用。

当作家们告诉我有关开展大项目的故事时，他们用以下两个暗喻中的任意一个来描述他们的方法。第一个是堆肥。要培育出漂亮的花园，你需要给土壤施肥。因此，一些园丁在院子里堆肥，这是一堆别人可能会扔掉的诸如香蕉皮的有机废物。第二个是收集线头。一小段麻绳被卷成一个小小的线球，这个小线球又会变成更大一点的线球，线球越变越大，在极端的情况下甚至变成了市民的骄傲。一位名叫弗朗西斯·约翰逊的男子创造了一个重量超过 1.7 万磅、直径为 12 英尺的麻绳球，成了明尼苏达州达尔文镇路边的一道风景。

约翰逊应该成为那些每天都进行少量的写作，并希望这些文字终有一日能够出版成册的人的最高典范。它是这样对我产生作用的：我被某个政治或文化的主题或问题触动，比如，现在的我被"男孩们的困境"这一个话题所吸引。作为三个女儿的父亲，我见证了许多年轻女性的学业成功和事业兴旺，而年轻男性却掉了队。我目前没有时间或足够的知识储备来写这个话题。但是，未来的某一天或许我需要写相关的文章。如果我从现在开始收集资料的话，终有一天它们会派上用场。

为了收集线索，我需要一个简单的文件盒。我偏好外形像牛奶箱的塑料盒。我把盒子放在办公室里，给它贴上标签，上面写着"男孩们的困境"。一旦我宣布对某个重要话题感兴趣，就会发生以下的事情。我会注意到更多关于该话题的内容；然后我会和我的朋友、同事们聊一聊这个话题。这都会让我对该话题的兴趣愈发浓厚。一个接着一个，我的盒子被这些物品填满了：一份男孩和女孩的毕业率分析、一篇探讨电子游戏是帮助还是阻碍男孩发展的专题文章、一个关于男孩在高中体育活动中参与度下降的故事。这个话题很庞杂，所以我得慢慢来。几周过去了，有时几个月过去了，总有一天我会看着我的盒子，听到它轻轻地说："是时候了。"我惊讶于它的丰富程度，更惊讶于我在收集资料的过程中学到的东西。

对我来说，这个过程也适用于小说。在一次长途飞机旅行中，我草草地写下名为"垃圾箱婴儿"（*Trash Baby*）的短篇小说的开头，13 岁的男孩在垃圾箱旁发现了一个弃婴。几个月后故事慢慢成形，我收集到了越来越多的资料：报纸上关于弃婴的报道，对犯下过失杀人罪的精神失常的母亲的审判，允许母亲在不接受问询的情况下把新生儿遗弃在医院的"安全港"法案的制定。

书籍作者们证实了对某一主题或人物心无旁骛的习惯，可能会导致他们沉溺于线索收集。传记作家戴维·麦卡洛（David McCullough）在《华盛顿邮报》上曾这样描述他的浓厚兴趣：

在我写约翰·亚当斯传记的大约 6 年时间里，我基本上放弃了阅读任何现代的作品。除了做要写成这本书应该要完成的调研，我一直试图通过阅读他曾读过的书和他所写的东西来了解亚当斯，结果这成为我写作生涯中最令人愉快的尝试之一。

一旦作者堆好了一座肥堆，接下来要做什么呢？前国务卿、作家乔治·P. 舒尔茨（George P. Shultz）向《华盛顿邮报》解释了他奋力写完一本书的过程：

> 我在工作的大会议室桌上摊开大量的资料。当我为书里的某一章阅读手头的资料的时候，我会花时间去思考这部分内容。在我消化了这些资料，又搜集了更多的资料之后——部分是政府机构的备案材料，部分是我助手的笔记和我的其他档案资料——我会列出提纲，然后开始写作。我会发现写作是如何迫使我变得更加严谨、去重新思考、去寻找新的信息、去仔细确认事实、去找出遗漏的内容以及逻辑有缺陷的地方的。

我认同这个方法：留下线索，收集成堆的调查资料，留意开始写作的时间点，比你原本认为你可以开始写作的时间更早地落笔，让那些早期的草稿促使你做更多的调查和梳理。

这个过程伴随着过多的保存、收集和思考，可能会耗时太长，效率过低。我的诀窍是同时种植几种作物。即便在你收获一种庄稼的时候，也要给另一种作物施肥。在我的办公室里，我放置了几个带不同标签的文件盒：

- 我有一个"艾滋病"盒子，促成了连载小说《三个小字》的面世。

- 我有一个"千禧年"盒子，催生出了报纸连载小说《未完待续》。
- 我有一个"大屠杀和反犹太主义"盒子，为《赛迪的戒指》做出了贡献，这本书稿正在等待伯乐。
- 我有一个"公民权利"盒子，帮助我的文章最终收录在关于20世纪60年代美国南方种族平等问题的报纸专栏选集中。
- 我有一个"养成性阅读"盒子，装满了批判性读写的相关材料，我之前以为它可以成书。目前这些内容已经被用来发表了好几篇文章。
- 我有一个"二战"盒子，它的内容被用来在报纸上发表了两篇特写文章，其中一篇可能在将来某一天会成为一本小书。

这些盒子的主题包括：艾滋病、大屠杀、种族平等、千禧年、第二次世界大战和读写能力。这些都是可以引起无穷兴趣，并且能够被报道、讲述和分析一辈子的话题。事实上，每一个话题都是如此巨大，如此壮观，有可能压倒作者的能量和想象力。这就是要收集线索的原因。一个物件接着一个物件，一件轶事接着一件轶事，一些统计数据接着一些统计数据，你的求知盒子不费气力就被装满，创造出一个文学生命周期：栽种、培育和收获。

眼下被日常生活所累的你，会觉得自己缺乏足够的时间和精力去从事更有挑战性的工作。或许你有一份全日制的工作，但是想要为写一本小说进行研究；也许你因为每天要给公司内部通讯写短文而觉得疲惫不堪。你能在哪找到深入写作的能量呢？如果你不喜欢在盒子里乱七八糟地堆放纸张的做法，你可以建一个电子文件夹或者准备一个纸质文件夹，像马尼拉资料夹那样的。你可以一边做日常工作，一边谈论你的兴趣，从各处收集观点和奇闻轶事。把它们一个个地记下来，一个片段接一个片段，直到有一天你抬起头，看到一座坚持的纪念碑，等待着被竖立在城市广场上。

写作工作坊

1. 回顾你过去几年的作品。列出你感兴趣和好奇的几个主题大类。你想要就其中的哪些主题来收集线索？

2. 在你目前的写作中，还有什么其他重要的话题是没有涉及的？哪一个最让你着迷？做一个盒子或一个文件夹，并给它贴上标签。

3. 在网上搜索你列出的新话题，花时间探索。把你感兴趣的博客和网站上的一些项目添加到文件夹里。

4. 假设你正在写一部小说，并对该话题有着强烈的兴趣，就收集该话题线索的方法集思广益。

写作工具 45

把大项目切割成若干部分

然后把这些部分拼成一个整体。

安妮·拉莫特的《一只鸟接着一只鸟》(*Bird by Bird*) 的书名得于她哥哥的一则轶事。10 岁的时候，她哥哥吃力地做着一份关于鸟类的学校报告。拉莫特形容哥哥"被眼前繁重的任务吓傻了"，但后来，"我的父亲坐在他身边，用胳膊搂着我哥哥的肩膀，说：'一只鸟一只鸟地来吧，小伙子。就一只鸟接着一只鸟地做吧。'"

我们都需要这样的指导，来提醒我们把大项目分成几部分，把长篇故事分成几章，把长章分成几节。这样的建议既鼓舞人心又实用。

在作家们聚会的地方，我经常问这样一个问题："你们中有多少人跑过马拉松？"100 人中也许有一两人会举手。"如果经过适当的训练和激励，你们当中有多少人认为自己能跑 26 英里？"多了 6 个。"如果我给你 52 天时间，你只需要每天跑半英里呢？"房间里的大多数人都举手了。

大多数博士生完成了他们所有的课堂作业，通过了所有的考试，完成了学位论文要求的研究，却没有获得博士学位。为什么？因为他们缺乏完成写作的最基本的自律。如果他们每天早上都能花一个小时来写一页纸——只需 250 字——他们可以在不到一年的时间里完成一篇论文。

当我的孩子还小的时候，我在他们的小学无偿教写作。每节课结束后，我都会在日记里草草记下笔记，完成这个任务的时间从不超过 10 分钟。那天我学到了什么？孩子们的反应如何？为什么那个聪明的学生在发呆？三年后，我想我可以写一本关于教孩子写作的书。我还从来没有写过书，不知从何下笔，所以我把教学日记里的内容整理了一遍。就这样，我整理出 250 页打字稿，虽然还算不上一本书，但这却成为后来《自由写作：一名记者教小作家们写作》（*Free to Write: A Journalist Teaches Young Writers*）一书的坚实基础。

一个个文字像水滴一样聚成水洼，一汪汪水洼又串成小溪，一条条小溪又汇成深深的池塘。

这种写作习惯的力量是巨大的，就像哈利·波特第一次知道自己是个著名的巫师一样。你现在正在阅读"写作工具 45"——这是在网上连载了一年的书籍中的内容——在朝着"写作工具 50"挺进。如果我之前对编辑说"我想写一本关于写作工具的书"，我就不可能完成这样的作品。起初，这个写作项目的难度似乎用两只手都抱不过来，堪比拥抱北极熊。然而我把《写作工具》的写作项目描述成 50 篇短文的集合，并以每周一到两篇的速度完成。

同样的策略也催生出我床头柜上的这本《耶和华是我的牧者》（*The Lord Is My Shepherd*），由优秀的作家兼教师哈罗德·库什纳（Harold Kushner）创作。前言开头如下：

I have been thinking about the ideas in this book for more than forty years, since I was first ordained as a rabbi. Every time I would read the Twenty-third Psalm at a funeral or memorial service, or at the bedside of an ailing congregant, I would be struck by its power to comfort the grieving and calm the fearful. The real impetus for this book came in the wake of the terrible events of September 11, 2001. In the days following the attacks, people on the street and television interviews would ask me, "Where was God? How could God let this happen?" I found myself responding, "God's promise was never that life would be fair. God's promise was that, when we had to confront the unfairness of life, we would not have to do it alone for He would be with us." And I realized I had found that answer in the Twenty-third Psalm.

（自我第一次被任命为拉比以来，我已经花了 40 多年的时间来思考这本书的内容。每当我在葬礼或追悼会上，或在一个生病的教友的床边读《诗篇》第二十三篇的时候，我都会被它抚慰悲伤、驱除恐惧的力量所打动。这本书真正的创作动力来源于 2001 年 9 月 11 日的恐怖事件。在袭击发生后的日子里，街上的人们和电视台的采访者会问我："上帝在哪里？上帝怎么会让这种事发生？"我听到自己的回答："上帝从来没承诺过生活是公平的。神的应许是，当我们不得不面对生命的不公时，我们不必独自面对，因为他会和我们在一起。"我意识到自己在《诗篇》第二十三篇中找到了这个答案。）

写作者们都在寻找故事的焦点，而写一本关于在犹太教与基督教的背景中有深远意义的十四行祷文的书，这样的焦点再强大不过了，就好比写一本关于主祷文、圣母颂或莎士比亚十四行诗的书。但是如何组织这样一本书的写作和阅读呢？库什纳提供了一种简洁的解决方案：一章写《诗篇》中的一行。所以有一章叫作《耶和华是我的牧者》，另一章叫《我虽然行过死荫的幽谷》，又有一章叫《使我的福杯满溢》。一本 175 页的全国畅销书被分为引言和十四章，对写作者和读者来说都是比较方便的结构单元。

一只鸟接着一只鸟，一个工具接着一个工具，一行接着一行。

写作工作坊

1. 承认吧，你想写一些比以前的作品更宏大的作品，但是你没能力搞定这个项目。项目的广度或深度使你不安。那么就把这个庞然大物切碎，在日记本中把它分成最小的部分：章、节、片段和小插曲。不用参考任何笔记或研究材料，挑一个部分进行写作，看看效果如何。

2. 下次你在书店的时候，不妨看看几本大部头：小说、回忆录和年鉴。看一看目录，找出构成这本书的结构单位。现在再看看各个章节是如何细分的。在接下来的阅读中请注意这些小的部分。

3. 传统意义上，《圣经》包括卷、章和节。浏览英王钦定译本并注意这些书的结构是如何划分的。注意其中的区别，例如《创世记》《诗篇》和《雅歌》的区别。

4. 在你起草下一个故事之前，在横线簿上写下你构思出来的故事的各部分。不要只写开头、中间和结尾，试着把那些大片段中的小片段写下来。

写作工具 46

对所有能支持你写作的技巧感兴趣
为了让自己做到最好，帮助别人做到最好。

　　我痛恨作家的孤独形象。这种与孤独和挣扎联系在一起的浪漫刻板印象，已经让很多有抱负的写作者望而却步，给这个职业金光闪闪的一个真相——写作是一种社会活动——蒙上乌云。

　　我记得我的首个出版作品是在 1958 年校报上的一首圣诞诗：

> On a cold and snowy night
>
> In a land so far away,
>
> A babe was born in Bethlehem,
>
> Born on Christmas Day.
>
> They laid Him in a manger,
>
> No place for a king,
>
> But it seemed just like a palace
>
> When they heard the angels sing.
>
> （在一个寒冷飘雪的夜晚。

在如此遥远的土地上，

一个婴儿出生在伯利恒，

出生在圣诞节。

他们把他放在马槽里，

这不是国王的宫殿，

当他们听到天使在歌唱，

马厩也看似一座宫殿。）

当看到我的名字带着装饰画出现在诗歌上面时，我这个 10 岁的小诗人颇为自豪。不过这首平淡单调的诗歌可是集一个长岛小村庄的全体之力才得以出版的。一位老师邀请我们创作，我母亲和我一起进行了头脑风暴，另一个学生画了一幅小插图，一位学校的教职工把故事打字输入油印机里，另一位把它们印出来发放，最后我的同学和他们的父母表扬了我。早期的经历塑造了我的作家灵魂，请原谅我对站在山巅、饱受折磨的作家形象发自内心的拒绝。

如果你立志要成为一名作家，那就先从你的自身利益开始吧：经过精心的编辑、配上一张有冲击力的照片、出现在一个精心设计的页面上，这些都会让你的故事显得更加重要，会有更多的人阅读它。而忽视或轻视这种做法的力量是愚蠢的。

事实上，除非你对所有相关的文学技巧感兴趣，否则你将永远无法开发出作为作家的潜力。培养这个习惯：问一些关于编辑、摄影、插图、图表、设计、网站制作等技巧的问题。你不必成为这些领域的专家，但你有义务保持好奇并投入其中。有朝一日，你会像个内行人一样谈论这些技巧。

和主动帮助你的人友好相处也同样重要。如果你还未曾出版作品，或者把它当作工作的一部分，练习和现在帮助你的人开展合作，例如朋友、老师、同学、写作小组或读书俱乐部的成员、博客作者或网站的编辑和设计师。

为了找到合适的气氛，想象你是被电影工作室挑中的精彩小说的作者，已经拿了一大笔剧本创作的预付款。现在想想所有能够帮助你完善作品的相关技巧。想想导演和演员、电影摄影师、电影剪辑师、布景设计师和配乐师等等。在你所有的作品中实现大量的合作。

在我作为作者和记者的成长道路上，这些关键人物持续发挥着作用，让我的工作变得更好：

● **文案编辑**。不要理会传统观念中写作者和编辑之间的对立，它让作者认为编辑是一群在夜间工作，吸干故事生命力的吸血鬼。相反，你可以把文字编辑看作标准的拥护者，是无价的阅读测试者，是你最后的防线。我曾经写过一个故事，讲的是身体重度残疾的两个兄弟，他们已经分开多年。我描述了他们的美妙重逢，兄弟们如何一起看卡通片，互相喂水果谷物圈。一个叫埃德·梅里克（Ed Merrick）的文案编辑打电话给我，让我再给故事把把关。他称赞我写得不错，不过他说他已经派了一个职员到超市（这发生在互联网普及之前）去检查水果谷物圈的拼写。我在文章里写的是 Fruit Loops，而正确的拼写是 Froot Loops。这个错误找得好！我最不想让读者注意到这个错误，尤其是在故事的高潮部分。多年以后，我看到埃德就会竖起大拇指，感谢他揪出了这个拼写错误。和编辑们聊聊吧，记下他们的名字，把他们当作作家同事和语言爱好者给予拥抱，喂他们吃巧克力。

● **摄影师**。在写作过程的初期就要考虑到照片的拍摄任务，而不是在事后才开始想。利用电视新闻作为模板，寻找让你和摄影师并肩工作的机会。帮助摄影师了解你对工作的构想。向摄影师提问，听听他的想法。用摄影师的作品来记录这个故事。让摄影师告诉你焦点、框架、构图和灯光，询问摄影师你能做些什么来帮助他。

　　● **设计师**。随着项目的进行，确保你和视觉艺术家们在项目的初期就进行了对话。向他们了解从一个场景中你应该看见并且吸收什么内容，比如那些可以转化为闪闪发光的视觉和设计元素的材料。在你做研究或写初稿的过程中，请教你的编辑和视觉记者，你可以为他们做些什么。

记住优秀的作品需要时间——不仅对你而言。学会按时完成任务，让别人有时间去做他们的工作。即使你缺少发起对话的权力，也要推动所有的关键参与者尽早做计划。你对写作相关的技巧越感兴趣，你被邀请去做关于作品该如何呈现和如何被理解的决定的概率就越高。

　　在2001年到2005年期间，我为波因特研究所的网站写了500多篇专栏和文章。我不是一个跨媒体平台写作的专家，但是我正在让我的写作工具和写作习惯适应媒体技术的新世界。以不同的意见写作的机会、与观众互动的机会、跨越旧边界的冒险——所有这些都需要比以往更丰富的想象力和更加良好的合作。

　　如果你努力完成跨学科的学习，支持文字和视觉的结合，你将为未来的创新和创造力做好准备。你可以在不牺牲写作技巧的永恒价值的前提下做到这一点。这不仅需要黄金法则——以你想要被对待的方式对待他人——也需要我的老同事比尔·博伊德（Bill Boyd）所说的白金法则：以他人想要的方式对待他人。文字编辑希望被如何对待？摄影师需要什么才能创造出最好的作品？什么能让设计师满意？得到确切答案的唯一方法就是开口提问。

写作工作坊

1. 如果你在新闻机构或出版社工作，如果你在创作一部电影纪录片或非虚构类作品，如果你为一个网站或一份时事通讯写文章，你需要依赖他人来帮助你完成最好的作品。列出这些人的名字，确保你有他们的电话号码和电子邮件地址。

2. 列出与清单上的每个人谈话的时间表。运用白金法则，问他们需要什么才能做出最好的作品。

3. 鼓励他人给予你想得到的支持。不要只是抱怨。如果有人写了一个好的标题，或者把你从错误中拯救出来，那就不要吝啬你的赞美。

4. 阅读写作技巧的相关书籍。找一本关于摄影的好书。阅读一些设计杂志。听一听关于这些技巧的对话，并积累术语，这样你就可以参与对话。

写作工具 47

招募你的后援团

创建一个提供反馈信息的帮手军团。

既然我们已经揭开了蒙在作家这个职业上的"孤独"面纱，你可以自由地租用一间俯瞰大海的顶楼寓所，只带上你的几个伙伴：一台便携式打字机、一瓶杜松子酒和一只名叫"海明威"的小猫。

在现实世界中，写作更像队列舞蹈，是一种与许多人合作的社交活动。正如我们所看到的，其中一些合作伙伴——写作教师、研讨小组、网络制作人和文字编辑——可能会被分配给我们。其他助手的选择权也可以，或者必须交到我们自己的手上。

你必须建立一个广泛而深入的支持系统。如果你把支持对象局限为一个课堂老师或一个编辑，你将得不到你需要的帮助。你必须建立一个由朋友、同事、编辑和教练组成的网络，这些人可以提供反馈——也许偶尔会有一麻袋哦。

我的支持系统随着我的改变而变化。和 20 年前相比，我现在是不同的作家和不同的人，所以我也更新了后援团的成员。这对你来说或许是一个激进的想法，尤其是当你刚开始写作生涯的时候。你可能会对自己说，我对任何反馈都很满意。而我要对你们说，不要勉强接受别人赐给你们的东西。无论它们怎么样，都是不充分的。继续开发你需要和应得的支持系统。

以下是我需要的各种帮手：

● **督促我不断进步的帮手**。多年来，我的教学伙伴奇普·斯坎伦一直在为我扮演这个角色，尤其是在我进行长期项目的时候。作为同事，奇普有一种不常见的品质：他能克制自己，不做负面的评价。他不厌其烦地对我说："继续写，坚持写，我们待会再谈。"

● **能理解我癖好的帮手**。所有的作家都有怪癖，就像狗身上肯定带着跳蚤。我发现我无法忍受读自己发表在报纸上的作品，总觉得会遇到可怕的错误。我的妻子凯伦深表理解。当我和我的狗雷克斯蜷缩在被窝里时，她坐在早餐桌上，嘎吱嘎吱地嚼着她的谷物脆米片，读着我发表在报纸上的故事，确保没有出现意料之外的恐怖错误。"警报解除。"等她说完这句话，我才能松一口气。

● **愿意回答我的问题的帮手**。多年来，写作教练唐纳德·默里一直乐于阅读我的草稿，询问我需要他做什么。换句话说，"你想让我怎样读这本书？"或者"你在找什么样的阅读方式？"我的回答可能是："这是不是太普通了？"或者"这作为回忆录出版够真实吗？"或者是"如果你觉得有趣，就告诉我。"默里总是很仁慈，但当他带着某个关注点去阅读时，对我们俩都大有裨益。

● **对写作主题有专业知识和经验的助手**。我目前的兴趣通常会决定我需要的助手。当我写大屠杀和反犹太主义的历史时，我依赖于犹太拉比哈伊姆·霍罗威茨（Haim Horowitz）的智慧和经历。当我写关于艾滋病的文章时，我求助于一位肿瘤学家杰弗里·保内萨博士（Dr. Jeffrey Paonessa）。这些人最早以采访对象的身份出现，但随着你越来越深入一个话题，他们会成为你坚定的合作伙伴和密友。

- **一个做掩护阻挡的助手。** 对某个写作项目充满似火的激情的时候，我通常会早早起床，在天亮前钻进办公室，在被其他工作职责打断之前试着写几个小时。我有幸得到了乔伊斯·巴雷特（Joyce Barrett）20 年的帮助。我尤其记得她来上班的那天早上，她看到我正在创作，便关上了我办公室的门，在门把手上挂了一块在汽车旅馆常见的"请勿打扰"的牌子——一记完美的前场阻击。

- **帮助我发现哪些可行和哪些需要加强的教练。** 在一年多的时间里，一位名叫艾伦·宋（Ellen Sung）的实习生负责编辑我为波因特学院网站写的专栏文章。我们两个人在大多数方面截然不同。我年长，是个男性白人，喜欢纸质出版物。艾伦 24 岁，是一位女性华裔美国人，还是个网络活跃分子。她博学多才，好奇心强，有着一名编辑应该具备的成熟的鉴别力。她可以清楚地阐释一篇专栏文章的优点，提出能说服我做出修改和说明的好问题，用有说服力的婉转方式来表达负面批评。艾伦现在是报社记者，但她仍然属于我的后援团，并愿意随时帮忙。

你可以一个一个地选择这些助手，随着时间的推移，他们会以你为中心形成一个网络。你可以通过电子邮件和整个团队进行交流，或者把他们分成不同的组合来帮助你解决问题。你可以用某位成员的学问来验证另一位成员的评论，你可以解雇太专横的成员。你可以给其他人送花或一瓶酒。偶尔让作家当国王——或者王后也不错。

写作工作坊

1. 阅读上面对六类助手的描述。列出 6 个可能具备这些能力，能为你提供服务的人。以扩大你的后援网络为目的，预演和每个人的对话。

2. 列出一张清单，清单上写出编辑、老师或朋友帮助你改进作品的具体方法。你有没有向那个人表示感谢？如果没有，下次受到别人的帮助后要尽力去做到。

3. 承认吧，某个编辑或老师正让你抓狂。预演一段对话，在对话里描述妨碍你工作的行为。你能找到一种礼貌且婉转的沟通方式吗？"吉姆，最近几次我向你推荐了的故事创意，你都拒绝了。我发现这令人沮丧。我想写一些这样的故事，我们可以讨论一下吗？"

4. 列出你的写作团队的成员名单。在他们的名字旁边，写明他们扮演的角色。你还需要谁来帮助你完成最优秀的作品？

写作工具 48

写初稿时克制自我批评

做修改时加强自我批评。

当我细品写作方面的藏书时，我发现它们可以大致分为两类。在一个盒子里，我找到了比如《风格的要素》和《写作法宝》等书籍。斯特伦克、怀特和威廉·津瑟的这些经典作品把写作看成一门技术，所以他们关注的是写作工具和写作模版。而在另一个盒子里，我发现了包括《一只鸟接着一只鸟》和《狂野的心》（*Wild Mind*）在内的书籍。安妮·拉莫特和娜塔莉·戈德堡在作品中，给出的如何跟语言打一辈子交道和观察世间万象的建议，多过写作技巧的建议。

第二类的标准至少可以追溯到 20 世纪 30 年代，当时多罗西娅·布兰德在 1934 年创作了《成为作家》，布伦达·尤兰（Brenda Ueland）在 1938 年完成了《如果你想写作》（*If You Want to Write*）。值得感到幸运的是，这两本书都还未绝版，并为作家群体招揽了新生力量。

布兰德表达了她对咖啡、2B 铅笔和无声便携式打字机的偏爱。她就写作者应该读什么和应该什么时候写作等问题提出了建议。她的关注点包括冥想、模仿、练习和娱乐。不过她在自我批评这个话题上最有发言权。

她认为，要想成为一个熟练的写作者，就必须早早地让心里的质疑声音闭嘴。批评只有在写作者已经做了充分的工作来保障评估和修改的开展时才能发挥作用。在弗洛伊德的影响下，布兰德认为在创作的早期阶段，作者应该"利用潜意识"自由地写作：

> 在这个阶段，最好要抵制住重读已写内容的诱惑。无论何时何地，只要你有机会训练自己的写作能力并着手写作项目，对自己的写作成果挑剔得越少越好——哪怕只是粗略的审视也不行。你写作的好与坏，不是这一阶段该考虑的问题。但现在回过头去看看，在公正客观的审视下，你可能会发现那些迸发的思想颇有启发性。

四十年后，另一位作家盖尔·戈德温（Gail Godwin）在一篇题为《看门人》（"The Watcher at the Gate"）的文章中也谈到了同一个话题。对于戈德温来说，这个看门人是"住在我内心、有抑制力的批评者"，他会以多种形式出现，锁住她创造力的大门。

> 难以想象，看门人会跑那么远，把随着想象力而去的你追回来。看门人是声名狼藉的削铅笔的人、更换打印机色带的人、给植物浇水的人、做房屋修缮的人，以及厌恶凌乱的房间和混乱的书页的人。他们有"眼高于顶强迫症"，培养出自认为适合"作家"身份的妄自尊大的怪癖。他们宁愿死（与你的灵感同归于尽）也不愿冒让自己出丑的风险。

和布兰德一样，戈德温也受到弗洛伊德的影响，描绘了中心形象，她引用了弗里德里希·冯·席勒（Friedrich von Schiller）的话："在思维充

满创造力时……才智会将把守着创造力大门的看门人移除，想法随之涌
入……直到那时，它才会对大众进行审视和检查。"席勒斥责一个朋友：
"你拒绝得太早，歧视得太严重。"

布伦达·尤兰以战士公主的激情和妇女参政权论者的狂热，与内部和
外部的批评斗争。她以"为什么做太多家务的女人应该为写作忽略家务"
作为某个章节的标题。在另一个章节中她写道："每个人都独具才华、独
一无二，有想发表的重要观点。"

她注意到"所有试图写作的人……变得焦虑，胆怯，狭隘，成为完
美主义者，非常害怕自己会把一些不如莎士比亚的文字写在纸上"。那是
一个响亮的批评声音，一个瞪着眼的看门人。

　　那么难怪你不写作，一个月又一个月，十年又十年地拖下去。
因为当你写作的时候，如果要说它有一点好，就是你必须感到自
由——自由且不焦虑。对你来说，唯一的好老师就是那些爱你的
朋友，他们觉得你有趣，或者幽默，或者非常重要；他们的态度应
该是：

　　"告诉我更多。告诉我你所有能说的。我想要更多地了解你所感
受到的和知道的一切，了解你内在和外在的变化。让更多的文思涌
现吧。"

　　如果你没有这样的朋友——但你想写作——那么你必须想象
一个。

对于戈德温来说，对抗看门人的武器包括设置最后期限、快速写作、
在奇怪的时间写作、在累了的时候写作、在廉价的纸上写作，和在无人期
待优秀作品的时候用令人惊讶的形式写作。

到目前为止，我只强调了等式的一边：尽早让内心中批评的声音闭嘴。你有权问："但是如果这个声音在修改的过程中冒出来，我应该希望她对我说什么？"我会毫不谦虚地说，在接触了这组工具之后，这个声音将会提供更有价值的批评。手中握有了工具之后，那个声音或许会说"你需要那个副词吗？"或者"这是放金币的地方吗？"或者"是不是到了该从抽象阶梯上下来，举一个好例子的时间了？"

重要的经验如下：如果你太早按照写作建议进行修改，或者你把写作建议误用成正统观念，有意识地把所有关于写作的建议一口气全用上，会让你变成僵硬的石头。多罗西娅·布兰德、布伦达·尤兰和盖尔·戈德温——这些作家都有正确的认识。我们有足够多艰巨的批判性工作要做，有足够多的批评要去面对。所以，从给自己送上一份礼物开始，可以是那第一杯咖啡。

写作工作坊

1. 更加关注批评的声音在你耳边响起或窃窃私语的时刻。那个声音在说什么？列出一个清单，记下那个声音可能会说的关于你的负面内容。现在把清单烧了，把灰冲走。

2. 在你的助手圈子里，至少有一个毫无保留地赞美你的人，这个人愿意告诉你作品中哪里是成功的，即使你知道还有很多工作要做。你能在另一个作家的生活中扮演这个角色吗？

3. 意识到你在写作过程中准备好接受批评的时刻。列出你想让这个批评的声音问你的问题。请借助书中的写作工具来完成列表。

4. 戈德温写道，她通过伪装写作的形式来愚弄看门人。所以，如果她正在写一篇短篇小说的草稿，她可能会把它伪装成书信的形式。下次你再跟一个故事做斗争的时候，在上面写个称呼（"亲爱的朋友"），然后给你的朋友写一封关于这个故事的信，看看效果如何。

写作工具 49

向批评你的人学习
忍受即便是不合理的批评。

　　我把最难的课程之一留到本书接近末尾的地方。我不知道有谁喜欢负面的批评，尤其是对创作的批评。但是，如果你学会利用这些批评，那么这些批评将是无价的。正确的心态可以将那些令人讨厌的、琐碎的、不真诚的、有偏见的，甚至是冒犯他人的批评变成黄金。

　　这种炼金术需要一个魔法般的策略：善于接受批评的写作者应当将辩论转化为对话。在辩论中，一方听另一方发言的目的只是为了反驳，而对话则是两方相互交换意见。辩论以分出胜负为结果；而一段对话结束时，双方都有所得，并保证将来会有更多精彩的谈话。

　　我在很久之前就做出了一个决定，这个决定听起来像是一项不可能完成的任务：从不为自己的作品受到的批评做辩护。

　　不为你自己的作品辩护？这听起来合理得就像当火柴快要烧到你的手指时不把它吹灭一样。为自己的作品辩护是一种本能的反射行为，是文学中的"战斗或逃跑"。

让我做一个假设。假设我写了这条关于市议会的新闻导语:"西雅图的警察应该偷窥偷窥秀里的偷窥者吗?"(Should the Seattle police be able to peep at the peepers in the peep shows?)我现在收到一名编辑或一位老师的批评:"罗伊,就我的品味来说,你在文章里用 peeping 的次数太多了。你把一个关于隐私的严肃故事变成了一个可爱的文字游戏。我都在期待牧羊女小波①会随时出现。哈,哈,哈。"

这样的批评很可能会激怒我,让我进入防御状态,但我已经确信这个论点一无是处。我喜欢句子中所有的 peeping,而对我提出批评的人不喜欢它。他更喜欢这样的引语,比如"市议会就西雅图警方是否应该把卧底调查作为调查性服务业是否遵守市政行业规定的行动的一部分进行辩论。"我的批评者博览群书,一本正经,他认为我是无可救药的轻浮之人。

关于艺术,最古老的名言之一是这样说的,请原谅我用拉丁文:"De gustibus non est disputandum."即对于品味问题,没有争论的必要。我觉得《白鲸记》太长了。你认为抽象艺术太抽象了。我的辣椒太辣了。你伸手去拿塔巴斯科辣椒酱。

那么,这种激烈争吵的替代方案是什么呢?如果我不努力捍卫我的作品,那我就不是失去对那些与我价值观相悖的人的控制了吗?

那我给你一个替代方案:永远不要为你的作品辩护;相反,解释你想要达成的目标。所以:"杰克,我能理解你不喜欢我句子里的 peeping。我只是想找到一种方法让读者能够看到这项政策的影响。我不想让警察的行动迷失在官僚主义的语言中。"这样的回应更有可能把一场辩论(作者将会输掉这场辩论)变成对话(批评者可能会从对手变成盟友)。

我的朋友安西娅·彭罗斯(Anthea Penrose)对我的连载叙事小说

---

① 牧羊女小波(Little Bo Peep)是美国幼儿歌曲中的卡通形象。

《三个小字》中短章节的形式提出了批评。她说了类似的话："这对我来说不够。我刚被情节吸引就结束了，我想要更多的内容。"

我怎么可能改变她的想法呢？我为什么要改变她的想法呢？如果这些章节对她来说太短，那么它们就是太短了。所以我做了如下回应："安西娅，你不是第一个以这种方式评价短章节的读者。有些读者不接受短章节。但是我用简短的章节是为了试图吸引匀不出时间阅读的人，这些读者说他们从不阅读长篇励志的著作。我收到了一些读者来信，感谢我对读者阅读时间的关注，说这是他们读过的第一部报刊连载小说。"

另一位评论家说："我讨厌你在简接受艾滋病毒测试后就结束了那一章，并没有马上告诉我测试结果，我当时就想知道，但是你在第二天的报纸上才揭晓答案。我认为这是一种剥削。"

我是这样回应的："你知道，简做了好几次测试，那个时候她可能要等上几周才能拿到结果。我渐渐明白，在生死之间等那么久有多折磨。所以我想，如果我让读者等上一夜才知道结果，这会让你们更好地理解她的痛苦。"

这样的回应总能缓和批评家的语气，化解我们之间的隔阂，消除了双方间对话、提问和学习的障碍。

总而言之：

- 不要陷入对品味问题的争论。
- 面对负面的批评，不要习惯性地为你的作品辩护。
- 向你的批评者解释你的意图。
- 将争论转化为对话。

不久前，我在一家大书店里偶然发现了一个写作小组。大约有十几个成年作家紧凑地坐成一圈，听一个年轻人朗读他最近的作品中的一段话。读完之后，其他成员挑出毛病。他们指责作者用词不当，描写过多或不足。我抑制住了想要冲进去痛骂他们给出无关紧要的消极评价的强烈冲动。制止我的是那位写作者的反应：他凝视着每一位批评者的眼睛，点头表示理解，草草地记下他们的评论，并对任何能帮助他提高写作技能的回应都心存感激，即便这种回应近乎冷漠。

这位认真的年轻作家给我上了一课。即使攻击带有个人情绪，你要在头脑中把它转移到作品上："作品里的什么元素能引起这样的愤怒？"如果你能学会以积极的方式来利用批评，作为写作者的你才能不断成长。

写作工作坊

1. 如果下次有人对你的作品提出严厉批评，记下他说的话，强迫你自己写下从中学到的东西，以便运用到以后的作品中。

2. 仿照批评中提到的例子，给批评者写个纸条，向他解释你这样的写作方法是为了达到什么效果。

3. 做对你自己最严厉的评论家。回顾一下你的作品，写下能提升作品的方式，而不是作品存在的问题。

4. 电子邮件中的批评往往更严厉无情。下次你收到以这种方式表达的批评时，不要急于反击。花些时间平复心情，然后按照之前给出的建议操作：向你的批评者解释你的意图。

5. 当写作者们交稿时他们往往知道自己作品的问题，有时我们试图掩盖这些缺点。如果我们开始将它们看作写作和修改过程的一部分，会怎么样呢？也许这将改变对话的性质，让写作者和他们的助手一起工作。当你递交一篇文章时，给自己写一份备忘录，在编辑的帮助下列出你可以加强的薄弱环节。

写作工具 50

打造你独有的写作工具

建个工作台来存放你的工具。

我把最后一章设计成指南来指导你建造用来存放写作工具的工作台。到目前为止，我将这些工具分为四类。第一部分从写作的基本要素开始，谈过主语和谓语的作用、具有强调作用的语序以及文章中较强和较弱元素之间的区别。

接着我们讲了写作的特殊效果，即用语言来为读者创造特定的且有预伏的线索。你学会了如何用创造力来战胜陈词滥调，如何为读者设定节奏，如何使用夸张和低调陈述，如何强调细节展示而非总结说明。

第三部分提供了一套模板，这是书面文字的结构框架，目的在于帮助作者和读者。你了解了报告和故事之间的区别，知道了要如何预先埋下面向读者的伏笔；如何制造悬念；如何奖励读者继续往下读。

最后一部分把之前的策略整合到可靠的写作习惯中，让你有勇气和毅力去应用这些工具。你学会了如何把拖延变成预演；如何带着目的去阅读；如何帮助他人，并让他们帮助你；如何从批评中学习。

最后一步需要你把你所有的工具放在一个类似于写作者的工作台架子上。我开始学习"如何做这件事"的时间可以追溯到 1983 年。当时，唐纳德·默里（这本书献给他）站在佛罗里达州圣彼得斯堡的一间小会议室前，在黑板上画了一幅将永远改变我的教学和写作方式的阶梯图。这是对作家工作方式的自谦式描述，五个词揭示了作者在构建任何作品时所遵循的步骤。在我现在的记忆中，他当时写的是：

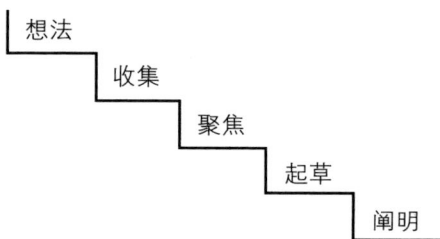

```
想法
   收集
      聚焦
         起草
            阐明
```

换句话说，作者产生想法，收集支持该想法的证据，发现写作的真正主题，初稿试笔，并为更清晰的呈现而打磨润色。

这个简单的模板是如何改变我的写作生活的？

在那之前，我认为伟大的作品是魔术师的作品。和大多数读者一样，我也遇到了完美且成功出版的作品。我手里拿着一本书，翻阅它的书页，感受它的重量，欣赏它的设计，并对它看似完美的样子惊叹不已。这是魔法，是巫师们的杰作——它的作者是与你我不一样的人。

写作的成品看似很神奇，但我现在可以看到魔法背后的方法。我突然发现，写作是一系列理性的步骤，是一套工具，在默里的阶梯图的帮助下，我可以构建一个写作者的工作台来存放它们。波因特研究所的写作老师们已经花了超过 25 年的时间给这个工作台添加工具，并完成清理、扩充、重组等工作，使它适应各种写作和编辑任务。这是我做注释的版本：

- **四处嗅探**。在你发现故事想法之前，你会嗅到一些味道。尽管记者们把这称为"新闻嗅觉"，但这是所有优秀的作家会表露出的一种好奇心，一种有些事正在发生、有些事正在撩动你的注意力、可以被感知到的触觉。

- **探索创意**。我最欣赏的作家是那些把自己的世界视为故事创意宝库的人。他们是探索者，带着敏锐的感知力穿行在社区中，将看似无关的细节与故事模型相结合。我认识的大多数作家，甚至那些接到写作任务的人，都喜欢把指定任务的主题转换成他们自己的想法。

- **收集素材**。我喜欢这样一句名言：最优秀的作家不仅用手、脑和心写作，也用脚写作。他们不会只坐在家里思考或上网，而是会走出自己的房子、办公室和教室。《纽约时报》的弗朗西斯·X.格林斯（Francis X. Clines）曾告诉我，如果他能走出办公室，他总能找到一个故事。包括小说作者在内的写作者，收集文字、图像、细节、事实、引用、对话、文件、场景、专家证词、目击者描述、数据、啤酒的品牌、跑车的颜色和构造，当然还有狗的名字。

- **寻找焦点**。你的文章主题是什么？不，它究竟想表达什么？深入探索。去触及问题的核心。打碎外壳，取出核心。要做到这一点需要仔细研究，通过证据、实验和批判性思维进行筛选。故事的焦点可以借助标题、第一句话、总结段落、主题陈述、论点、一个完美的词或者一个读者能从故事中获取答案的问题表现出来。

- **选择最好的材料**。新手和老手之间有一个巨大差异。新手常常把他们的研究全扔进一篇故事或散文里。"天哪，我把所有的东西都收集起来了，"他们想，"所以就写进去吧。"老手使用的是一小部分，有时是一半，有时是他们收集的十分之一。但是，你如何决定要使用哪些内容，或者更困难的是，舍去哪些内容呢？锐利的聚焦就像激光，有助于作者舍去那些对作品中心意义毫无贡献的诱人材料。

● **厘清思路**。你在写十四行诗还是史诗？就像斯特伦克和怀特的问题，你是在搭一个小帐篷还是在建一座大教堂？你的作品范围是什么？正在浮现出什么样的框架？基于写作计划开展工作，作者和读者都能从故事的总体结构中受益。这并不需要正式的提纲，却有助于描绘开头、中间和结局。

● **起草初稿**。有些写作者写得又快又随性，心里早就明白初稿的不完美不可避免，后续仍要进行多次的修改。其他写作者，比如我此刻想到的我的朋友大卫·芬克尔，写作过程细致、精准，逐句逐段进行推敲，把起草和修订这两个步骤合二为一。两种方法没有好坏之分。但关键在于：我曾经认为写作始于草稿，从我的后背撞击椅背、我的双手敲击键盘的时候开始。我现在认识到，这其实是写作过程深入后的一步，在我完成了其他步骤以后，这一步会进行得更加流畅。

● **修改和阐明**。唐·默里曾经给过我一份珍贵的礼物——一本名为《工作中的作者》（*Authors at Work*）的书，书页上印着作家手稿的照片。在书中，你可以看到诗人珀西·比希·雪莱（Percy Bysshe Shelley）划掉标题"致那只云雀"（To the Skylark），修改成"致云雀"（To a Skylark）。你可以看到小说家奥诺雷·德·巴尔扎克（Honoré de Balzac）在修订中的校稿的边缘上做了数十处修改。你可以发现亨利·詹姆斯（Henry James）划掉 25 行手写稿中的 20 行。对于这些艺术家来说，写作就是重写。虽然现在文字处理程序让这些修正过程变得更加难以追踪，但它们也消除了重新抄写的傻瓜式劳动，并帮助我们飞速提高作品的质量。

嗅探、探索、收集、聚焦、选择、整理、起草、修改。

不要把这些当作工具。把它们想象成工具架或工具箱。井然有序的车库里，一个角落存放着园艺工具，一个角落里放着油漆罐和刷子，还有一个角落里放汽车修理设备，另一个角落里放洗衣助手。同样的，我描述写作过程的文字都描述了一种写作和思考模式，自带专属工具箱。

所以在我的"聚焦工具箱"里，我保留了一些读者可能会问的问题。在我的"整理工具箱"中，我设计了故事框架，比如按时间顺序讲述的故事和含有金币的故事。在我的"修订工具箱"中，我存放着用来删除无用单词的工具。

随着时间的推移，写作过程的阶梯图将会有多种用途。它不仅会通过揭开写作的神秘面纱让你充满信心，也为你提供存放工具集的大箱子，还能帮助你诊断个人作品中的问题；它会帮助你解释你写作中的长处和短板；它会增加你用来谈论写作话题的关键词汇量，这是一种关于语言的语言，它会带你走到下一个层次。

写作工作坊

1. 和一些朋友一起，拿一张大的表格纸，用彩色记号笔画出你的写作过程。使用词语、箭头、图像和任何有助于打开你思维和方法窗口的标识。

2. 找一篇你写得不成功的文章。使用上文的写作过程阶梯图，找出失败的环节。你是没有收集到足够的信息吗？你在选择最好的材料时遇到问题了吗？

3. 使用写作过程阶梯图，创建一个评分系统。回顾你的写作文件夹，并在每一个类别中给自己评分。你是否有足够的故事创意？你文章的思路清晰吗？

4. 采访别的作家，了解他／她的写作过程，然后向他／她描述你自己的写作方法。

5. 在一张空白的纸上，列出你最想要添加到工具箱中的写作工具。祝你好运，继续写作。

后　记

　　现在你拥有了它们：一套崭新的写作工具和一个用来存放它们的工作台。好好利用它们吧，去学习，去寻找你真实的声音，请以惊人的强度去发掘这个世界——这个世界就像一个充满故事创意的宝库。利用它们，你可以成为更好的学生、更好的老师、更好的员工、更好的家长、更好的公民和更好的人。让这些写作工具为你所用吧，它们现在属于你。好好利用它们并与他人分享，还可以往里面加入你独有的写作工具。请为自己的写作技巧感到骄傲，加入作家的国度。以及，永远不要忘记去得知狗的名字。

致　谢

那些关心写作行业的写作者都应该感激唐纳德·M. 默里，他也许是美国历史上最有影响力的写作老师。这些工具中有许多都有唐的使用痕迹。我感谢他教会我如何将写作当成一个过程来思考，如何倾听写作者，以及如何为我的工作台收集工具。

感谢《圣彼得斯堡时报》的托马斯·弗伦奇，他教会了我很多关于叙事的知识，包括如何构建故事引擎，如何报道现场情况，以及如何将它们放置在一个有意义的序列中。

唐·弗莱指导我写作已经超过三十五年。他一开始是我的研究生导师，之后成为我的朋友，然后成为我的同事。为了打磨我的写作工具，我借用了唐对写作声音的定义，以及他的如何用"金币"来奖励读者的想法。

克里斯托弗·奇普·斯坎伦教会了我自由写作、批判性思维和计划的价值，帮助我驯服了看门人，抹掉了我脑子里的批评声音，它总是在我在写作中讨论写作时响起。

我还要感谢卡罗琳·马塔琳，她在南卡罗来纳大学任教。卡罗琳把我重新引到抽象阶梯上，并提醒我阶梯中间横档的陷阱。她还鼓励我学习修辞语法，并帮我明确一篇文章中元素的数量是有意义的这一概念。

我曾在波因特学院与这些有感召力的老师一起工作过，自1979年以来，学院一直是我的专业园地。波因特是一所非营利性的记者学校，是美国最好的报纸之一——《圣彼得斯堡时报》的股东。我在佛罗里达的事业始于传奇编辑吉恩·帕特森把我从一位年轻的英语助理教授变成了一名写作教练的时候。凯伦·布朗·邓拉普（Karen Brown Dunlap）和基思·伍兹（Keith Woods）现在怀着关怀和奉献之心主持着波因特的工作，他们将继续激励我创作出更好的作品。

在圣彼得斯堡的朋友以及帮助过我的人实在是太多了，无法一一感谢。但是，如果没有管理着世界著名的波因特学院网站（www.poynter.org）的比尔·米切尔（Bill Mitchell）和朱莉·穆斯（Julie Moos）的鼓励，还有实习生伊丽莎白·卡尔——她在我的致谢名单中排位第一，我就无法制作出这些工具。感谢肯尼·厄比（Kenny Irby）为我拍摄作者照片。

我还要感激许多在线作家和编辑，许多写作工具的雏形都与他们密切相关；还有成千上万的读者，他们提供了支持、鼓励和必要的修正意见。

我的许多写作工具来自与美国各地的作家、诗人和记者的交谈。包括杰奎·巴那金斯基（Jacqui Banaszynski）、比尔·布伦德尔（Bill Blundell）、大卫·芬克尔、乔恩·富兰克林、林恩·富兰克林（Lynn Franklin）、杰克·哈特（Jack Hart）、安妮·赫尔（Anne Hull）、凯文·可拉尼（Kevin Kerrane）、马克·克雷默（Mark Kramer）、凯特·朗（Kate Long）、彼得·迈因克（Peter Meinke）、豪厄尔·雷恩斯（Howell Raines）、黛安娜·萨格（Diana Sugg）、大卫·冯·德莱尔、埃利·威塞尔、简·温伯恩等等。

就像一代运动员会从前辈那里借鉴技术动作一样，我也密切关注在文章中谈论写作问题的作者。如果你读过这本书，你就会认识到斯特伦克和怀特、威廉·津瑟、多罗西娅·布兰德、乔治·奥威尔、鲁道夫·弗莱施、安妮·拉莫特、马克斯·珀金斯、路易丝·罗森布拉特、弗兰克·史密斯、汤姆·沃尔夫和其他人对我的帮助。

从小学到研究生院，我受到了我的老师和导师多年的培养和教育，包括理查德·麦卡恩（Richard McCann）、伯纳德·霍斯特、理查德·杰拉蒂（Richard Geraghty）、勒内·福廷（Rene Fortin）、罗德尼·德拉桑塔（Rodney Delasanta）、布赖恩·巴伯（Brian Barbour）、约翰·汉尼迪（John Hennedy）、保罗·范·K. 汤姆森（Paul Van K. Thomson）、约翰·坎宁安（John Cunningham）、马蒂·史蒂文斯（Marty Stevens）和格韦纳维亚·南斯（Guinavera Nance）。特别感谢玛丽·奥斯本（Mary Osborne）和已故的贾妮·吉尔博（Janie Guilbault）。

我至少欠了两个了不起的纽约人一个大苹果和一箱柑橘。我的经纪人简·迪斯特尔（Jane Dystel）意识到了这本书的潜力，并引导我完成了具有完美主义、充满乐趣和关怀的出版仪式，她还把我介绍给了特雷西·贝阿尔（Tracy Behar）。特雷西·贝阿尔付出了巨大努力，让这本书得以在利特尔布朗出版社出版，在她明智而温柔的指导下，我才得以为广大读者重设和重塑《写作工具》。我无法想象有哪个编辑能比她更支持我的工作。

感谢在迈克尔·皮奇（Michael Pietsch，Pietsch 与 peach 的发音相同）的领导下，利特尔布朗出版社所有具有奉献精神和创造力的工作人员：副出版人索菲·科特雷尔（Sophie Cottrell）、宣传总监希瑟·里佐（Heather Rizzo）、宣传人员邦妮·汉娜（Bonnie Hannah）、艺术总监马里奥·普利切（Mario Pulice）、产品经理玛丽莲·都芙（Marilyn Doof）、自由设计师梅丽尔·萨斯曼·莱瓦维（Meryl Sussman Levavi）、排印编辑玛丽·萨尔特

（Marie Salter）和凯特琳·厄利（Caitlin Earley）。在与我接洽的过程中，我的出版商一直都宽宏大度，具有创新精神，并对写作书籍的生命有着长远的眼光。

最后，我相信写作是一种社会活动，所以要感谢那些我最亲近的人：佩西·亚当（Pegie Adam）和斯图尔特·亚当（Stuart Adam），汤姆·弗伦奇（Tom French）和他的儿子们，凯利·麦克布莱德（Kelly McBride）和她的家人，莫尔斯家族，乔·托内利（Joe Tonelli）和黛安娜·托内利（Diane Tonelli），莎伦·梅隆（Sharon Mellon）和贾里德·梅隆（Jared Mellon），我的岳母珍妮特·梅杰（Jeannette Major），我的兄弟文森特（Vincent）和特德（Ted），我的母亲（我的第一个编辑）雪莉·克拉克（Shirley Clark），我的女儿艾莉森（Alison）、埃米莉（Emily）和劳伦（Lauren），我的妻子凯伦·克拉克（Karen Clark），还有我喜爱的杰克罗素犬雷克斯（Rex）。

《写作工具》快速查阅列表

　　把这个快捷列表作为本书的便捷查阅资料。复制并将它保存在你的钱包或日志里，或者把它放在你的书桌或键盘旁边。分享它，并往列表里添新的内容。

第一部分　写作基础

1. 用主语和动词作为句子的开头

　　表意为先，将句子中的成分按照表意能力的强弱从左至右排开。

2. 调整语序，实现强调

　　把最有力的词语放在句子的开头和结尾。

3. 激活动词

　　形象的动词创造动作、精简用词并塑造人物。

4. 敢于使用被动语态

　　用被动语态来展现行为的"受害者"。

5. 注意那些副词

使用副词来改变动词的意义。

6. 谨慎使用现在进行时

不妨多用一般现在时或者一般过去时。

7. 长难句？别怕！

引领你的读者走上一段语言和意义的旅程。

8. 先确立模式，再尝试变化

使用平行结构，但也要学会打破它。

9. 用标点符号控制节奏和空间

学习规则，但不盲从：你拥有的选择比你认为的要多。

10. 先删除明显的累赘，再删除细节处的拖沓

修剪掉过大的枝干，再抖落干枯的树叶。

第二部分　写作中的特殊效果

11. 以简驭繁

用更短的词、句和段落表达复杂的内容。

12. 给关键词留出空间

除非意在创造特定效果，否则不要重复某个特别的词汇。

13. 玩文字游戏，即便是在严肃的故事中

选择平庸的写作者避免使用、但大众读者能够理解的词汇。

14. 拿到那只狗的名字

深挖具体、详细的细节，为读者提供感官享受。

15. 名字很重要

有趣的名字会吸引写作者——以及读者。

16. 寻找新颖的表达

拒绝陈词滥调，告别浅层创意。

17. 借别人的妙语来即兴发挥

列词汇表，做自由联想，感受语言带来的惊喜。

18. 用句子长度控制速度

变化句式，影响读者的阅读速度。

19. 变化段落的长度

长段落，短段落——或者转个弯——和写作意图匹配上的就是好段落。

20. 带着目的选择写作元素

一、二、三或者四：每一项都向读者传达着秘密信息。

21. 下笔也要知进退

当话题严肃至极，轻描淡写为宜；当话题简单轻松，言过其实为上。

22. 在抽象的梯子上爬上爬下

学会何时做展示，何时用讲述，何时双管齐下。

23. 定调写作声音

把故事大声地读出来。

第三部分　高效模板

24. 做好计划再下笔

标记作品结构。

25. 区分"报道"和"故事"的概念

"报道"传递信息，"故事"创造体验。

26. 把对话当成行动的一种表现形式

对话推动故事情节发展，引语则起反效果。

27. 揭示人物个性

通过场景、细节和对话展现人物特点。

28. 把奇怪的和有趣的东西放在一起

帮助读者体验对比。

29. 铺垫戏剧性事件和有力的结论

预伏重要线索。

30. 用吊人胃口的情节来制造悬念

想要抓住读者的注意力，就先让他们等待。

31. 围绕核心问题构建作品

故事需要引擎，一个以行动为读者解答的问题。

32. 沿路放上金币

用高潮回馈读者，尤其是在作品中段部分。

33. 重要的事情说三遍

带有目的性的重复将各个部分联系在一起。

34. 从不同的电影拍摄角度写作

把你的笔记本变成摄影机。

35. 为场景而报道和写作

然后将它们排列成有意义的序列。

36. 混合叙事模式

用"断线"融合故事形式。

37. 在短篇作品中，一个音节也别浪费

用才智和修改让短篇作品更有型。

38. 用传统的叙事模型，不要用刻板印象

用微妙的符号，而非刺耳的铙钹。

39. 朝着结尾写作

帮助读者闭合意义的圆圈。

第四部分　有益习惯

40. 为你的作品撰写目标陈述

想要加速学习，那就在写作中谈论写作。

41. 把拖延变成预演

首先在你的脑袋里计划和写作。

42. 写作不预则不立

武装好自己，面对未知和已知。

43. 要读体裁，也要读内容

看文字下面的机制。

44. 收集线索

把别人会扔掉的废物保存下来，留在你的大项目中用。

45. 把大项目切割成若干部分

然后把这些部分拼成一个整体。

46. 对所有能支持你写作的技巧感兴趣

为了让自己做到最好，帮助别人做到最好。

47. 招募你的后援团

创建一个提供反馈信息的帮手军团。

48. 写初稿时克制自我批评

做修改时加强自我批评。

49. 向批评你的人学习

忍受即便是不合理的批评。

50. 打造你独有的写作工具

建个工作台来存放你的工具。

想了解《写作工具》的更多信息，请访问波因特学院网站（www.poynter.org）或利特尔布朗出版社网站（www.HachetteBookGroup.com）。本书在实体书店和网络书店有售。